天魔劒葉傳
천마검섭전

임준후 新무협 판타지 소설
FANTASTIC ORIENTAL HEROES

천마검엽전 10
임준후 新무협 판타지 소설

초판 1쇄 찍은 날 § 2010년 9월 16일
초판 1쇄 펴낸 날 § 2010년 9월 24일

지은이 § 임준후
펴낸이 § 서경석

편집팀장 § 서지현
편집 § 주소영 · 어정원

펴낸곳 § 도서출판 청어람
등록번호 § 제1081-1-89호
등록일자 § 1999. 5. 31
어람번호 § 제2-1980호

주소 § 경기도 부천시 원미구 심곡2동 163-2 서경B/D 3F (우) 420-822
전화 § 032-656-4452 팩스 § 032-656-4453
http://www.chungeoram.com
E-mail § chungeoram@chungeoram.com

ⓒ 임준후, 2009

ISBN 978-89-251-2300-4 04810
ISBN 978-89-251-1954-0 (세트)

※ 파본은 구입하신 서점에서 교환하여 드립니다.
※ 저자와 협의하여 인지를 붙이지 않습니다.
※ 이 책은 도서출판 청어람과 저작자의 계약에 의해 출판된 것이므로,
  무단 전재 및 유포 · 공유를 금합니다.

天魔劍葉傳

천마검엽전

임준후 新무협 판타지 소설

FANTASTIC ORIENTAL HEROES

철혈무정로 1부

10

第一章　　　　7
第二章　　　　35
第三章　　　　83
第四章　　　　123
第五章　　　　159
第六章　　　　193
第七章　　　　219
第八章　　　　253
第九章　　　　273

第一章

사란의 가늘게 열린 눈 사이로 별처럼 맑은 빛이 흘렀다.
 그녀는 궁장의 치맛자락을 넓게 펼치고 앉아 깊은 명상에 잠겨 있었다.
 그녀가 하는 명상은 초연신공이 오성 이상의 경지에 이르면 절로 습득하게 되는 관지법(觀知法)으로, 마음과 몸을 일체화시키기 위해서 반드시 거쳐야 하는 과정이었다.
 검엽이 정무총련이라는 백도무림의 정예, 그것도 일만삼천이 넘는 적과 싸우러 간 것을 잘 알고 있음에도 불구하고 그녀의 안색은 편안했다.
 걱정하는 기색이 보이지 않는 것이다.
 검엽에 대한 그녀의 신뢰는 맹목적이라 할 만큼 무조건적이고 절대적이었다.
 검엽이 실제 무공을 펼치는 광경을 본 적이 없음에도 그랬다.
 그녀에게 검엽은 무적의 고수였으니까.
 평원은 고요했다.
 아무도 입을 열지 않고 각자의 생각에 잠겨 있었는데 이는 사란의 영향이 컸다.
 그녀는 생각지도 못하고 있었지만 검엽이 없는 지금 일행의 중심인물은 그녀였다.
 곽호가 심심찮게 주모라고 부르는 사란이다.
 검엽이 흰소리라며 곽호를 타박하는 광경도 이제는 그리 낯설지 않았다.
 곽호처럼 드러내 놓고 사란을 주모라 부르지는 않아도 사람들은 그녀를 은연중 검엽의 여인으로 인정하고 있었다.
 그녀가 침묵하고 있는데 누가 입을 열어 그녀의 명상을 방해할 수 있겠는가.
 검엽이 떠난 지 두 시진가량이 지났다.
 물아일체가 되어 나를 잊고 세상도 잊은 지경에서 노닐던 사란의 정신은 독사의 이빨처럼 평온을 깨뜨리는 음험함을 느끼고 현실로 돌아와야 했다.
 그녀는 마음속 깊은 곳부터 조금씩 차오르는 불안함에 내심 고개를 갸웃했다.
 이유를 알 수 없었던 것이다.

가볍게 아미를 찡그리던 그녀는 자신의 눈에 들어오는 모습들 중 두 시진 전과 변한 것이 있음을 알아차렸다.

 사대겁혼.

 공간의 틈새에 머물며 그녀를 중심으로 십여 장 떨어진 동서남북의 사방을 지키던 네 여인의 얼굴에 말로 형용하기 어려운 처절한 공포가 드리워져 있었다.

 검엽이 떠나던 순간까지만 해도 봄바람처럼 부드럽고 따스한 온기에 절로 기분이 좋아지던 존재들이 사대겁혼이었다.

 변화는 원인이 있어야 일어나는 법.

 사란은 자리에서 벌떡 일어났다.

 사대겁혼은 검엽과 혼으로 연결된 불가사의한 존재들이었다.

 사란은 자신이 어떻게 그녀들을 볼 수 있는지 이유를 알지 못했다. 그러나 그녀들을 보게 된 순간부터 사란은 검엽의 혼을 느낄 수 있었다.

 사란의 안색이 푸르게 보일 만큼 창백해졌다.

 지금도 그녀는 검엽의 혼을 느끼고 있었다. 그런데 검엽의 혼은 평소 그녀가 느꼈던 상태와 달랐다.

 검엽의 혼은 언제나 강대하고 무한한 힘을 품고 있었고, 그 빛은 심연처럼 검푸른 빛이었으며, 천지간에 홀로 있는 듯 고독하면서도 오연했고, 근접할 수 없는 기품이 흘렀다.

 그런데 지금은 아니었다.

 순수하지만 암울한, 그리고 무서운 살기와 파괴욕만이 파도처럼 넘실거리는 무언가밖에 느껴지지 않았다.

그것을 느낀 순간 그녀는 자신이 착각을 한 것이 아닌지 의심스러웠다.

그러나 그 의심은 곧 사라졌다.

어떻게 해서 검엽의 혼을 느끼게 되었는지 이유를 알지 못하는 그녀가 아닌가.

그것을 가능하게 만든 불가해한 힘이 그녀가 착각을 일으키게 할 이유가 없었다.

그녀는 늘 허리춤에 꽂고 다니던 두 자루의 봉을 잡아 뽑았다.

스르르릉.

경쾌한 소리와 함께 평원이 찬란한 은빛으로 물들었다.

사람들은 갑작스런 사란의 행동에 놀라 자리에서 벌떡 일어났다.

그리고 사란의 변한 모습을 보고 눈을 부릅떴다.

전면에 봉황이 날아오르는 모습이 양각된 육각형의 방패와 두 자 길이의 도가 첨두를 형성하고 있는 일 장 길이의 은빛 장창.

진애명이 눈도 깜박이지 못하고 중얼거리듯 물었다.

"천상봉황신창… 은린봉황순……. 소곡주님, 대체 무슨 일이시기에?"

하지만 사란은 아무 말도 하지 않고 서쪽만을 뚫어지게 응시했다.

잠시 무언가를 느끼듯 그렇게 서 있던 사란은 도톰한 입술을 꼭 깨물더니 그대로 신형을 날렸다.

일보가 이십여 장에 이르는 절세의 경공.

신창비순곡의 곡주 직계에게만 전승되는 산화비영류(散花秘影流)였다.

사란의 행동은 돌발적이어서 누구도 그녀를 제지하지 못했다.

그러려고 했어도 가능하지 않았을 것이다.

신창비순곡은 운중천부와 더불어 십방무맥 내 경신공부의 양대산맥을 이루는 문파다.

이 자리에서 그녀의 경공을 따라잡을 수 있는 사람은 진애명뿐이었다. 그러나 그녀도 다른 사람들처럼 크게 놀란 터라 적절한 대응을 하지 못했다.

일행 중 가장 처참한 얼굴이 된 사람은 곽호였다.

그는 검엽에게 사란의 안전을 책임지겠다고 호언장담하지 않았던가.

그가 말했다.

"주모님 머리카락 한 올이라도 상하면 나는 지존 앞에서 칼을 물고 죽어도 시원치 않을 놈이 된다. 사매, 먼저 가겠다!"

말이 끝나기도 전에 곽호는 미친 듯이 사란의 뒤를 따라 신형을 날렸다.

나머지는 정해진 결과였다.

진애명이 곽호와 비슷하게 몸을 날렸고, 그 뒤를 섭소홍과 몽완이 따랐다.

낭후와 노군휘 등은 어안이 벙벙한 채로 자리에 남았다.

그들은 이십여 리 거리를 두고 있는 이천오백 무사와 검엽을 연결해 주는 역할을 맡고 있었기에 앞서 달려나간 사람들처럼 마음 편하게 검엽에게 갈 수 없었다.

노군휘가 딱딱하게 굳은 얼굴로 말했다.

"낭 림주, 다른 분들과 같이 주모님의 뒤를 따르시오. 나는 뒤의 무사들을 정비해서 달려가겠소. 만약 지존의 신변에 이상이 생겼다면 무사들이 있어야 총련에게 대항할 수 있소. 우리만으로 총련과 싸운다면 속수무책으로 무너질 거요."

사람들의 얼굴이 일그러졌다.

누구도 예상치 못했던 상황이었다.

총련과 싸우기 위해 이동하는 동안 검엽은 긴장조차 하지 않았었다. 그 신비스럽고 비현실적인 자신만만함과 당당함을 옆에서 본 사람들은 감염이라도 된 것처럼 이번 싸움에서 그가 이길 거라 믿었다.

걱정을 아예 하지 않은 건 물론 아니었다. 그러나 아무도 검엽의 패배를 생각하거나 그에게 문제가 생길 거라 생각하지 않았다.

그것은 일종의 맹목적인 신앙과도 같았다.

검엽의 기괴할 정도로 강렬한 존재감이 만들어낸 믿음이었다. 그래서 사람들이 받은 충격은 더 클 수밖에 없었다.

*   *   *

 핏빛의 번개 한 줄기가 지면을 환상처럼 유유히 가로지른다. 눈처럼 흰 피부, 그와 대조를 이루는 칠흑처럼 검은 머리와 금방이라도 선혈이 뚝뚝 떨어질 것만 같은 혈의.
 검엽이었다.
 그는 서두르지 않았다.
 천지암혼이 그의 뒤를 따르고 천마조의 거대한 날개는 그를 수호하듯 머리 위를 뒤덮고 있었다.
 검엽의 두 눈에서는 간간이 무시무시한 혈광이 번뜩였다.
 그 핏빛 눈동자에선 단 한 오라기의 인간적인 감정도 느껴지지 않았다.
 난석무문대진의 중압도 안개가 만들어지는 환상도 그의 앞을 막아서지 못했다.
 아니, 그가 무문대진의 상공에 몰려든 절대역천마기를 백회로 받아들인 그 순간부터 무문대진의 진세는 급속하게 붕괴되어 갔고, 곧 칠 할 이상이 제 역할을 할 수 없을 정도로 망가졌다.
 이는 진을 만든 제갈유도, 무문대진의 진세로 검엽의 힘을 빼놓을 생각이던 백운천도 예상치 못했던 일이었다.
 오행지기의 수기와 토기를 근간으로 하여 만들어진 무문대진의 진세는 강력했다.
 하지만 천지를 구성하는 근원적인 힘의 하나일 뿐만 아니라 혼돈지력(混沌之力)의 한 축을 이루고 있는 절대역천마기가 안으로 파고들자 그것을 물리치지 못하고 힘을 잃은 것이다.

멀리서 들려온 깊고 얕은 숨소리가 검엽의 감각을 건드렸다.

숨소리는 헤아릴 수 없을 만큼 많았다.

검엽의 입가에 흐릿한 미소가 떠올랐다.

붉은 것은 그의 두 눈만 아니었다.

그의 마음과 머릿속까지 붉게 물들어 있었다.

핏빛은 목마른 파괴의 욕망이었고, 전율스러운 살육의 광기였다.

혈안에서 냉혹한 섬광이 피어올랐다.

숨소리와 기척만이 느껴지던 무리가 그의 눈에 들어오고 있었다.

거리가 가까워진 것이다.

무리의 수는 열여섯.

한 무리를 구성하고 있는 무사의 수는 오백가량.

그의 손에 쓰러진 오천을 제외한 팔천의 백도무인이 전부 한곳에 모여 그를 기다리고 있었다.

그들과의 거리가 이백여 장으로 좁혀졌을 때.

허공을 미끄러지던 검엽의 신형이 그 자리에 우뚝 멈췄다. 그리고 천천히 지상으로 내려왔다.

후우우우우웅—

그의 발밑에서 거친 바람이 일어나더니 돌개바람을 만들며 사방 이십여 장을 깨끗하게 쓸어내며 바깥으로 밀려갔다.

 백운천과 제갈유를 비롯한 백도 팔천 무인은 절로 간이 떨려움을 느끼며 어깨를 움찔거렸다.
 이백여 장의 거리를 건너뛰어 바로 앞에 있는 듯 느껴지게 만드는 피처럼 붉은 눈동자.
 아지랑이처럼 솟아오르는 겁화의 불길을 전신에 두르고 산처럼 우뚝 서 있는 흑암의 거인.
 그리고 그들의 위를 거대한 날개로 뒤덮은 채 유유히 활강하고 있는 묵붕(墨鵬).
 혈의인이 모습을 드러낸 그 순간부터 가공할 살기와 만부막적의 절대적인 기세가 천지를 가득 채우고 있었다.
 누군가의 입에서 떨리는 음성이 흘러나왔다.
 "천… 마……!"
 사람들은 절로 아래위로 끄덕이려는 머리를 간신히 다잡았다.
 상대는 하늘에서 강림한 악마였다.
 이제 아무도 그것을 부인하지 못했다.
 그들의 눈앞에 있는 자는 인간이 창안한 어떤 무공으로도 만들어낼 수 없는 광경을 그들에게 보여주고 있었다.
 그것을 보면서 상대를 어떻게 사람으로 생각할 수 있으랴.
 제갈유는 부서질 정도로 이를 악물었다.
 무문대진의 진세 대부분이 힘을 잃는 순간 그의 심령은 치명적인 타격을 받았다.

　백운천이 열화천신공으로 그를 보살피지 않았다면 그 순간 제갈유는 죽었을 것이다.

　항거는 불가능했다.

　무문대진은 무력하게 망가졌다.

　그만큼 그가 받은 타격은 가공스러웠다.

　하지만 제갈유의 눈에 어린 것은 절망이 아니라 분노와 살기였다. 그는 평생 동안 문(文)과 기관진법 분야에서 좌절한 적이 없는 천재였다.

　무문대진의 붕괴는 천재들이라면 누구나 갖고 있는 스스로에 대한 확신과 자부심을 처참하게 뭉개 버렸다.

　피만 흘리지 않았을 뿐 백운천의 안색도 제갈유의 것보다 나은 것이 없었다.

　그는 제갈유를 살피며 무거운 음성으로 물었다.

　"꼭 이것을 펼쳐야만 하는가?"

　제갈유는 망설임없이 고개를 끄덕였다.

　"팔황연환대진세 외에는 저자를 막을 수 있는 방법이 없습니다, 련주님."

　"이겨도 총련은 힘을 잃을 걸세."

　"이 싸움에서 진다면 총련은 잃어버릴 힘조차 남지 않게 될 것입니다. 저는 백도의 저력을 믿습니다. 당분간 어려움에 처하겠지만 백도는 다시 들불처럼 일어나게 될 것입니다."

　백운천은 입술을 깨물었다.

제갈유의 말이 옳았다.

그는 더 이상의 희생을 받아들일 수 없어 흩어져 있던 총련의 무사들을 한곳으로 모았다. 무문대진 자체의 위력과 진세가 지닌 척사지기(斥邪之氣)가 본진으로 오는 검엽에게 타격을 줄 것을 기대한 것도 사실이었다.

그러나 검엽을 직접 본 그는 자신이 검엽을 너무 낮게 평가하고 있었다는 것을 뼈저리게 느껴야만 했다.

검엽이 이곳까지 오는 동안 그가 기대했던 무문대진의 위력은 검엽에게 충격을 주지 못했다는 것을 직감하고 있었다.

예상이 어긋나도 한참을 어긋난 것이다.

흩어져 있든 모여 있든 검엽을 상대하기 위해서는 모든 것을 걸어야만 했다.

백운천은 움직이지 않으려 하는 턱에 힘을 주었다.

그의 고개가 아래위로 작게 끄덕였다.

제갈유는 힘겹게 백운천을 향해 포권을 하고 오른손을 들었다.

그의 손에 들린 흑백청황홍의 오색기가 각기 다른 방향으로 서서히 움직였다.

동시에 팔천 무인들의 진형에 조금씩 변화가 일어났다.

실핏줄이 터져 핏물 범벅이 된 눈으로 제갈유는 검엽을 바라보았다.

무문대진의 진세는 칠 할가량이 망가졌다. 하지만 아직 삼 할의 기운이 남아 있었다.

게다가 팔천의 무인도 남아 있었다.
총련대회의 직후 제갈유는 검엽을 상대할 수 있는 두 가지 방안을 강구했다.
그 하나가 난석무문대진이었다.
그리고 무문대진으로 검엽을 죽이지 못했을 경우 그를 일정한 장소로 끌어들인 후 합공으로 그를 쓰러뜨리고자 했다.
두 번째 방법으로 그가 구상한 것이 팔황연환대진세였다.
난석무문대진은 오행지기의 수기와 토기를 근간으로 하고, 그 안에 머문 사람들의 기운을 더해 중압을 만들어낸다. 무문대진에서 주는 자연력이고, 사람의 기운은 보조 역할이었다.
그러나 팔황연환대진세는 사람이 주이고 자연지력이 보조 역할을 했다.
팔황연환진은 팔방을 점한 무인들이 자신들의 내공을 하나로 연결해서 외부로 쏟아내는 진법이었다. 그러나 이 진법의 진정한 무서움은 무인들의 내공을 하나로 연결하는 데 있지 않았다.
팔황연환진은 구성되는 순간 각자의 무리로부터 강력한 인력(引力)이 발생한다.
그 안에 들어온 적이 약하다면 팔방에서 잡아당기는 힘에 의해 분시될 수밖에 없었다.
아래에서 밀어 올리고 위에서 내리누르는 중압의 묘용이 극대화된 난석무문대진과는 정반대의 작용.

적이 강하다면 인력에 의해 운신이 제약된 상태에서 파도처럼 밀려드는 무인들의 연결된 내공을 홀로 받아내야 했다.
 진세의 명칭에 들어간 것은 팔이다. 하지만 팔방을 점하는 무리의 수가 여덟 개로 제한된 것은 아니었다.
 무리의 수는 사십구 개까지 가능했고, 각 무리의 인원수는 무제한이었다.
 더불어 무문대진보다 더 강력한 척사지기를 발휘하는 것이 팔황연환대진세였다.
 그러나 제갈유는 팔황연환대진세를 펼치게 될 거라고는 예상하지 못했다.
 검엽이 무문대진 속에서 쓰러질 거라고 확신했기 때문이다.
 그리고 그는 다른 이유로 팔황연환대진세가 마지막까지 펼쳐지지 않기를 기원했다. 그것은 이 진세의 설명을 들은 다른 사람들도 같은 심정이었다.
 팔황연환대진세는 그 위력이 강대한 만큼 치명적인 문제를 안고 있었다.
 제갈유의 피로 물든 얼굴에 깊은 슬픔의 빛이 떠올랐다.
 팔황연환대진세를 구성한 총련의 무리는 열여섯, 한 무리의 수는 오백, 총원 팔천 명이었다.
 그들은 무겁게 굳은 얼굴로 검엽을 향해 움직여 갔다.

 사방에서 밀려들어 자신의 사지를 휘감는 막강한 힘을 느낀 검엽의 입꼬리가 미미하게 비틀렸다.

명백한 비웃음.
지금 느껴지는 힘은 진세에서의 그것과 달랐다.
진세의 힘이 수직으로 작용했다면 이 힘은 수평으로 작용하고 있었다.
성질도 달랐다.
압력과 인력의 차이였다.
검엽의 핏빛 두 눈이 그를 포위한 팔천 무인을 천천히 돌아보았다.
팔황연환대진세는 순간적으로 완성되었다.
혼란은 없었다.
진세는 일정 수준 이상의 무공을 익힌 자들에 의해 이루어졌다.
더구나 그들 열여섯 무리를 지휘하는 사람들은 거대 문파의 당주들이거나 그에 버금가는 정파의 명숙들이었다.
팔황연환대진세 중 사람의 힘으로 형성된 부분은 송곳처럼 날카로운 형태를 취하고 있었다.
선두에 한 명이 서고 그 뒤 약 육십 장 뒤편에 오백 명의 고수가 늘어섰다. 뒤로 갈수록 점점 두텁게 뒤를 받치는 형태였다.
특이한 것은 뒤에 선 무인이 앞에 선 무인의 등에 손을 대거나 하는, 공력을 하나로 연결하는 진법들이라면 예외없이 보여주는 광경이 보이지 않는다는 점이었다.
그것은 팔황연환대진세가 여타의 다른 진법과는 달리 진세가 갖추어지고 공능이 발휘되기 시작하면 그 자체의 힘으로 진의 각 정점에 서 있는 자에게 그 방위에 서 있는 다른 사람들의 내공이 강물처럼 흐르도록 되어 있기 때문이었다.

검엽은 눈살을 찌푸렸다.

무문대진에 들어서면서 미약하게 느꼈던 불쾌감이 배는 더 강하게 느껴졌다.

'척사의 기운이로군.'

그러나 검엽은 개의치 않았다.

불쾌한 느낌을 줄 뿐 진세의 척사지기는 그에게 실질적인 영향을 미치지 못했다. 그의 기운은 마기의 정화 절대역천마기였고, 그 마기를 보호하고 있는 기운은 신과 마의 기운이 혼재된 신마기였으니까.

정면에 선 자를 바라보았다.

그와의 거리는 오십여 장.

오십대 중반의 사내는 남빛의 장포를 입고 있었는데, 눈빛이 얼음처럼 서늘하고 맑았다.

마치 한 자루 잘 벼른 칼날처럼 예리하면서도 단아한 기품이 흘러나오는 초로인.

검엽의 시선이 사내의 손으로 향했다.

초로의 사내는 삼 척 청강장검을 손에 들고 있었다. 어디서나 볼 수 있는 평범한 장검. 그러나 그 장검이 사내의 손에 들리자 검은 결코 평범해 보이지 않았다.

시리도록 푸른 검강을 넉 자나 뽑아 올리고 있는 검이 어찌 평범해 보일까.

 검엽은 그가 누구인지 알 수 있었다.

 기호성이 준 천하삼십대세력분포도에는 각 세력의 수장들에 대한 상세한 기록이 있었다.

 그 기록들 가운데 한 명에 대한 것이 눈앞의 초로인과 일치했다.

 안휘의 패자이며 속가제일검문이라 불리는 남궁세가의 당대 가주 제왕검 남궁검우.

 바로 그였다.

 검엽은 각 방면의 선두에 선 자들이 하나같이 남궁검우에 비교해도 뒤떨어지지 않는 백도무림의 거물들이라는 것을 알 수 있었다.

 남궁검우의 왼쪽 무리 선두에 무당의 장문인 소요검선 옥로자가 있었고, 오른쪽 무리 선두엔 천유객 곽정명, 그 옆의 무리 선두에는 정무총련주 백운천의 아들이자 현재 백가장주인 화룡신군 백제현이 무서운 눈으로 검엽을 노려보고 있었다.

 그리고 백운천의 옆 무리를 이끄는 자는 정무총련이 결성되기 전 섬서속가무림의 실질적 패자였던 서문세가주 절정검 서문기였다.

 그의 시선이 잠시 서문세가의 무리를 향했다. 알 수 없는 무언가가 그의 마음을 흔들었다. 그러나 그 시간은 짧았다. 그는 곧 서문세가에서 눈을 뗐다.

그들에 비해 뒤지지 않는 자들이 각 무리의 정점에 서 있었다.

무리를 이끄는 수뇌들의 눈에 어린 빛은 결연한 의지와 각오였다.

검엽이 웃은 것은 그들의 눈에 담긴 기색을 이해할 수 있었기 때문이었다.

'백운천…… 옥쇄를 각오했는가.'

검엽은 자신을 포위한 진법의 명칭은 알지 못했다. 그러나 직면한 순간 진세가 갖은 묘용과 한계를 어렵지 않게 알아차렸다.

진세는 가공할 위력을 갖고 있었다. 그러나 그 위력만큼이나 치명적인 문제도 안고 있었다.

팔황연환대진세가 가진 치명적인 문제.

그것은 각 무리의 선두에 선 자들은 죽거나 폐인이 될 수밖에 없다는 점이었다.

하나의 무리가 오백 명이었다.

그들의 내공을 받아 싸우는 자는 일시적으로 초인이라 불려도 어색하지 않은 능력을 발휘한다.

효과가 막대한 만큼 그 대가가 클 수밖에 없었다. 받아들인 힘이 사람으로서는 수용할 수 있는 정도를 넘어서기 때문이었다.

죽음을 두려워하지 않는 용기와 희생정신이 없다면 이루어질 수 없는 진세, 그리고 그것들을 필요로 할 만큼 무서운 적이 아니라면 펼쳐지지 않을 진세, 그것이 팔황연환대진세였다.

'죽고 싶다면 기꺼이 죽여주도록 하지.'

검엽의 입가에 드리워진 미소를 색으로 표현할 수 있었다면 그것은 극단적으로 차가운 백색이었을 것이다.

총련의 무인들은 검엽의 모습이 서서히 변화하고 있다는 것을 알아차렸다.

눈으로 보고 있었으니 모르려야 모를 수 없는 변화였다.

검엽은 천천히 두 손을 가슴 앞으로 들어 올렸고, 두 손의 장심에서 일어난 검푸른 섬광이 처음에는 두 손을 중심으로, 그리고 조금씩 그 범위를 넓혀 검엽의 몸 주변을 회전하는 회오리바람이 되어갔다.

반투명한 묵청 빛 바람의 소용돌이.

대암평은 지면에 흙이 거의 없는 지형이다.

사방에 칼끝을 연상시키는 암석들이 돌출해 있었고, 돌출하지 않은 지면은 암석지대였다. 게다가 크고 작은 돌덩어리들도 지천에 널려 있었다.

총련무인들은 검엽이 불러일으킨 와선풍의 범위 내에 있는 돌은 물론이고, 그의 발밑 지면이 고운 가루가 되어 와선을 따라 허공으로 솟아오르는 것을 볼 수 있었다.

스스스스슷.

수많은 벌레가 동시에 날갯짓을 하는 듯한 낮은 소음이 쉴 새 없이 대지를 따라 울려 퍼졌다.

눈 두어 번 깜박일 정도밖에 지나지 않았는데 와선풍의 범위는 삼 장여로 넓어졌다.

그 안에 들어간 암석은 크기의 대소(大小)와 상관없이 가루가 되었다. 단 하나의 예외도 없었다.

총련무인들의 선두에 선 수뇌들의 입술이 파리하게 질리고, 바람도 없는데 어깨가 저절로 떨렸다.

점점 더 범위를 확장해 가고 있는 와선풍은 단순한 바람이 아니었다.

검엽이 펼치고 있는 것은 황보세가를 봉문시킬 때 세상에 선보였던 천강와선수였다. 그러나 무공은 같아도 내용은 많이 바뀌었다.

당시 그는 천강와선수를 펼치기 위해 귀조의 도움을 받아야 했었다. 그리고 와선의 영역 내로 들어온 적을 죽이기 위해 범위를 좁히는 방법으로 압력을 높여야 했었다. 그러나 지금은 범위를 좁힐 이유가 없었다.

천강와선수는 검엽이 심마지해에서 창안하던 당시 상상했던 위세에 가장 근접한 형태로 구현되고 있었다.

사람들의 눈에 천강와선수는 단 하나의 회오리바람으로 보일 터였다.

실제는 달랐다.

검엽은 자신이 창안한 모든 무공이 아홉[九]을 구현할 때 완전해지도록 만들었다.

천강와선수도 마찬가지였다.

검엽을 중심으로 일어나고 있는 와선풍은 하나가 아니라 여덟 개가 겹쳐 하나로 보이는 회오리바람이었다.

진실로 무서운 것은, 겹쳐진 여덟 개의 바람이 회전하는 방향이 각기 다르다는 것이었다.

하나가 오른쪽으로 돌면 그것과 바로 겹쳐진 바람은 왼쪽으로 돌았다.

각기 반대로 도는 회오리바람의 쌍이 네 개인 것이다.

그 여덟 개의 바람에 깃든 것은 검엽이 폭주하며 가공할 정도로 증폭된 파멸천강지기.

와선풍의 범위 안에 들어온 것은 그것이 무엇이든 각기 다른 방향으로 수레바퀴처럼 회전하는 바람 사이에 끼게 되고, 바람을 따라 흐르는 파멸천강지기에 의해 으스러지게 되는 것이다.

총련의 무인들이 보고 있는 전율스러운 파괴력은 그렇게 이루어진 것이었다.

열여섯 개의 무리 선두에 서서 검엽을 향해 기세를 돋우고 있던 열여섯 명의 고수는 와선풍의 범위 확장을 더 이상 내버려 두어선 안 된다는 것을 깨달았다.

와선풍의 범위가 확장되어 가면서 그들조차 감당하기 힘든 가공할 마기가 밀려들고 있었다.

그리고 그 마기는 기운이나 느낌이 아니라 실체화된 무엇이었다.

닿는 것은 무엇이든 부수고 말리라는 막대한 파괴력을 응축

하고 있는 패도적인 마기.

그리고 그 기운은 팔황연환대진세가 만들어낸 인력을 오히려 잡아당겨 선풍의 테두리에 감으려 하고 있었다.

믿을 수 없는 일이었고, 상상해 본 적도 없는 기세였다.

남궁검우 등의 얼굴이 납덩이처럼 무거워졌다.

천강와선수를 운용하던 검엽의 눈가에 묘한 기색이 떠올랐다.

'팔륜이 정상적으로 펼쳐진다. 이 정도라면 그것을 펼치는 것도 가능할 것 같군. 검엽의 천강력만으로는 가능하지 않지만 저들의 힘을 더한다면……'

검엽의 시선이 하늘을 뒤덮고 있는 절대역천마기의 검푸른 구름에 닿았다.

'검엽이 제어할 수 없어 끝내지 못하고 있던 역천마기의 힘과 신외(身外)에서 힘을 더해주고 있는 절대역천마기가 결합한다면, 그가 창안하고도 사용하지 못했던 것들을 펼칠 수 있다.'

그의 입가에 서늘한 미소가 그어졌다.

심마지해에서 수련하던 시절 검엽은 가문의 사법처럼 무공으로 광범위한 지역을 타격할 수 있는 방법을 연구했었다.

심마지해의 마물들은 수가 무한에 가까울 정도로 많아 몇 마리씩 죽이는 것은 티도 나지 않았다. 그것이 그가 대량살상을 위한 무공을 연구하게 된 이유였다.

그는 가문의 사법에서 얻은 대량살상의 심득을 무공으로 구현할 수 있는 방법을 끊임없이 찾았다. 그리고 그의 연구는 심마지해의 생활이 십 년을 넘어갈 무렵 마침내 몇 개의 결실을 맺었다.

하지만 검엽은 창안한 무공으로 심마지해의 마물들을 죽인 경험을 갖지는 못했다. 그가 창안한 광역살상 무공들은 그 위력이 강대한 만큼 필요로 하는 지존천강력의 수준이 극단적으로 높았다.

그것들은 지존천강력이 최소한 팔류경을 넘어서야 흉내라도 낼 수 있었다.

검엽이 심마지해를 벗어날 당시 도달한 경지는 육류경, 그들을 펼치는 것이 가능하지 않았던 것이다.

'…수가 많지만 너희가 무공으로 나를 상대하니 나 또한 무공으로 너희를 상대해 주마.'

백도의 무인들을 상대하는 검엽의 마음은 막북의 청랑파를 상대할 때와는 달랐다.

청랑파를 멸할 때 그가 사법을 썼던 이유는 청랑파가 먼저 사법을 썼기 때문이었다. 그들의 숫자가 많았기 때문이 아닌 것이다.

딱히 상대가 사법을 써야만 그도 사법을 쓴다는 규칙 따위는 없었다. 그러나 지금 검엽은 사법을 쓰고 싶은 생각을 전혀 하지 않았다.

그것은 그가 총련의 백도무인들을 무인으로서 존중하고 있어서도 아니었고, 청랑파처럼 총련이 사법을 쓰고 있지 않기 때문도 아니었다.

 신마기가 폭주하고 있는 그의 정신은 온전할 때의 그보다 더 오만하고 자부심이 강했으며, 파괴와 살육을 좀 더 구체적으로 구현하고자 하는 열망으로 가득 차 있다.

 그의 입가에 소리없는 미소가 떠올랐다.

 검엽의 미소를 정면에서 볼 수밖에 없는 사람들, 남궁검우를 비롯한 무인들의 피부에 굵은 소름이 돋았다. 그리고 억제할 수 없는 불길한 예감이 전율처럼 그들의 등을 타고 치달렸다.

 그들은 불가해한 존재와 직면했을 때나 느낄 법한 공포에 전율하고 있었다.

 그들의 눈앞에 핏빛으로 물든 눈을 하고 서 있는 자는 이미 인간의 범주를 벗어나 있었다.

 이제 그것을 부인하는 사람은 총련의 무인 중 아무도 없었다. 그러나 물러나서도, 패배해서도 안 되는 싸움이었다.

 그들이 패한다면 중원의 백도무림은 백도 역사상 유래가 없는 참혹한 상황에 처할 것이 너무도 자명했던 것이다.

 십육 인의 절정고수는 은밀히 눈빛을 교환했다.

 그들의 철저하게 단련된 무인으로서의 본능이 마음속에서 속삭이고 있었다.

 자신들에게 많은 기회가 주어지지는 않을 거라는 것을.

 반드시 쓰러뜨려야만 했다.

 자신들이 성공하지 못한다면 이곳에는 시산혈해가 만들어

질 것이 분명했다.

이겨도 이긴 것이 아닌 상황이 될지도 몰랐다.

살아남은 자가 기백 명에 불과하게 된다면 천마를 죽인다 한들 백도의 미래는 암담할 뿐이었다.

열여섯 무인의 두 눈에 생사를 넘어선 결기가 치열하게 떠돌았다.

어차피 팔황연환대진세의 정점에 서 있는 그들이 진세의 힘을 견딜 수 있는 시간도 그리 많지 않았다.

검엽은 여유있게 천강와선수의 범위를 확장시키며 남궁검우 등의 반응을 지켜보기만 했다.

그리고 그들의 시선이 일제히 그를 향했을 때에야 입을 열었다.

"기다리기 지루했다. 이제 준비가 끝난 건가?"

남궁검우 등의 얼굴이 무참하게 일그러졌다.

이 상황에서도 여유를 부리는 적의 모습이 그들의 자존심에 치명적인 흠집을 낸 것이다.

화룡신군 백제현이 이를 갈며 소리쳤다.

"이놈! 네놈도 결국 사람에 불과하다. 우리가 그것을 증명해 주겠다!"

검엽의 입가에 흰 선이 그어졌다.

그가 말했다.

"무인의 대화는 검으로 이루어지는 게 아니던가. 나는 입만 살아 있는 자를 좋아하지 않는다. 검으로 그대의 의지를 증명하라!"
 검엽의 붉은 입술이 한일자로 다물어지고 두 눈에 어린 핏빛이 무서울 정도로 강해졌다.
 그의 말은 후세의 사가들이 강북대전(江北大戰) 혹은 백도대암평대혈사라 명명한, 짧지만 유례없이 참혹하고 격렬했던 싸움의 시작 신호가 되었다.

第二章

팔천 무인이 평생을 갈고닦은 내공의 정수를 받은 십육 인의 절정고수.
 그들의 전면에 진세와 팔천 무인의 내공이 결합하며 만들어진 우윳빛 호신강기벽이 일어났다.
 그 강기의 벽 일부는 절벽처럼 검엽의 주위를 에워쌌고, 일부는 열여섯 무인의 몸 주변에 철통같은 방어막을 형성했다.
 검엽의 뒤편에 보이는 천마암혼이 팔짱을 꼈다. 그리고 상공에서 거의 멈춘 듯 움직임이 없던 천마조가 괴조음과 함께 위로 날아올랐다.
 고오오오오—
 괴조음이 무인들을 자극했음인가.

열여섯 무인의 발이 약속이나 한 듯 동시에 움직였다. 그들의 운신은 육안으로는 따라갈 수 없을 정도로 빨랐다.

마치 사막의 신기루처럼 그들의 신형이 제자리에서 사라진 순간 검엽은 사방 열여섯 곳에서 밀어닥치는 가공할 힘을 느낄 수 있었다.

폭발하듯 그를 향해 날아든 힘.

남궁검우의 섬전십삼검뢰.

백제현의 열화천신강.

서문기의 무상검형.

소요자의 태극검.

…….

권강과 장강, 그리고 도강과 검강을 포함한 열여섯 개의 강기화된 힘이 찬연한 빛을 뿌리며 북극광처럼 검엽의 전신을 덮어씌웠다.

십육 인이 펼친 강기의 색은 다양했다.

백제현의 열화천신강은 타오르는 붉은빛을 띠었고, 서문기의 무상검형은 서리가 내린 듯한 백색이었다. 소요자의 태극검은 현기 어린 푸른빛이었고, 남궁검우의 섬전십삼검뢰는 고귀한 자색이었다.

열여섯 개의 각기 다른 강기가 대지를 휩쓸며 검엽에게 쇄도하는 광경은 장관이었다.

그리고 그렇게 펼쳐진 장관은 그저 아름답기만 하지 않았다.

고수들 개개인의 공력과 진세에 의해 집중된 오백 무인의 공력, 그리고 진세 자체가 만들어내는 수평의 인력.

그 힘의 막강함은 필설로 형용하기 어려울 정도였다.

그러나 그 열여섯 개의 힘은 검엽을 타격하기 전 그를 중심으로 수레바퀴처럼 회전하고 있는 천강와선수의 선풍에 의해 가로막혔다.

콰콰콰콰콰콰쾅—!

충돌의 여파는 가공스러웠다.

검엽과 열여섯 명의 고수가 서 있는 곳을 중심으로 방원 칠십 장 이내의 지면이 일 장이나 주저앉았다. 그리고 뼈를 깎을 듯 날카로운 바람이 미친 듯이 사방으로 퍼져 나갔다.

먼지가 된 돌가루들이 해일처럼 일어나 대암평을 뒤덮었고, 칠흑 같은 어둠으로 천지를 물들이고 있던 공간이 괴롭게 뒤틀리며 일그러졌다.

"울컥!"

"쿨럭!"

"크윽… 진정 저자는 사람이 아니란 말인가!"

괴로운 신음 소리가 여기저기서 동시다발적으로 터져 나왔다.

백제현을 비롯한 선두의 고수들은 너나 할 것 없이 앞섶이 피로 물들었고, 입과 코에서 선홍빛 핏물이 냇물처럼 흐르고 있었다.

검엽의 모습도 그리 좋지는 않았다.

그는 일 장이나 주저앉은 지면에 허리까지 파묻혀 있었다. 안색도 푸른빛을 띨 정도로 창백했다. 그러나 그의 상태는 십육 인의 고수보다 훨씬 나았다. 피를 흘리지는 않고 있는 것이다.

진세의 힘을 모은 십육 인의 공세는 효과가 있었다.

그들의 공세는 천강와선수가 만들어냈던 선풍을 무너뜨렸다.

지면에 몸을 절반이나 묻고 있는 검엽의 모습에 열여섯 명의 고수는 모두 귀신이라도 본 것 같은 얼굴들을 하고 있었다.

그들 중 가장 먼저 평정을 회복한 사람은 제왕검 남궁검우였다.

그의 굵은 눈썹이 역 팔자로 곤두섰다. 그가 무거운 일성을 토했다.

"저자도 충격을 받았소. 저자가 힘을 되찾기 전에 죽여야만 하오!"

사람들은 볼 수 있었다.

창백해졌던 검엽의 안색이 빠르게 회복되고 있는 것을.

그들의 심장이 주체할 수 없을 정도로 떨렸다.

진법의 기운으로 모여 그들에게 투사된 팔천 무인의 내공이 말 그대로 그들 내공의 총합일 수는 없었다.

진세의 힘이 보호해 준다고 해도 그런 거력을 인간이 받아들이는 것은 불가능했으니까. 그러나 그렇게 모인 팔천 무인의 내공이 상상을 초월할 정도로 강력하다는 건 분명 사실이었다.

 단순 계산한다면 하나의 무리가 모은 내공은 못해도 천 년 공력은 될 터였다. 그런데 검엽은 그런 힘 열여섯 개의 합공을 받아낸 것이다.

 열여섯 명의 고수가 다시 한 번 신형을 날리며 자신들의 절기 중 최고의 무공을 펼쳤다.

 그들의 두 손과 병기에서 일어난 강기의 빛기둥이 눈부신 빛을 발하며 검엽에게 쇄도했다.

 마치 맑은 밤하늘에서 볼 수 있는 은하수의 무리를 보는 듯했다.

 검엽의 핏빛 눈에 냉혹한 살기가 흘렀다.

 그의 신형이 느릿하게 지면에서 솟아올랐다. 땅이 그를 밀어내기라도 하는 듯했다. 무시무시한 인력이 사방에서 그의 몸을 끌어당겼다. 그것이 그의 발목을 잡아 상승 속도를 높이기 어렵게 했다.

 그러나 그뿐이었다.

 팔황연환대진세의 인력은 무서웠지만 검엽의 상승을 멈추게까지는 하지 못했다.

 한계였다.

 멀리서 전장을 지켜보던 제갈유의 칠공이 검은 피로 범벅이 되고, 눈은 흰자위로 뒤덮였다.

 "난석과 팔황의… 압력과 인력을 뚫을 수 있는… 힘을 가진 자가… 존재할 수 있는가……. 천마… 천마여……."
 고통과 절망, 공포가 짙게 드리워진 중얼거림.
 천천히 그의 눈에서 검은자가 사라져 갔다.
 진세가 한계에 도달하자 진과 심령으로 연결된 그의 생명도 한계에 도달하고 있었다.

 허공으로 치솟는 검엽의 주변에 아홉 개의 검푸른 방패가 모습을 드러냈다.
 촤라라라라라—
 듣는 이의 귀를 시원하게 만드는 경쾌하고 맑은 소리가 대암평을 울렸다.
 절세무쌍의 구환마벽이었다.
 구환마벽은 등장과 함께 병풍과도 같은 형태로 변화하며 검엽을 아홉 겹으로 둘러쌌다.
 변화는 찰나지간 이루어졌다.
 그리고 열여섯 개의 강기 기둥과 구환마벽이 거세게 충돌했다.
 구환마벽의 아홉 겹 방호막이 가장 밖에 형성되었던 것부터 순차적으로 붕괴되었다.
 콰콰콰콰콰콰콰쾅—!
 묵청광을 뿌리는 마벽의 파편이 폭발하듯 사방으로 흩날렸고, 열여섯 무인의 코와 입에서는 덩어리진 핏물이 격렬하게 튀었다.

무너지는 구환마벽은 그냥 붕괴되지 않았다.

흡력과 탄력이 강고하게 결합한 구환마벽의 일차 요결, 암흑생사망이 붕괴되는 와중에서도 제 위력을 발휘하고 있었던 것이다.

암흑생사망의 반탄지력은 가공스러웠다.

열여섯 무인의 얼굴은 오장육부가 으스러지는 듯한 압력을 견뎌내며 무참하게 일그러졌다.

마벽의 반탄지력은 진세의 인력을 가닥가닥 끊으며 파고들었다. 그리고 열여섯 무인이 만든 호신강기의 외벽을 무섭게 두드렸다.

산사태에 짓눌리는 것 같기도 하고 밀려드는 해일에 휩쓸리는 것 같기도 한 느낌.

그것은 열여섯 무인이 현실로 존재할 수 있으리라고 상상해 본 적이 없는 거대한 힘이었다. 참을 수 없는 공포였고 또한 치가 떨리는 전율이었다.

열여섯 무인의 육십 장 뒤쪽에 자리를 잡고 공력을 일으키고 있던 팔천 무인의 안색은 시퍼렇게 질려 있었다. 그들의 눈앞에서 벌어지는 싸움은 인간들의 싸움이 아니었다.

아니, 그들의 대표자들인 십육 인은 사람이었지만 그 적은 사람이 아니었다.

누군가의 입에서 신음 같기도 하고 비명 같기도 한 중얼거림이 흘러나왔다.

"저자는… 마신, 마신이야……. 어떻게 사람이 저럴 수 있단 말인가…….”
 아무도 그 사내의 말을 받지 않았다. 그리고 반발의 기색을 보이는 사람도 없었다, 그들도 사내와 같은 생각이었기에.
 열여섯 무인을 보호하고 있는 호신강벽이 무너질 듯 뒤흔들렸다.
 피에 젖은 얼굴, 질린 눈으로 강벽과 검엽을 바라보던 남궁검우 등의 얼굴에 절망의 기색이 떠올랐다.
 그들의 공세와 충돌한 구환마벽은 여덟 개의 방호막이 사라져 있었다. 그러나 허공으로 느릿하게 솟구치고 있는 검엽의 몸은 공세의 순간 잠시 멈칫하긴 했지만 아래로 추락하거나 뒤로 밀려나지 않았다. 그리고 마지막까지 남은 하나의 검푸른 마벽이 그를 보호하고 있었다.
 남궁검우 등을 보호하는 호신강벽도 불안하게 뒤틀리고 있긴 했지만 아직 힘을 잃지 않았다.
 이번의 충돌은 겉으로 보았을 때 누가 이득을 보았는지 알기 힘들었다.
 그러나 남궁검우 등은 알고 있었다.
 자신들이 손해를 보았다는 것을.
 검엽은 무언가를 시도하려 하는 중이었고, 그들은 그것을 저지하지 못한 것이다.
 남궁검우 등의 악다문 입술 사이로 검게 죽은피가 흘러내렸다.
 그들의 내부는 진세가 모은 무인들의 내력을 받아들이는 한

편, 검엽과의 충돌로 인한 여파를 해소하면서 빠르게 붕괴되어 가고 있었다.

시간이 얼마 남지 않은 것이다.

그들의 눈빛이 삼엄해졌다.

죽음을 예감한 자의 초연함이 그 눈에 어려 있었다.

열여섯 개의 신형이 허공으로 솟아오르고 있는 검엽의 뒤를 따라 무서운 기세로 떠올랐다. 태산이라도 무너뜨릴 듯 막강한 강기의 다발이 그들보다 앞서 검엽의 발밑으로 엄습했다.

검엽의 혈안에서 가공할 섬광이 피어오른 것도 그 순간이었다.

구(球)의 형태로 검엽을 둘러싸고 있던 마벽의 중앙이 칼로 자르듯 반으로 쪼개졌다.

검엽은 반구형으로 변한 구환마벽을 발아래로 가볍게 던졌다.

겹친 두 개의 반구가 검엽의 발밑에 놓였다.

쾅! 쾅!

남궁검우 등의 공세가 두 개의 반구형 마벽과 충돌했다.

아홉 개의 마벽 중 여덟 개를 부순 공세가 이제는 하나가 둘로 나뉜 마벽과 부딪쳤다.

우열은 확연했다.

반구형의 마벽은 눈 녹듯이 사라졌고, 조금 약화되긴 했으나 여전히 막강한 힘을 간직한 강기의 다발이 검엽의 발밑을 쫓았다.

그때 검엽의 입가에 흰 선이 그어졌다. 반대로 남궁검우 등의 얼굴은 참혹하게 일그러졌다.

그들이 펼친 강기의 다발은 검엽의 발밑과 두 치의 거리를 좁히지 못하고 있었다.

검엽의 상승에 가속이 붙고 있었기 때문이다.

검엽은 지면으로부터 십여 장 높이까지 상승해 있었다. 그렇게 상승하자 팔황연환대진세의 인력은 약해질 수밖에 없었다. 그리고 인력이 약해지자 검엽의 상승 속도는 탄력이 붙었다. 당연한 결과였다.

검엽의 신형은 단숨에 지면에서 십오 장 높이까지 솟아올랐다.

남궁검우 등이 펼친 공세가 허공에서 스러졌다.

일반인에게는 대단한 높이지만 남궁검우 등에게까지 높은 것은 아니다.

열여섯 무인은 십여 장을 솟구치며 검엽을 따라붙었다.

그리고 그들이 펼친 두 번째 강기의 무리가 검엽에게 쇄도했다.

칠흑처럼 어두운 하늘이 형형색색의 강기가 뿌려대는 찬연한 빛으로 물들었다.

강기는 내공과 깨달음의 정화.

그 빛의 선명함은 비현실적일 만큼 강렬했다.

검엽의 입꼬리가 비틀렸다.

그리고,

그를 공격하던 남궁검우 등뿐만 아니라 그들의 일거수일투족에 시선을 떼지 못하고 있던 팔천 무인의 안색이 대변하며 입이 쩍 벌어졌다.

허공으로 솟구치던 검엽의 신형이 마치 무언가를 밟기라도 한 것처럼 우뚝 멈춰 섰고, 뒤이어 그의 모습이 마치 분열이라도 하는 것처럼 옆으로 수를 늘리기 시작했던 것이다.

"환영술……?"

약간 멍한 느낌이 드는 어투로 누군가의 입에서 흘러나온 말.

경신술이 극고의 경지에 이르렀을 때 잔상을 실체처럼 보이게 만드는 것이 가능하다고 한다. 그 경지가 환영이었다.

남궁검우와 같은 초절정고수들도 검엽이 펼친 것이 환영술의 일종이라고 생각했다.

눈에 그렇게 보였으니까.

열여섯 명의 눈빛이 흔들렸다.

검엽이 펼친 환영술은 너무나 정교해서 어느 것이 실체이고, 어느 것이 잔상인지 그들도 구분할 수가 없었기 때문이다.

그러나 그것은 그들의 능력이 부족해서가 아니었다. 단지 그들이 판단을 잘못해서였을 뿐이었다.

늘어나는 검엽의 모습은 열여섯이 되었을 때에야 멈추었다. 그때까지 걸린 시간은 불과 눈 서너 번 깜박일 정도밖에 되지 않았다.

그 시점에 열여섯 무인의 두 번째 공세가 바로 그의 발밑 두 자 떨어진 곳에 도달하고 있었다.
 천마조의 거대한 날개가 검엽의 머리 위에 드리워지고, 천마암혼이 팔짱을 풀며 두 팔을 느릿하게 들어 올렸다.
 무언가 변화가 일어나려 하고 있었다.
 섬뜩한 보석처럼 빛나는 혈안으로 지상을 내려다보던 검엽의 입술이 살짝 벌어졌다. 그리고 그 입술 사이로 상상을 넘어선 무한한 힘이 담긴 말이 흘러나왔다.
 "너희에게 보여주마. 진정한 마(魔)의 힘을! 무인으로 대천강마라폭멸성강(大天罡魔羅暴滅星罡)에 죽어감을 영광으로 생각하라!"
 열여섯 명의 검엽이 활짝 펼친 두 손을 하단전 앞에 모았다.
 장심에서 눈을 멀게 만드는 광채와 함께 묵청색의 작은 구슬이 튀어나왔다. 그리고 묵청구는 나타남과 함께 몸집을 불려갔다.
 열여섯 무인의 공세가 검엽의 발밑 세 치 거리까지 접근했을 때 구슬은 이미 구슬이 아니라 폭이 두 자에 이르는 거대한 원형의 구(球)가 되어 있었다.
 보는 것만으로도 마음을 불안하게 만드는 묵청 빛 원구.
 팔천의 무인은 그것이 무엇인지 알 수 없었다.
 검엽을 공격하는 열여섯 무인과 진세의 후미에서 전장에 시선을 고정시키고 있던 백운천도 원구의 정체는 알지 못했다. 그러나 그를 비롯한 총련의 초절정고수들은 거의 동시에 원구에 모아진 가공스러운 힘을 느꼈다.

그들의 안색이 일제히 하얗게 떴다.

그들이 느낀 원구의 힘은 필설로 형용이 불가능했다.

그것은 뒤도 돌아보지 않고 도망하고 싶은 마음이 들게 하는 항거불능의 절대마력이었다.

그들이 어떻게 알 수 있을 것인가.

열여섯 개의 검푸른 원형의 구가 창안된 사연과 그 위력을.

대천강마라폭멸성강에 의해 형성된 열여섯 개의 구는 그 하나하나가 검엽이 운기하는 지존천강력의 운용원리를 그대로 복제한 것과 동일한 원리에 따라 만들어진 것이었다.

구 자체 내에서 절대역천마기를 끌어들여 응축하고 폭발시키는 연쇄작용이 이루어지고 있는 것이다.

검엽의 제어를 벗어난 절대역천마기와 외부의 절대역천마기가 묵청구 안에서 연쇄적으로 응축 폭발하면서 그 힘을 증폭시키고 있었다.

만약 백도의 무인들이 그 의미를 알고 있었다면 지금처럼 이 자리에 버티고 있지 못했으리라.

진저리처지는 불길함에 백운천은 어깨를 떨며 신형을 허공으로 띄웠다.

그는 이대로 있어서는 안 된다는 것을 직감했다. 무언가를 해야 했다.

그러나 그의 반응은 늦어도 너무 늦었다.

묵청구 열여섯 개가 검엽의 장심을 구름처럼 가볍게 떠나 그의 전면 석 자 앞으로 밀려갔다. 그리고 그 자리에 고정되었다.

 열여섯 개의 검은 별이 떠 있는 듯한 광경.

 사람들이 일시지간 넋을 잃었을 때,

 고오오오오오—

 천마조가 날개를 치며 괴조음을 발하고, 천마암혼이 겁화로 타오르는 양손을 세차게 휘둘렀다.

 그와 함께 열여섯 개의 별이 열여섯 방위로 나뉘어 지면을 향해 내리꽂혔다.

 그 속도는 무시무시할 정도로 빠르고 화려해서, 만약 그것이 무공이라는 걸 알지 못했다면 밤하늘을 가르며 쏟아지는 유성우로 착각했을지도 몰랐다.

 쐐애애애애액—!

 귀를 찢는 파공성.

 묵청구가 이르기도 전에 먼저 공간이 비명을 지르며 뒤틀리고 갈라졌다.

 열여섯 개의 묵청구, 검엽이 마라폭멸성강이라고 이름 붙인 절대역천마기와 가장 먼저 조우한 사람들은 남궁검우 등 열여섯 무인이었다.

 마라폭멸성강이 향한 곳은 열여섯의 무리로 나뉜 팔천 무인이었고, 그들에게 가기 위해서는 그들의 선두에 서 있는 남궁검우 등이 펼친 공세를 뚫고 지나가야 했던 것이다.

 "꿀꺽!"

 "으으으."

침 삼키는 소리와 앓는 듯한 신음 소리가 어지럽게 났다.
그리고 검엽과 열여섯 무인이 펼친 무공이 충돌하는 순간이 왔다.

콰콰콰콰콰콰!

기이하게도 충돌음은 들리지 않았다. 들리는 것은 지진에 건물이 무너져 내리는 것 같기도 하고, 파도에 모래성이 쓸려 내려가는 것 같기도 한 소리뿐이었다.

지켜보던 사람들과 전장을 향해 바람처럼 달려오던 백운천의 얼굴이 검게 죽어갔다.

그들의 눈앞에서 남궁검우 등이 펼친 강기의 다발이 깨어진 유리조각처럼 속절없이 부서져 내리고 있었다.

부서져 내리는 건 강기의 다발만이 아니었다.

마라폭멸성강은 남궁검우 등이 펼친 강기를 무인지경처럼 파훼한 후 그대로 강기를 펼친 십육 인을 덮쳤다.

사람들의 눈앞에서 최악의 악몽이 펼쳐졌다.

열여섯 초절정고수의 육신이 허공에서 종잇장처럼 갈기갈기 찢어지는 듯싶더니 다음 순간 피 모래로 으스러지고 있었다.

그들 개개인은 일세를 풍미한 절세의 고수들이었지만 마라폭멸성강 앞에선 무기력한 아이와 다를 바가 없었다.

사람들이 지켜보는 그 앞에서, 십육 인은 한 줌의 핏물조차 남기지 못하고 산화했다.

그것이 끝이 아니었다.

팔천 무인은 남궁검우 등을 흔적도 없이 소멸시킨 열여섯 개의 묵청구가 오히려 더 커진 상태로 자신들을 향해 날아오는 것을 볼 수 있었다.

폭이 두 자이던 마라폭멸성강의 크기는 폭 다섯 자로 늘어나 있었다.

"선두는 저것을 막아랏!"

백운천은 검엽에게 달려가며 미친 듯이 고함을 질렀다.

머리를 흐트러뜨리고, 눈이 반쯤 뜬 채 달려가고 있는 그의 모습 어디에서도 수십 년간 백도제일고수로 군림해 온 절대자의 풍모는 더 이상 보이지 않았다.

오직 황망함과 공포만이 느껴질 뿐이었다.

백운천의 고함을 들은 진세의 선두에 서 있던 자들이 눈을 부릅떴다.

팔황연환대진세에 연환이라는 말이 붙어 있는 것은 선두가 죽으면 죽은 자의 다음 순서에 해당되는 자들이 진세의 힘을 이어받는 공능이 있기 때문이었다.

그것은 진법의 기운이 한 줌이라도 남아 있는 한, 그리고 힘을 이어받을 자가 단 한 명이라도 남아 있는 한 중단없이 유지된다.

그 공능은 남궁검우 등이 죽은 직후 바로 발휘되어 팔천 무인의 내력을 모아 선두에 선 자들에게 전해주고 있었다. 그러나 선두에 있던 자들은 악몽과도 같은 변화의 급격함에 경악해서 그것을 미처 의식하지 못했다. 변화의 속도가 그들의 대응 속도보다 빨랐던 탓이기도 했고.

그러나 이미 너무 늦은 상태였다.

남궁검우 등이 단 한 명도 남지 않고 모두 같은 순간 죽을 거라고 그 누가 예상할 수 있었겠는가.

그래서 백운천의 외침을 듣고 선두에 선 자들이 대응하려 했을 때는 마라폭멸성강이 벌써 오백 명이 이룬 열여섯 개의 무리 중앙에 떨어져 내리고 있었다.

퍼석.

무인들은 어리둥절한 얼굴이 되었다.

남궁검우와 같은 초절정고수를 흔적도 없이 소멸시켜 버린 묵청구는 미처 피하지 못하고 중앙에 서 있던 이십여 명의 무인을 뭉개며 땅속으로 물이 스며들 듯 부드럽게 파고들었을 뿐 다른 변화가 일어나지 않았기 때문이다.

하지만 그것은 그들의 착각이었다.

어리둥절한 무인들이 서로를 돌아보며 어떻게 된 것인지 막눈으로 물어보려 할 때 마라폭멸성강의 진정한 무서움이 구현되었다.

드드드드드드드드—

팔천 무인의 안색이 새파랗게 질렸다.

그들이 발을 딛고 있는 수십 리에 이르는 대암평 전체가 지진이 난 듯 뒤흔들렸던 것이다.

최초의 진동은 약했다.

무인들의 머리카락이 미세하게 떨릴 정도에 불과했으니까.

그러나 그 진동은 단숨에 진폭을 키웠고, 무인들은 천근추를 사용했음에도 안정되지 않는 신체의 균형을 느끼고 공포에 젖어들어야 했다.

쩌저저저저저적—!

흔들리던 지면이 갈라지고 있었다.

그리고,

굉량한 폭음과 함께 열여섯 곳에서 화산의 분화구가 터지는 것같은 어마어마한 폭발이 동시에 일어났다.

콰아아아아아아아앙—!

팔천의 무인은 귀를 틀어막으며 눈을 감았다. 그들이 할 수 있는 것은 그것밖에 없었다. 지금 그들에게 벌어지고 있는 일은 사람의 힘으로 막을 수 없는 것이었기에.

귀를 막은 무인들의 손 밑으로 피가 흘렀다. 굉음에 직격당한 고막이 찢어진 것이다. 눈을 감았음에도 그들의 눈앞은 온통 새하얗게 변했고, 그 흰빛은 날카롭게 그들의 눈을 파고들었다.

갈라진 대지의 곳곳에서 칼끝처럼 날카롭고 찬연한 빛이 대암평의 바위들을 산산조각으로 만들며 몸을 일으키고 있었다.

검푸른 섬광이 하늘 끝까지 솟구쳤다. 그리고 그 섬광은 대암평 전역을 뒤덮었다.

하늘을 가리고 있던 짙은 먹구름이 새털처럼 흩어졌고, 절대역천마기의 기운조차 열여섯 개의 구멍이 나며 밤하늘의 별을 내보여야 했다.

"으아아아악!"

폭발에 휩쓸린 팔천 무인의 입에서 한꺼번에 흘러나온 무참한 비명이 구천에 사무쳤다. 그들의 신형은 가을날 바람에 흩날리는 낙엽처럼 사방으로 날아갔다.

폭발의 중심과 가까웠던 자들은 사방으로 튕겨 날아가다가 서서히 가루가 되어 흩어졌다. 그들의 사정은 중심에서 멀리 있던 자들에 비할 바 없이 나았다. 그들은 죽음을 의식할 사이도 없이 죽어갔으니까.

그러나 중심에서 멀리 떨어져 있던 자들의 사정은 그렇지 못했다.

중심부부터 동심원을 그리며 퍼져 나간 폭발의 여력은 외곽에 있던 자들의 전신을 강타했고, 그들의 전신은 화탄에 맞은 것처럼 터져 나갔다.

자욱한 피 보라와 조각난 육신의 파편들이 십여 리의 대지를 붉게 물들였다.

천지에 말일이 도래한 듯했다.

대암평은 공포 속에 침몰해 갔다.

섬광의 여파에 휩쓸린 백운천은 사력을 다해 뒤로 물러났다. 그가 진세의 중심에 도달하지 못한 것이 그의 목숨을 구했다.

여파에 휩쓸린 것만으로도 그는 오십여 장을 튕겨 나갔고, 그 힘을 이용한 그는 전력을 다해 다시 이백여 장을 후퇴했다.

그는 넋을 잃었다.

십여 리에 걸쳐 팔황연환대진세를 구축하고 있던 팔천 무인 중 서 있는 사람의 모습은 단 하나도 보이지 않았다.

보이는 것은 온통 처참하게 갈라지고 찢어진 채 아직도 검푸른 섬광을 용암처럼 토해내고 있는 대지와 도처에 쌓인 시산과 혈해뿐이었다.

생존자는 그 한 사람뿐인 것이다.

쿠우우, 쿠쿵, 콰쾅, 콰쾅—!

그가 지켜보는 와중에도 대지는 몸서리를 치며 곳곳이 무너져 내리고 있었다.

금방이라도 갈라진 틈새에서 지옥의 마물들이 튀어나올 듯했다.

폭발로 인해 조금 드러났던 밤하늘은 어느새 다시 먹구름과 묵청광을 뿌리는 기묘한 기류로 뒤덮여 있었다.

열여섯으로 나뉘어졌던 분신이 하나로 합쳐졌다. 발밑의 대암평을 여유있게 돌아본 검엽은 고개를 젖히며 광소를 터뜨렸다.

"고검엽, 너는 천재다! 으하하하하하하!"

광기 어린 웃음이 대지의 끝까지 퍼져 나갔다.

백운천은 말을 잃었다.

넋도 잃었다.

그의 눈앞에 펼쳐진 광경은 그대로 지옥이었다.

그리고, 그 지옥의 상공 위에 마치 제단을 밟고 있는 듯 자연스러운 모습으로 선 채 광소를 터뜨리고 있는 미청년은 마(魔)

의 군주(君主)이며 마의 지존이었다.
 백운천은 망연한 얼굴로 주변을 돌아보았다.
 그가 후퇴한 거리는 상당해서 지휘군막이 불과 십여 장 뒤에 있었다.
 열린 군막의 입구를 통해 안을 일별한 백운천은 칠공에서 검은 피를 흘리며 눈을 부릅뜬 채 앉아 있는 제갈유를 볼 수 있었다.
 제갈유의 눈에 생기는 없었다.
 백운천은 팔황연환대진세가 붕괴될 때의 충격이 그를 죽음으로 이끌었다는 것을 한눈에 알아보았다.
 어쩌면 다행일지도 몰랐다.
 백운천은 불현듯 그런 생각이 들었다. 죽은 이상 자신의 눈앞에 펼쳐지고 있는 광경을 제갈유는 볼 수 없으니까.
 고개를 앞으로 돌린 그의 어깨가 늘어졌다.
 혈의 미청년.
 천마 고검엽이라고 알려진, 사람인지 지옥에서 나온 마귀인지 알 수 없는 존재가 뒷짐을 진 자세 그대로 허공을 느릿하게 가로지르며 그를 향해 날아오고 있었다.
 천마조와 천마흑암의 거인은 어디로 갔는지 보이지 않았다. 천지간에 존재하는 것은 오직 천마 고검엽, 그뿐이었다.
 백운천의 삼 장 앞 허공에 도착한 검엽의 신형이 천천히 지면으로 내려앉았다.
 휘우우우우우―

그의 발밑에서 일어난 소용돌이가 십여 장 반경의 지면을 빗자루로 쓸 듯이 쓸어냈다.

 바람의 영향권 안에 든 백운천의 신형이 정신없이 앞뒤로 흔들렸다. 손발의 떨림도 멈출 기미를 보이지 않았다. 두려움이 부동심을 무너뜨렸고, 신체의 제어력도 빼앗아간 것이다.

 무참하고 치욕스러운 일이었다. 그러나 백운천은 넋이 빠진 인형처럼 멍한 눈빛을 흘리며 바람에 몸을 맡길 뿐 저항하지 못했다.

 일세를 풍미한 백도의 절대자, 중원무림의 절반을 장악한 총련의 련주로 군림했던 일대 거인의 모습은 그에게서 더 이상 찾아볼 수 없었다.

 검엽의 눈이 백운천의 눈과 허공의 한 점에서 조용히 마주쳤다.

 "그대가 백운천인가?"

 백운천은 떨림을 감추기 위해 사력을 다하며 검엽의 질문을 받았다.

 "그렇다······."

 "생각보다 침착하군. 조금 의외야."

 몇 마디를 나눈 것이 두려움을 조금 가시게 해준 것일까.

 백운천의 눈에 광채가 조금씩 되살아났다.

 그가 말했다.

 "치욕스럽게 죽고 싶지 않을 뿐이다."

 검엽은 고개를 작게 끄덕이며 손짓했다.

"받아주지. 오너라."

백운천은 가슴을 파고드는 열패감에 피가 나도록 입술을 질끈 깨물었다.

그가 언제 저처럼 광오한 상대를 만난 적이 있었으랴. 그러나 상대는 저런 태도를 보일 자격이 있는 자였다.

무림은 강자존의 세상.

더구나 천마 고검엽은 마도를 걷는 자들의 지존격인 인물이 아닌가.

백운천은 평생을 고련한 진원까지 단 한 점도 남기지 않고 끌어올렸다.

떨림은 멈췄다. 그의 눈빛이 담담해졌다. 그의 뇌리에 승패의 결과 따위는 없었다.

그는 최선을 다하고자 할 뿐이었다. 그것이 그가 죽음을 목전에 둔 무인으로서 마지막 자존심을 지킬 수 있는 유일한 길이었다.

그의 전신에서 반투명한 붉은빛이 이글거리며 피어올랐다.

극성의 열화천신공이었다.

중원의 무수한 열양기공 가운데 으뜸이라 불리며 오늘날의 그를 있게 해준 양강무공의 일대절학.

백운천과의 거리가 삼 장이나 되는데도 검엽의 전신은 불구덩이에 빠진 것처럼 뜨거워졌다.

착각이 아니었다.

백운천의 발밑 일 장 이내에 있는 바위들이 촛농처럼 녹아

내리고 있었다.

그가 펼치는 열화천신공은 그의 아들 백제현의 것과는 하늘과 땅만큼의 차이가 났다.

그러나 검엽의 눈빛은 그 열기를 전혀 느끼지 못하기라도 하는 사람처럼 변화가 없었다.

백운천도 마찬가지였다.

그는 자신의 열화천신공이 검엽에게 위협이 될 거라 기대는 하지 않았다. 그런 기대를 갖기에는 지금까지 검엽이 보여준 능력이 너무 가공스러웠으니까.

백운천을 천공삼좌의 일인으로 등극하게 해준 무공은 열화천신공과 그것을 기반으로 펼치는 극염열화신장(極炎熱火神掌)이다.

들어 올린 백운천의 장심에 무서운 열기를 뿜어내는 붉은 반점이 생겨났다. 홍옥처럼 보이는 그것은 반투명했고, 눈을 아리게 만들 만큼 아름다운 빛을 발했다.

반점은 나타나자마자 백운천의 장심을 벗어나 검엽에게 날아들었다.

장법의 성취가 강기의 수준을 넘어섰을 때 이루어진다는 강환(罡丸), 극염열화강이었다.

강환의 속도는 형용이 불가능할 정도로 빨랐다. 백운천의 손을 떠난 순간 검엽의 가슴에 닿고 있었으니까.

강환을 날림과 함께 백운천도 검엽을 향해 쇄도했다.

그와 검엽의 거리는 삼 장.

그들과 같은 절대고수들에게 그 정도는 거리라는 말을 붙이기도 어렵다.

그 순간, 검엽의 가슴 앞에 환상처럼 육각형의 묵광을 발하는 방패가 생성되었다.

구환마벽.

콰직!

기묘한 소음.

구환마벽과 충돌한 극염열화강이 철벽에 부딪친 것처럼 으스러지며, 반투명한 열기의 회오리가 격렬하게 십여 장 방원을 휩쓸었다.

열기의 회오리가 휘몰아칠 때 극염열화강의 뒤를 이은 백운천의 쌍장이 검엽의 가슴 두 치 앞에 도달했다.

백운천의 안색이 창백해졌다.

그는 이를 악물었다.

극염열화강과 충돌한 구환마벽이 온전한 형태로 검엽의 가슴을 방호하고 있는 게 그의 눈에 들어온 때문이었다.

절망이 그의 눈에 짙게 드리워졌다.

그러나 그에게는 물러날 시간도 변화를 도모할 시간도 주어지지 않았다.

그의 두 손이 구환마벽의 외벽에 닿을 즈음 검엽의 오른손이 비스듬히 그의 왼쪽 관자놀이 부근을 후려치고 있었던 것이다.

별다른 변화가 없는 듯하면서도 그 일수는 빨랐고, 하늘이라도 무너뜨릴 듯한 기세가 실려 있었다. 천강붕천수였다.

백운천은 실핏줄이 터져 검엽과 비슷한 혈안이 된 눈으로 석 자도 채 떨어지지 않은 곳에 있는 검엽의 두 눈을 바라보았다. 그리고 그는 열화천신공으로 자신의 머리를 보호하면서 극염열화신장에 혼신의 힘을 실었다.

콰앙!

육신과 육신의 충돌이었는데도 폭음이 났다.

검엽의 정면에 자욱한 피 보라가 일었다.

피 보라가 서서히 가라앉은 자리에 백운천의 모습은 더 이상 보이지 않았다. 뒷짐을 진 채 가볍게 눈살을 찌푸린 검엽만이 보일 뿐이었다.

그는 자신의 발을 내려다보고 있었다. 그의 발은 반 치가량 뒤로 물러나 있었다. 자의로 물러난 것이 아니었다.

"심마지해를 나선 후로 처음 밀려보는군. 백운천, 허명만은 아니었다는 건가."

나직한 중얼거림.

그 음성에 어린 기색은 불쾌감이었다.

그는 반 치를 물러난 자신이 마음에 들지 않는 것이다. 상대가 수십 년간 백도제일고수로 추앙받았던 절대의 고수라는 것을 잘 알고 있었음에도 불구하고.

검엽은 고개를 들었다.

싸움은 끝이 났다.

백도의 중추 문파들은 향후 일백 년을 노력해도 회복하기 어려운 피해를 입었다.

각 문파와 세가의 핵심 고수들 구 할 이상이 이곳에서 죽었고, 아마도 무수한 절기들이 실전될 터였다.

대지진과 화산 폭발이 동시에 일어난 듯 황폐하게 변한 대암평의 모습이 그것을 증명했다.

아직도 하늘은 묵청광을 흘리는 구름으로 뒤덮여 있었고, 갈라지고 찢어진 대지의 틈에서 검푸른 연기가 피어올랐다.

그 틈새로 흘러드는 것은 검붉은 피의 강. 시선이 닿는 곳마다 쌓인 분시된 시신들의 참혹함은 이루 말로 표현할 수 없을 정도였다.

그러나 천지의 말일이 도래한 듯한 광경을 보는 검엽의 혈안은 기쁨과 파괴에 대한 욕망으로 가득하기만 했다.

그의 시선이 남쪽을 향했다.

정무총련이 붕괴된 이상 장강이북에는 그를 향해 검을 들이댈 수 있는 세력이 존재하지 않았다.

뒷짐을 진 그대로 남쪽을 향해 막 걸음을 떼려던 그의 움직임이 갑자기 멈췄다.

그의 미간에 가는 주름이 잡혔다.

'둘?'

그는 서쪽과 북쪽을 번갈아 보았다.

익숙한 두 개의 기운이 무서운 속도로 대암평과 가까워지고 있었다.

북쪽을 일별한 그의 시선은 서쪽에 고정되었다.

북쪽의 기운은 이곳까지 도착하려면 어느 정도의 시간이 필요할 정도로 아득히 멀었지만 서쪽에서 다가오는 기운은 멀지 않았다.

그의 안색은 차갑고 무서웠다. 마치 생사대적이 접근하고 있기라도 한 듯한 기색이었다.

일다향이 지나기 전 서쪽에서 하나의 인영이 모습을 드러냈다.

화사한 궁장을 입은 절세의 미인. 특이하게도 그녀의 양손에는 은빛 서기 어린 장창과 방패가 들려 있었다.

사란이었다.

이미 짐작하고 있었던 듯 검엽은 표정의 변화가 없었다.

사란의 신형은 검엽의 오 장 앞에서 멈췄다.

그녀는 푸른 현기가 흐르는 맑은 눈으로 검엽의 혈안을 똑바로 바라보았다.

피 구덩이에 빠졌다고 해도 그처럼 붉지는 못할 거라 생각될 만큼 붉은 혈안.

입술을 꼭 깨물며 검엽을 응시하던 그녀가 봉황신창을 고쳐 잡으며 말했다.

"마성안(魔性眼)······. 사숙의 몸에서 어서 떠나세요. 그렇지 않는다면 제가 결코 용서하지 않을 거예요."

감정이 담겨 있지 않던 검엽의 눈에 언뜻 감탄의 기색이 떠올랐다.

"란아, 네 나이에 마성안을 알아보는 것만도 기특한데, 내가 멍청한 검엽이 아니라는 것까지도 아는구나. 그 사실을 어떻게 알게 된 것이냐? 마성안을 발한다고 해서 그들 모두가 혼을 잃는 것은 아니거늘?"

사란은 고개를 가로저었다.

"저도 몰라요. 하지만 알 수 있어요, 당신은 사숙이 아니라는 걸."

천진하기까지 한 대답. 그러나 그녀의 손에 들린 봉황신창에서 느껴지는 기세의 날카로움은 백운천에 비해서도 그리 뒤떨어지지 않았다.

"…하하하."

검엽은 어이가 없다는 듯 낮게 웃음을 터뜨렸다. 사란을 바라보는 그의 혈안에 은은한 살기가 어렸다.

"운명의 힘이라는 것이냐! 오히려 잘된 일이다, 일부러 찾아서 너를 없앨 수고가 덜어졌으니."

말을 하던 검엽의 깎은 듯 수려한 미간에 굵은 내천 자의 골이 파였다.

"이 멍청한 놈이 안에서 발작을 하는 걸 보니 너라는 존재가 세상에 있어서는 내게 아무런 도움이 되지 않겠구나."

검엽의 마음이 일자 그의 두 손에서 검푸른 섬광이 불꽃처럼 일어났다.

사란은 봉황신창을 고쳐 쥐고 봉황순을 들어 상체 앞에 세웠다. 그녀의 두 눈에 어린 푸른 서기가 강해졌다. 초연신공이 극도로 발휘되고 있는 것이다.

그녀의 움직임에서는 한 올의 망설임도 보이지 않았다.

'그 먼 곳에서도 사숙의 절실함이 그대로 느껴졌었어. 그것은 저 존재가 아직 사숙의 몸과 영혼을 온전히 차지하지 못했다는 증거야. 내 죽음이 조금이라도 사숙에게 도움이 될 수 있다면……'

검엽을 알게 된 후 삶에 대한 집착은 시간이 갈수록 강해져만 갔었다, 언제까지라도 검엽 옆에 머물고 싶었기에. 그러나 그 집착은 또한 검엽을 위해서라면 언제든지 떨쳐 버릴 수 있었다.

검엽을 향한 봉황신창의 창두에서 장엄한 푸른빛의 서기가 번뜩이더니 아홉 자의 강기를 이루어냈다.

당세무림에 아홉 자의 강기를 만들어낼 수 있는 고수가 몇이나 될 것인가. 사란의 나이를 생각한다면 눈으로 보면서도 믿기 어려운 성취였다.

검엽은 소리없이 웃으며 살짝 고개를 저었다.

"란아, 여은향조차 나를 막을 수 없거늘, 네가 저항하려 하느냐?"

사란의 얼굴이 끓어오르는 분노를 이기지 못하고 하얗게 변했다.

"함부로 사조 할머니의 함자를 얘기하지 마세요. 사숙의 혼이 흔들린 틈을 이용해 몸을 차지한 치졸한 수법을 쓰는 존재가 감히 입에 담아도 되는 이름이 아니에요!"

검엽의 얼굴이 굳어졌다.

그의 두 눈에서 검푸른 광망이 화산처럼 타올랐다.

"치졸? 감히? 으하하하하하! 네가 말만큼 여은향과 검엽을 지킬 능력이 있는지 보겠다."

말이 끝남과 동시에 검엽은 사란을 향해 가볍게 오른손을 뿌렸다.

간단한 동작.

하지만 그 손길에 담긴 힘은 미증유의 거력이었고, 광기 어린 대살기였다.

방원 이십여 장이 검엽의 손아래 놓였고, 그 안에 든 모든 것은 뒤틀리고 일그러지며 부서졌다.

하늘도, 땅도, 그 사이의 공간도.

사란의 얼굴에서 핏기가 완전히 가셨다.

상상도 해본 적이 없는 위력의 공세였다. 정가장과 검엽의 옆에서 곱게만 지내온 그녀가 어디에서 이런 공세와 직면한 적이 있었으랴.

봉황신창을 든 손이 저절로 떨려왔다.

그녀도 비무의 경험은 적지 않았다. 여은향은 비순곡의 제자들과 사란을 종종 비무시키곤 했었다. 하지만 사란이 비무한 사람들 중 지금 검엽이 이룩한 무공의 경지에 조금이라도 근접했던 사람은 전무했다.

직접 대한 검엽의 무공은 그녀와는 차원이 달랐다. 그러나 그녀의 눈빛에서 두려움이나 위축됨은 보이지 않았다. 봉황신창을 꺼냈을 때부터 이미 각오한 일이 아니었던가.

사란의 눈빛이 차분해지고 창두의 떨림이 사라졌다.

그녀는 봉황순을 들어 상체를 보호하며 한 발을 앞으로 내밀었다.

발목에서 시작된 전사력이 무릎과 허리를 거쳐 상체에서 증폭되었다. 증폭된 전사력은 어깨와 팔꿈치 손목을 지나 봉황신창에 전해졌다.

무서운 회전력이 더해진 푸른 섬광이 정면의 공간을 한줄기 벼락처럼 꿰뚫었다.

스팟!

단순한 만큼 빠르고 강력한 창법.

신창비순곡의 곡주만이 익힐 수 있다는 십칠로 천상봉황신창술의 제구초 봉황일선(鳳凰一線)이었다.

한 자 두께의 철판을 종잇장처럼 뚫어버리는 위력을 가졌다는 절학.

그러나 그 무서운 힘은 일 장 이상을 전진하지 못하고 허공 중에 스러졌다.

검엽이 펼친 것은 천강번천수.

칠성의 성취밖에 이루지 못한 비순곡의 무공으로 그것을 상대한다는 건 꿈에 불과했다.

콰앙!

천강번천수와 봉황신창의 창두가 부딪친 접점에서 귀를 떨어 울리는 거센 폭음과 함께 가공할 압력이 생성되었다.

그 압력은 일시지간 주춤하였지만 다음 순간 더 격렬하게 폭발하며 봉황신창을 위쪽으로 튕겨 버리고 사란의 가슴을 향해 쇄도했다.

사란은 입술을 깨물었다.

검엽의 공세는 위력만 강한 게 아니었다. 속도 또한 전율스러울 만큼 빨라 봉황신창을 변화할 시간적 여유가 없었다.

찰나지간 은린봉황순의 크기가 일 장 넘게 커졌다.

마치 은빛 봉황의 날개가 크게 일어나 사란의 전신을 가리는 듯한 광경.

그것은 초연신공을 봉황순에 실어 펼치는 무공으로, 봉황포란(鳳凰抱卵)이라는 수법이었다. 봉황포란세는 십방무맥 내의 무공 중 호신수법으로는 세 손가락 안에 드는 절학이었다.

그러나 그런 절세의 호신무공도 검엽의 천강수 앞에서는 어린아이의 몸부림처럼 아무런 소용이 없었다.

쿠쿵!

은린봉황순에서 둔중한 폭음이 났다.

사란의 입에서 뿜어진 핏물이 허공 중에 긴 피 무지개를 만들었다. 그녀는 뒤로 이십여 장을 튕겨 나갔다.

털썩!

지면을 힘없이 나뒹구는 사란의 모습은 초췌했다.

삼단 같은 윤기를 흘리던 머리카락은 흐트러졌고, 궁장은 흙과 핏물로 더러워졌다.

단 일 초였다.

사란은 비틀거리며 자리에서 일어났다.

그 순간 검엽이 공격을 계속했다면 사란은 반항도 하지 못하고 죽었을 것이다. 그런데 무엇 때문인지 검엽은 손을 쓰지 않았다. 그는 자리에 석상처럼 서 있을 뿐이었다.

사란은 허리를 펴고 섰다. 턱이 핏물로 젖어들었다.

단 일격이었지만 그로 인해 그녀의 오장육부는 자리를 벗어났고, 경락은 막대한 충격을 받았다. 범상한 무인이었다면 정신을 차리지 못했을 것이다.

검엽을 똑바로 바라보는 사란의 얼굴에 희미한 미소가 떠올랐다.

말없는 대치는 오래가지 않았다.

그녀의 양손에서 빛을 발하던 봉황신창과 봉황순이 스스슷 하는 소리와 함께 두 자루의 짧은 봉의 모습으로 돌아왔다. 그리고 사란은 봉들을 자신의 앞에 내려놓으며 단아하게 무릎을 꿇고 앉았다.

검엽은 묵묵히 그것을 바라보고만 있었다.

사란이 말했다.

"쿨럭. 사숙, 사숙은 이길 거예요……. 쿨럭."

핏덩어리와 함께 흘러나온 짧은 한마디.

그 말을 마친 사란은 검엽의 눈에 자신의 눈을 맞추며 보랏빛으로 변한 입술을 굳게 다물었다.

검엽의 얼굴은 무섭게 일그러졌다. 그의 두 눈은 사란의 눈을 향해 있었지만 그녀를 보고 있지는 않았다. 그가 보고 있는 건 사란이 아닌 다른 존재였다.

그의 입술 사이로 지독한 살기가 담긴 중얼거림이 흘러나왔다.

"놈… 아직도 포기하지 않다니. 정말 끈질기구나!"

사란은 검엽의 천강번천수를 견디고 살아남았다. 그녀가 펼친 무공의 대단함 때문이었을까.

아니었다.

검엽이 천강번천수를 완벽하게 펼쳤다면 사란은 한 줌 핏물이 되었을 것이다.

그는 무공을 제대로 펼치지 못했다. 무언가가 그를 방해했고, 그 방해는 지금도 계속되고 있었다.

사란을 향한 검엽의 눈에 광포한 빛이 이글거렸다.

들어 올린 두 손은 수전증에 걸린 것처럼 부들부들 떨렸고, 어깨는 기이한 각도로 비틀렸다. 백회로 쏟아져 내리던 절대역천마기도 그의 몸 안으로 들어가지 못하고 거대한 이무기가 되어 그의 주변을 흘러 다녔다.

"한갓 인간에 불과한 자가 신으로 화한 마령(魔靈)의 힘을 거부하려 한단 말이더냐!"

격한 노성.

그 분노의 화살은 사란을 향했다.

"원인인 너를 죽인다면 이놈도 포기하겠지. 그러니 죽어라!"

검엽의 쌍수에서 일어난 검푸른 해일이 무시무시한 속도로 사란을 향해 밀려갔다.

천강붕천수.

끔찍한 기운이 밀려들고 있음에도 사란은 눈을 감지 않았다. 그녀는 그저 단아하게 웃을 뿐이었다.

사란의 눈과 마주친 검엽의 두 눈이 참혹하게 일그러졌다.

끝없는 믿음.

검엽이 사란의 눈에서 본 것은 그를 향한 무한한 신뢰였다. 물론 그녀가 신뢰를 보내는 상대는 '그'가 아니라 검엽이었고. 그것이 그의 마음을 뒤흔들었다.

그의 입꼬리에 격렬한 떨림이 일어났다.

"이놈의 무엇이 너를 그리 믿게 한단 말이냐. 죽음 앞에서도 네가 이놈에게 보내는 믿음을 계속 유지할 수 있는지 보고 싶구나!"

검엽의 경지는 마음이 움직이면 기운이 상대를 타격하는 수준이다. 마음과 행동에 시간차가 거의 없어 가히 심즉살의 경지라 할 수 있었다.

그런데 검엽이 여러 말을 했음에도 천강붕천수의 기세는 사란의 두 자 근처까지밖에 가지 못했다.

있을 수 없는 일이 벌어지고 있었다.

사란은 단아하게 웃으며 검엽을 바라볼 뿐 천강붕천수를 피하려 하지 않았다.

그것이 검엽을 더 분노하게 만드는 듯했다.

몸은 그의 의지를 거부하고 있었고, 사란은 그런 그를 환한 미소와 함께 지켜보고 있었다.

"으드득!"

검엽의 입에서 이 가는 소리가 들리며 그의 턱선이 강렬해졌다.

사란은 천강붕천수의 기세가 확연하게 강해지는 것을 느꼈다. 그러나 그처럼 강한 붕천수의 기세가 다가오는 속도는 눈에 보일 정도로 느렸다.

검엽의 모습을 한 마령도 전력을 다하고 있었고, 아마도 그 안에서 싸우고 있는 것이 분명한 검엽도 전력을 다하고 있는 것이 분명했다.

'사숙, 느껴져요, 사숙께서 얼마나 처절하게 마령과 싸우고 있는지. 제 죽음이 사숙께 힘이 되어줄 수 있다면 저는 백 번이고 천 번이고 죽을 수 있어요. 그러니까… 사숙, 힘을 내세요!'

마령과 검엽의 싸움이 극에 달하고 붕천수의 기세가 사란의 다섯 치 앞까지 다가섰을 때였다.

승리를 목전에 둔 마령의 입가에 스산한 미소가 짙게 어렸다.

그 순간,

"갈!"

어디선가 천지를 진동시키는 일성대갈이 터져 나왔다.

검엽과 사란을 중심으로 한 일백 장 방원의 지면이 반 자나 주저앉으며, 사방에서 미친 듯한 돌개바람이 일어났다.

천강붕천수의 기세가 씻은 듯이 사라졌다.

검엽, 아니, 마령이라고 불러야 할 존재는 어처구니가 없다는 듯 멍한 눈이 되어 사란의 앞을 막아선 한 무더기의 안개를 바라보고 있었다.

"운중천라연에 제마천붕후. 게다가 광운무상신공과 표운천라장……. 신무자 동방록."

마령은 이를 갈며 하늘을 올려다보았다.

검푸른 융단이 되어 밤하늘을 가리고 있던 절대역천마기의 기운이 빠르게 흩어지고 있는 게 눈에 들어왔다.

"때가… 때가 이르지 않았단 말인가!"

통한이 어린 중얼거림.

그 말을 마지막으로 찬연한 혈광을 발하던 검엽의 눈에서 빛이 꺼졌다.

사란은 놀란 눈으로 자신의 앞을 막아선 채 일렁이는 운무를 바라보았다.

운무는 나타날 때보다 많이 가서 있는 상태라 그 안에 한 명의 노인이 서 있는 게 어렴풋이 눈에 들어왔다.

노인이 사란을 돌아보았다. 그와 함께 그를 둘러싸고 있던 운무가 햇빛을 받은 이슬처럼 흩어졌다.

동방록의 안색은 조금 창백했다.

그는 검엽을 일별하며 한숨을 내쉬었다.

"선조들께서 심마지해를 거친 자의 능력에 대해 남기신 기록을 긴가민가하며 믿지 않았었는데 기록이 실제보다 훨씬 못하구먼. 허, 그의 상태가 온전치 않았기에 망정이지 그렇지 않았다면 망신살이 뻗칠 뻔했다."

 언뜻 가볍게 들리는 어투지만 그 이면에는 숨길 수 없는 경악과 두려움이 짙게 배어 있었다.

 사란은 힘겹게 자리에서 일어나 동방록을 향해 허리를 숙여 인사했다.

 쓰러질 듯 비틀거리면서도 묘하게 흐트러지지 않는 몸짓.

 "신창비순곡의 정사란이 운중천부주를 뵈어요."

 검엽이 마지막으로 중얼거리는 말을 사란도 들었다.

 동방록이 사란을 요리조리 뜯어보며 손사래를 쳤다. 그리고 품에서 단환 하나를 꺼내어 사란에게 건네주었다.

 "먹어라. 본 부의 요상성약인 청구금단이다. 상세를 낫게 하는데 도움이 될 것이다."

 사란은 거부하지 않고 청구금단을 받아 복용했다. 사양할 상황이 아니었다.

 청구금단을 복용한 사란의 얼굴빛이 조금 나아지는 것을 보며 동방록이 말했다.

 "견딜 만하느냐?"

 "감사합니다, 부주님."

 "이 마당에 무슨 감사 인사더냐. 일단 저 괴물부터 살펴보자."

 사란이 눈을 동그랗게 떴다.

 "괴물이요?"

 "그럼 네 눈에 저 녀석이 아직도 사람으로 보이냐?"

동방록은 투덜거리며 대암평 전역을 눈짓으로 가리켰다.
사란도 말을 잊었다.
인세에 구현된 지옥과도 같은 풍경.
사람의 힘으로 어떻게 이런 참경을 만들어낼 수 있으랴.
두 사람은 거의 동시에 검엽을 돌아보았다.
검엽은 눈을 감은 모습 그대로 그 자리에 서 있었다.
칠흑처럼 검은 머리와 핏빛이 가시며 눈처럼 희게 변한 빙천혈의가 불어온 바람에 사사삭 소리와 함께 나부끼는 것이 보였다.
검엽은 정신을 잃은 것이 분명한 상태에서도 꼿꼿이 선 채 쓰러지지 않았다.
사란의 눈에서 한 방울 눈물이 또로록 굴러떨어졌다. 우뚝 서 있는 검엽의 모습이 왠지 너무나 안타깝고 가슴 아파서 그녀는 눈물을 참지 못했다.
사란과 달리 동방록은 내심 혀를 내둘렀다.
검엽은 볼 때마다 그를 놀라게 했고, 오늘은 그가 평생 놀란 것을 다 합쳐도 부족할 만큼 경악시켰다. 방금 전 검엽이 내외에 받은 충격은 범인으로서는 추정이 불가능할 만큼 어마어마한 것이었다. 그런데도 검엽은 쓰러지지 않고 서 있는 것이다.
어찌 놀라지 않을 수 있겠는가.
그는 당세에 드문 절대종사다.
보이는 것이 전부가 아니라는 것 정도야 그와 같은 인물에게는 기본에 속했다.

그는 자신의 공격이 검엽을 멈추게 한 것이 아니라는 것을 알고 있었다.

검엽의 움직임을 멈추게 한 것은 검엽 자신이었다. 그렇게 할 수 있는 힘을 검엽에게 준 것은 사란이었고.

그렇다고 그의 역할이 전무했다고는 할 수 없었다.

그의 공격은 일수유에 불과할지라도 마령에게 적지 않은 충격을 주었다. 그리고 검엽은 그때 마령을 제압하고 신마기를 제어할 수 있는 시간을 얻었다.

혼란스러운 마음을 수습한 사란과 동방록이 검엽에게 서너 걸음 다가갔을 때였다.

감겨 있던 검엽의 눈꺼풀이 느릿하게 위로 올라가며 드러난 눈에서 서늘한 빛이 일었다.

자라 보고 놀란 가슴 솥뚜껑 보고도 놀란다고, 동방록과 사란은 심장이 내려앉을 것처럼 놀라 걸음을 멈췄다. 그러나 그 놀람은 곧 기쁨으로 변했다.

검엽의 눈은 더 이상 붉지 않았다.

흰자 부위에 미세한 혈기가 떠돌고는 있었지만 흑백이 뚜렷하고 감정을 읽기 어려운 눈이었다.

평소의 눈빛이다.

그는 사란을 잠시 바라보다가 동방록에게 시선을 돌렸다.

말없이 동방록을 응시하던 그가 손을 모아 포권했다.

"부주…… 감사합니다."

"종주, 몸은 괜찮으시오?"

동방록은 괴물이니 인간이니 하는 말을 언제 했었냐는 듯 정중하게 검엽의 말을 받았다.
"그리 좋지는 않지만 쓰러질 정도는 아닙니다."
"종주는 자신에게 어떤 일이 있었는지 알고 계시오?"
"알고 있습니다."
검엽은 짧게 고개를 끄덕이며 대답했다.
"허……."
동방록의 입에서 절로 탄성이 흘러나왔다.
신마기의 폭주를 겪은 것이 틀림없는데도 검엽은 겉으로 볼 때 특이한 기색을 찾을 수 없었다. 동방록과 같은 절대종사조차 감탄하지 않을 수 없는 부동심이었다.
"어찌 된 일인지 말해주실 수 있소?"
검엽은 입을 다물었다.
동방록은 혀를 찼다.
고씨 집안 출신의 인물들을 겪어본 세월이 한두 해이던가. 그들은 한 번 입을 다물면 무슨 수로도 그 입을 열게 할 수 없었다.
검엽은 동방록의 질문에 대답을 하는 대신 사란을 보았다.
그는 입을 열지 않았다.
그를 주시하고 있던 동방록은 내심 고개를 갸웃했다. 검엽이 입을 열지 않는 것이 아니라 열지 못하고 있는 것처럼 보였기 때문이다.
검엽의 속을 알 수 없는 그로서는 그저 잘못 보았으려니 하며 넘어갈 수밖에 없었다.

그러나 동방록은 잘못 보지 않았다.

사란을 보는 검엽은 쉽게 입을 열지 못하고 있는 것이 맞았다.

그는 사란에게서 흘러나와 천지를 가득 채우고 이윽고 자신의 전신으로 물처럼 스며드는 진한 향기를 느끼고 있었다.

향기는 그의 심신을 취하게 하면서도 정신을 한겨울 얼음물에 들어간 것처럼 명징하게 만들어주었다.

그 향기가 없었다면 그는 자신의 영육을 점령한 마령과의 싸움에서 이기지 못했을 것이다.

사방이 막힌 피의 바다 깊숙한 곳에서 정신을 잃어가던 그를 일깨우고, 자존을 지킬 수 있는 힘을 불어넣어 준 향기.

정신이 혼미해져 가는 와중에도 그는 끊임없이 향기가 강한 방향으로 나아가기 위해 사력을 다했다. 향기와 노력의 결과가 지금이었다.

향기, 그것은 사란의 탄생과 함께 그에게 이어진 피할 수 없는 운명의 징표였다.

침묵은 그리 길지 않았다.

"가까이 오너라."

사란은 커다란 눈을 조심스럽게 내리깔고 검엽에게 다가갔다. 불과 일각 전 창과 방패를 들고 검엽의 앞에 서 있던 초절정의 여류무인은 온데간데없었다.

그때의 그녀와 동일인이라는 것이 믿어지지 않을 만큼 조신

한 태도였다.

 자신의 두 자 앞에서 걸음을 멈춘 사란의 이마를 내려다보는 검엽의 눈빛은 깊었다.

 그의 공격을 받고 바닥을 뒹군 터라 사란은 흙투성이였고, 입에서 토한 피로 궁장은 더러웠다.

 그는 손을 들어 올려 소맷자락으로 사란의 입가에 마른 핏물을 닦아냈다.

 사란의 전신이 벼락을 맞은 것처럼 떨렸다.

 "너는… 좀 더 자신을 아끼는 법부터 배워야겠구나."

 낮고 감정이 실리지 않은 음성. 하지만 듣는 이의 가슴을 치는 묘한 여운이 담긴 어투.

 사란의 눈이 습막으로 흐려졌다.

 검엽의 말은 끝나지 않았다.

 "…고맙다."

 놀란 사란은 고개를 번쩍 들었다. 하지만 그녀의 움직임은 한발 늦었다. 검엽은 고개를 돌린 후였다.

 멀리서 소란스럽게 옷자락을 스치는 바람 소리가 들려오고 있었다.

 한두 사람이 달려오는 소리가 아니었다.

 검엽과 마찬가지로 소리가 나는 방향으로 고개를 돌린 사란은 돌처럼 굳은 얼굴로 미친 듯이 달려오는 쌍마존을 볼 수 있었다.

 검엽이 동방록에게 말했다.

"부주, 얘기는 나중에 해야 할 듯합니다."
"그럽시다, 허허허."
동방록은 입맛을 다시며 너털웃음을 터뜨렸다.
먹구름이 가시며 나타난 달빛이 악몽처럼 변한 대암평을 비추고 있었다.

第三章

무서운 충격파가 천하를 덮쳤다.

천하무림은 얼어붙었다.

사가들에 의해 대암평대혈사라 명명된 강북대전의 결과는 보름도 지나지 않아 모르는 사람이 없게 되었다.

발 없는 말이 천 리를 간다고 했던가.

소문이 퍼지는 속도는 천리마보다도 빨랐다.

정무총련의 멸망.

백운천이 이끄는 일만삼천 백도무인의 전멸.

정무총련을 떠받치던 육파일방과 칠대세가 중 개방을 제외한 전 문파의 봉문.

장강이북에서 무인의 모습을 보는 건 대낮에 별을 찾는 것처럼 어려워졌다. 무림의 문파라면 전부 봉문을 한 탓이었다.

무인을 볼 수 있는 곳은 섬서성 여산과 인근의 성도인 서안뿐이었다. 그들은 천마 고검엽을 추종하는 무인들이었다. 그를 따르지 않는 백도의 무인들은 사람들의 시야에서 사라졌다.

사람들은 진저리치며 현실을 깨달았다.

사십수 년을 이어온 구주삼패세의 천하가 끝난 것이다.

그것도 단 한 사람에 의해.

천외무적천마 고검엽.

이제는 천마라는 외호로 더 잘 알려진 그는 당대 천하제일고수이자 고금제일마존이라 불리게 되었다.

이제 그것을 부인하는 사람은 아무도 없게 되었다. 그리고 그를 일컬어 무림사상 전무후무한 고금제일고수라 평하는 사람도 어렵지 않게 찾아볼 수 있게 되었다.

단신으로, 그리고 무력으로 수백 년 전통의 백도무림을 봉문시킨 사람.

무림사에 그와 같은 마도 고수는 존재한 적이 없었다.

일각에서는 다른 소문도 났다.

그것은 대암평을 직접 가본 사람들 사이에서 나온 소문이었다.

그들은 검엽을 인간이 아니라 인세에 강림한 지옥의 마신이라 했다.

대암평의 참경을 본 사람들이라면 그 말에 아무도 이의를 제기하지 못했다.

천마 고검엽은 대암평에서 정무총련을 무너뜨린 후 여산의 정무총련 총타를 무혈로 접수했다. 그리고 그곳에서 움직이지 않았다.

그것이 천하인들의 마음을 더 불안하게 했다.

그를 신처럼 숭앙하며 수하를 자처하는 무사들의 수가 매일 배로 급증하고 있다는 소문이 돌았다.

고금제일을 바라보는 절대 초강고수와 그를 따르는 무수한 무인들.

검엽의 다음 행보가 어딘지에 천하의 관심이 집중되었다.

이제 그의 천마군림보가 이르는 곳에 시산혈해가 쌓인다는 건 정설이 되었다.

정무총련을 무너뜨리기 전에도 그가 무림에 출도한 목적은 무림을 일통시키기 위해서라고 소문나지 않았던가.

정무총련이 무너지며 구주삼패세의 천하는 종언을 고했다. 그리고 검엽의 휘하로 몰려드는 수많은 무인들. 그의 행보에 따라 천하무림의 정세가 출렁일 수밖에 없는 국면이 조성된 것이다.

관심이 그에게 집중될 수밖에 없었다. 그리고 그 관심은 중원무림의 무인들에게만 국한되지 않았다.

무(武)를 익힌 자들이라면 중원과 새외의 구분 없이 검엽의 일거수일투족에 촉각을 곤두세웠다.

무인이라면, 더구나 그가 한 세력을 이끄는 자라면 황보세가에서 했던 검엽의 말을 모르는 이는 더 이상 존재하지 않았다.

천하무림인들은 옷깃을 여몄다.

살을 에고 뼈를 깎는 무시무시한 혈풍이 천하를 휩쓸고 있었다.

*　　　*　　　*

검푸른 섬광이 유성우가 되어 쏟아지는 허허벌판.

꼬치에 꿰인 고기를 모닥불에 굽고 있던 적포혈안의 미청년은 뭐가 그리 못마땅한지 연신 혀를 차며 말했다.

"쩝, 질긴 놈. 예전부터 알고 있긴 했지만 너도 참 독한 놈이다. 이십 일이 넘도록 나를 찾아다니고 말이야."

그는 고기를 한 번 뒤집으며 말을 이었다.

"우리 간만에 만난 거 아닌가? 그러니 그렇게 노려보고 있지만 말고 앉으라구."

검엽은 모닥불 가에 가부좌를 틀고 앉았다. 그리고 적포청년의 혈안을 정면으로 바라보았다.

흑백이 지나칠 정도로 뚜렷해서 감정이 엿보이지 않는 그의 눈과 살기와 광포함이 늪처럼 가라앉아 있는 적포청년의 혈안이 허공의 한 점에서 마주쳤다.

먼저 시선을 돌린 건 적포청년이었다.

"이제 그만 좀 풀지그래? 살다 보면 그럴 수도 있는 거지. 시간이 벌써 이십 일이나 지났는데 아직도 뒤끝이 남아 있는 건 자네답지 않다구."

검엽이 소리없이 웃었다. 그답지 않은 차가움이 느껴지는 섬뜩한 미소였다.

그가 말했다.

"뭐라고 불러줄까? 신화마령, 아니, 취령이라고 불러야 하나?"

적포청년의 눈에 당황하는 기색이 떠올랐다.

"어떻게 알았냐?"

"내가 너의 궁금증을 풀어줘야 할 의무는 없는 것 같은데? 내 질문에 대답하면 나도 대답을 해주지."

적포청년, 신화마령은 망설임없이 검엽의 말을 받았다.

"물어봐."

"지존신마기가 너로부터 시작된 것이 맞나?"

능글맞다 싶은 미소가 떠나지 않던 적포청년의 얼굴이 딱딱하게 굳었다. 그의 혈안이 음산한 빛을 발했다. 천지가 어둠에 잠겨들었다.

"뜻밖이로군. 그에 대한 언급을 한 자가 있을 리 없는데… 어떻게 알았지?"

검엽이 심드렁한 어조로 대답했다.

"넘겨짚어 봤다."

적포청년의 굳었던 표정이 흐트러지며 입이 딱 벌어졌다. 그리고 그는 고개를 뒤로 젖히며 광소를 터뜨렸다.

"으하하하하하. 넘겨짚은 말에 내가 넘어갔다는 말인가. 익히 알고 있긴 했지만 너는 정말 재밌는 놈이야."

말이 끝났을 때는 그의 혈안에 감돌던 음산한 기운은 사라지고 보이지 않았다.

그가 말을 이었다.

"기특해서 알려주마. 아득히 오래전 너만큼 재밌는 인간이 한 명 있었지. 그는 혼돈에서 힘을 얻는 방법을 알고 있었고, 그런 그의 움직임이 나를 깨웠다. 그때부터 나는 그가 남긴 후예들의 혼 속에서 이 세상을 살아왔다."

검엽의 눈빛이 깊어졌다.

"네가 신마기 자체라는 말인가?"

신화마령은 빙긋 웃었다.

"글쎄… 같다고 할 수도 있겠지만 엄밀히 말한다면 조금 다르지. 신마기는 혼돈지력의 일부니까. 그래도 명확하게 구분하기는 어렵다. 둘은 하나이면서 둘이거든. 혼돈의 속성이 원래 그렇지 않나?"

검엽은 침묵했다.

신화마령이 거짓말을 하고 있지 않다는 것은 알 수 있었다. 그러나 마령은 전부를 말하고 있지 않았다. 검엽의 직감은 마령이 무언가를 감추고 있다는 것을 느끼고 있었다.

검엽은 내심 탄식했다.

신화마령은 그의 혼, 지존신마기와 동거하고 있는 불가사의한 존재였다.

때문에 그와 마령의 관계는 분리할 수 없는 무엇이었다. 혼 속에 머물면 검엽의 전부, 그의 생각과 행동, 그리고 느낌과 같은 것들 전부를 알 수 있어야 한다. 그러나 마령은 그렇지 못했다.

나눌 수 없지만 하나로 볼 수도 없는 관계.

마치 한 사람의 몸속에 전혀 다른 인격이 들어가 있는 것과 비슷했다.

흔히들 그런 사람을 미쳤다고 한다. 하지만 검엽의 경우는 그것과 완전히 달랐다.

신화마령은 검엽의 혼 속에 실재하는 타자(他者)였다.

검엽이 말했다.

"다시 한 번 나를 차지하려 한다면 그때는 너를 죽이겠다."

서늘한 기운이 검엽의 눈에서 일어났다. 마령은 슬쩍 고개를 돌리며 혀를 찼다.

"살벌하구만."

"경고했다."

"하든지 말든지."

마령은 손가락으로 귀를 파는 시늉을 했다.

듣기 싫다는 뜻.

검엽은 천천히 팔짱을 끼고 눈을 가늘게 떴다.

그가 말했다.

"절대역천마기가 심마지해 외의 곳으로 향하고 있다. 너와 관련이 있겠지?"

"알면서 왜 물어?"

마령은 고개를 숙인 채로 심드렁하게 되물었다.

"어떻게 된 거냐?"

"묻지 마라. 그건 네가 알아봐야 할 일이잖아."

고개를 든 마령의 눈은 웃고 있었다.

그가 말을 이었다.

"제대로 알아봐야 할 거야. 아주 재미있는 일이 벌어질지도 모르거든. 흐흐흐."

이맛살을 찌푸린 검엽과 눈을 마주친 마령은 딴청을 피우는 척하더니 화제를 바꾸어 불쑥 말했다.

"취령을 귀여워해 줘라."

검엽의 미간에 그어진 주름이 굵어졌다. 마령이 대답을 회피하려 들면 강요할 수 있는 방법은 없었다.

그가 마령의 말을 받았다.

"란이의 품으로 파고들지만 않는다면 그렇게 하도록 하지."

마령은 찔끔한 기색으로 검엽의 눈치를 살폈다.

"너무 그러지 마라. 란이도 귀여워하는구만."

"경고했다."

"쩝. 취령을 구박할 시간이 있으면 사대겁혼이나 좀 아껴주는 게 어떨까? 여인들의 몸에 들어 있어 능력이 봉인되긴 했지만, 그들은 자신들의 세상에서 오행의 한 기운을 다스리는 왕이었고, 그것을 가능케 하는 힘을 가지고 있던 위대한 존재들이다."

검엽은 단호하게 고개를 저었다.

"능력이 어떻든 생각을 하지 못하는 존재들을 이 세상의 일에 끼어들게 할 생각은 없다. 타인의 선택에 휘둘리는 삶처럼 비참한 건 없지."

"하여튼 너희 집안 고집은 정말……. 누가 그 아비에 그 자식 아니랄까 봐. 그냥 아껴나 줘."

투덜거리던 마령이 입을 다물었다.

검엽이 팔짱을 풀고 자리에서 일어났기 때문이다.

"가냐?"

"간다."

"또 보자."

"재견(再見)이라……. 그때는 죽을 각오를 하고 오도록."

마령은 고개를 휘휘 내저으며 툭 던지듯 물었다.

"그게 무슨 뜻인지 알고서 하는 말이냐?"

검엽은 대답 대신 차갑게 빛나는 눈으로 마령을 보기만 했다.

"무섭네……."

마령은 어깨를 으쓱하며 말을 이었다.

"나는 마기(魔氣)를 먹으며 마음의 상처에 둥지를 틀고 영생하는 존재, 네가 보고 싶지 않다고 해도 또 내가 보고 싶어하지 않더라도 우리는 어쩔 수 없이 마주 볼 수밖에 없는 사이잖아. 호호호."

마령의 말이 이어질수록 검엽의 눈빛은 무서워졌다. 그러나

마령은 위축되기는커녕 오히려 더 진한 미소를 지을 뿐이었다.

그가 말했다.

"힘을 얻는 대가로 사랑을 받친 네 가문의 원죄. 그것이 설령 세상과 사람을 위한 일이라 할지라도 업(業)의 사슬에 자비는 없지. 검엽, 네가 인간의 굴레를 벗어나지 못하는 한 너는 결코 벗어나지 못한다. 네 가문의 업으로부터."

검엽의 입술 끝이 미묘하게 비틀렸다.

그의 입술이 천천히 벌어졌다.

"그래? 그렇게 생각한단 말이지. 그렇다면 지켜보아라. 원죄와 업이라는 괴물이, 그 운명이 나를 집어삼키는지 아니면 내가 운명을 떨쳐 버리는지를."

검엽은 등을 돌렸다.

대화는 끝났다.

* * *

검엽은 눈을 떴다.

그가 있는 곳은 사방이 십여 장 높이의 아름드리 거목들로 병풍처럼 둘러싸인 정원이었다.

중앙에 호수라 불러도 무방한 연못이 있고, 그 연못가에 그림 같은 정자 한 채가 지어져 있는 정원.

푸른 잔디와 형형색색의 꽃, 정교하게 배치된 기이한 형태의 정원석들이 깊은 적막과 어울려 고아함과 신비로움이 느껴지는 이 정원의 이름은 천향원(天香園)이었다.

이제는 과거의 인물이 되어버린 백운천이 즐겨 찾던 정무총련의 중지.

일만여 평이 넘는 정원엔 그 혼자였다.

물론 눈에 보이는 존재가 그뿐이라는 뜻이지 다른 존재가 없다는 건 아니었다.

사대겁혼은 언제나처럼 눈에 보이지 않는 공간과 공간의 틈새에서 물결처럼 일렁이는 바람을 타고 정원의 상공을 흘러다니고 있었다.

오직 그의 눈에만 보이는 광경.

그녀들의 아름다움과 신비로움은 필설로 형용하기 어려울 정도였다. 그 광경을 볼 수 있는 사람이 검엽밖에 없다는 것이 아쉬울 만큼.

검엽은 가부좌를 풀고 일어났다.

뒷짐을 진 그는 정자를 걸어 내려와 연잎으로 뒤덮여 연화지(蓮花池)라 불리는 푸른 연못가에 섰다.

그는 대암평을 떠난 후 순양에 한 번 들렀을 뿐, 쉬지 않고 서진하여 총련의 총타에 도착했다. 그리고 무혈입성. 벌써 이십여 일 전의 일이었다.

이십여 일 동안 그는 아무도 만나지 않았다, 동방록과 사란조차도.

대암평을 떠난 후로 다른 사람과 대화를 한 적도 없었다.

사람들은 그가 대암평에서의 강북대전으로 큰 내상을 입었기 때문이라고 생각했다.

일정 부분은 사실이었다.

그의 몸 상태는 정상이 아니었다. 그러나 그것은 사소한 일이었다.

그가 행로 내내 침묵으로 일관했던 것은 내상 때문이 아니라 그의 영혼과 육체를 잠식했던 신화마령 때문이었다.

검엽은 연못의 푸른 수면과 초록의 연잎이 어우러진 연화지를 바라보며 생각에 잠겼다.

'마령이 침습하며 받은 충격은 모두 풀어냈다. 지존천강력이 팔류경에 이르렀으니 마령의 침습을 전화위복이라고 해야 할 것인가.'

검엽은 나직하게 탄식했다.

'하지만 한 번 마령에 내어준 혼의 경험은 그를 익숙하게 받아들일 수 있는 기반이 될 가능성이 크다. 화가 복이 되고 복이 화가 되고. 새옹지마라 해야 하나……'

그의 입가에 씁쓸한 미소가 떠올랐다.

가문에 전승되고 있는 절대의 무공들을 온전히 그 자신에게 맞도록 재창조한 희대의 천재가 그였다. 하지만 그런 그도 이처럼 빨리 지존천강력의 팔류경에 도달할 수 있으리라고는 생각지 못했었다.

마령의 침습이 불러온 결과였다.

심마지해에서 받아들였던 절대역천마기 중 그가 끌어내지

못하고 억눌렀던 마기의 칠 할이 대암평에서 풀려 나왔다. 그리고 그 마기는 신마기의 제어하에 들어왔다.

그 일련의 과정을 거치며 검엽은 지존천강력의 팔류경에 들었다.

이십여 일의 폐관은 그것을 수습하기 위한 기간이었다. 그러나 그는 자신이 이룩한 성취가 어느 정도인지 정확하게 가늠하지는 못하고 있었다.

대암평에서의 그는 제정신이 아니었고, 마령을 몰아낸 지금까지도 자신이 펼쳤던 무공을 온전히 기억하고 있지 못했기 때문이다.

물론 현장에서 어떤 일이 벌어졌는지는 실제 기억하는 것과 다름없을 정도로 재구성한 상태이긴 했다.

어쨌든 기억을 하든 하지 못하든 그가 팔류경에 도달한 것은 부인할 수 없는 분명한 사실이었다. 그의 몸이 그것을 증명하고 있었으니까.

그렇게 보면 대암평에서의 일은 절세의 기연이라 할 수 있었다.

단신으로 천하를 상대로 싸우고 있는 그의 입장에서는 기뻐해야 마땅한 일이기도 했다. 그러나 그의 낯빛은 그리 밝아 보이지 않았다. 잠재된 위험이 너무나 커서 마냥 좋아할 수만은 없는 일인 것이다.

'신화마령이 혼을 침습한다는 기록을 남긴 선대 분들은 없었다. 그것은 그분들도 마령의 존재를 알지 못했다는 뜻인데…… 일천이백 년 전 천하정세를 뒤흔들고 십방무맥을 새외의 장막 밖으로 은둔케 했던 선대 분의 폭주에도 마령의 개입이 있었던 것이 아닐까.'

그의 눈빛은 어둡고 깊어 무저갱을 연상시켰다.

'신마기의 제어를 벗어난 절대역천마기는 천하를 파멸로 몰아넣을 수도 있다. 완전한 파괴… 더 이상의 미래는 존재하지 않는 그런 파괴라…….'

그의 입가에 쓴웃음이 스쳐 지나갔다. 그의 두 눈에서 검푸른 섬광이 일렁였다. 전율을 불러일으키는 가공할 기세가 폭풍처럼 정원을 휩쓸었다.

'폭주는 일어나지 않는다. 설사 신이라 해도 나를 지배하지 못한다. 나는 위대한 창룡신화종의 당대 종주이며 신마의 영원한 고향, 신화곡 고씨 가문의 후예다!'

검엽은 걸음을 떼었다.

정원 밖에는 학처럼 목을 빼고 그를 기다리는 사람들로 가득했다.

이제 그들을 만나야 할 시간이었다.

*   *   *

아름드리 석주가 도열하듯 까마득히 높은 천장을 떠받치고 있는 거대한 동굴.

절대천궁주 태군룡은 온화한 미소를 입가에 머금고 동굴의 한복판을 걷고 있었다.

 그가 동굴을 통과한 것은 이각여가 지난 후였다. 동굴은 그렇게 길었다.

 동굴을 나서자 손바닥만 한 푸른 하늘이 보이는 넓은 분지가 펼쳐졌다.

 폭 일 장가량의 실개천이 분지를 관통하며 흐르고, 지면은 푸른 잔디가 끝도 없이 깔려 있었다.

 분지의 후미에는 아담하면서도 고풍스런 느낌이 배어 있는 목옥 한 채와 그 앞에 이름을 알 수 없는 약초들이 가지런히 자라고 있는 텃밭이 자리 잡고 있었다.

 목옥 앞의 텃밭.

 신선과도 같은 풍모의 노인이 가끔 허리를 두드리며 호미로 땅을 고르고 잡초를 뽑고 있는 것이 보였다.

 태군룡은 텃밭의 가장자리에서 걸음을 멈추고 노인을 향해 말문을 열었다.

 "한가로워 보이시는구려, 연 문주."

 연휘람은 호미질을 멈추고 자리에서 일어났다.

 태군룡의 등장이 의외인 듯 그의 눈가엔 놀람의 기색이 묻어났다.

 "허, 수년간 걸음이 없으시던 궁주가 무슨 바람이 불어 예까지 행차하셨소?"

 그의 어투에 빈정거리는 기색은 담겨 있지 않았다.

 연휘람의 탈속한 풍모는 여전했다. 그러나 얼굴색은 예전에 비해 확연할 정도로 좋지 않았다. 얼굴 곳곳에 검버섯이 피어 있었고, 눈밑은 검었으며 살갗은 촌로처럼 꺼칠꺼칠했다.

연휘람의 얼굴빛을 일별한 태군룡은 담담하게 말을 받았다.

"잘 지내시나 궁금하여 들렀소. 그런데 생각보다 정정하시구려. 멸천향과 쇄심기독을 주기적으로 투입당하면서도 쓰러지지 않는 연 문주에게 경의를 표하오."

연휘람은 싱긋 웃었다.

"별말씀을. 그쯤에 쓰러진다면 선조들께 면목없는 일이 아니겠소."

"대단하시오."

감탄하는 내용이지만 어투는 차갑다.

"그런데 정말 어인 일이시오? 이제 필부가 된 노부를 확인하러 오신 것 같지는 않은데?"

"최근 중원에서 연 문주가 호기심을 느낄 만한 일이 벌어지고 있어서 알려드릴 겸, 겸사겸사 왔소이다."

모르는 사람이 보았다면 사이좋은 노인들의 대화인 줄 착각할 법한 내용이었다.

연휘람은 어리둥절한 기색을 숨기지 않으며 물었다.

"내가 호기심을 느낄 만한 일이라니, 궁금하구려."

"고검엽을 알지요?"

휘휘 돌리던 방금 전의 말과 달리 단도직입적인 질문.

연휘람의 눈빛이 미미하게 흔들렸다. 그 기색은 나타남과 동시에 사라졌지만 태군룡은 놓치지 않았다. 그는 빙긋 웃으며 말을 이었다.

"창룡신화종의 마지막 후예 말이외다. 그가 북해의 빙궁과 막북의 청랑파에 이어 중원의 정무총련을 무너뜨렸소. 그는 단신으로 그들을 혈해 속에 묻었소."

말을 하며 태군룡은 연휘람의 안색을 살폈다. 하지만 연휘람의 얼굴에서는 조금 전 보았던 것과 같은 흔들림은 찾을 수 없었다.

그는 내심 혀를 차며 물었다.

"연 문주도 나와 같은 생각이겠지요?"

연휘람이 반문했다.

"무엇이 말이오?"

"하하하, 시치미 떼시긴. 고검엽은 심마지해를 다녀온 것이 틀림없소. 불과 십수 년 만에 절정에 불과했던 무인을 절대초강자로 만들 수 있는 곳이 그곳 외에 또 있소이까?"

태군룡의 얼굴이 차갑게 굳었다.

"천이백 년 동안 열린 적이 없던 심마지해가 열린 것이오."

그는 뒷짐을 지고 텃밭 주변을 천천히 거닐며 말을 이었다. 그는 연휘람을 힐끗 일별하며 말했다.

"참 이상한 일이오. 나는 고천강과 연 문주만 무력화시키면 천하에 나를 막을 자가 없으리라 자신했었는데, 천강의 자식이 이처럼 신경을 거스를 만큼 빠르게 성장하다니 말이외다. 게다가 얼마나 공교롭소? 봉황금약의 수호자인 연 문주가 손을 쓸 수 없는 상황이라는 것을 알기라도 하는 듯 천하를 분탕

질하고 있으니."

"하늘의 그물은 성긴 듯하나 빠져나갈 구멍이 없소, 궁주."

"좋은 말이지만 그다지 마음에 와 닿지는 않는 말이구려. 후훗, 태초 이래 애타는 사람들의 소원에 귀를 막고 오불관언하며 구경만 하고 있던 하늘이 갑자기 개과천선이라도 했단 말이오? 수고롭게도 그물씩이나 치고 있게 말이오. 오히려 사람의 손이 닿았다고 생각하는 게 더 그럴듯하지 않소이까?"

연휘람은 고소를 머금었다.

"고 종주는 태 궁주와 같은 분도 미처 계산하지 못한 변수인 모양이구려."

태군룡은 서슴없이 고개를 끄덕였다.

"솔직히 말하자면 그렇소. 그의 경이적인 성장 속도와 능력, 그리고 파격적인 행보 모두가 내가 계산했던 범주의 밖에 있소. 그래서 놀라고 있는 중이라오."

"두렵지는 않으시고?"

태군룡은 피식 웃었다.

"연 문주답지 않게 왜 사람 속을 긁으려 하시오? 그의 능력이 예상 밖이라고 하나 나를 막을 수 있을 정도는 아니오."

"고 종주가 저간의 모든 사정을 알게 된다면 태 궁주와 필연적으로 부딪치게 될 터인데 그처럼 상대를 경시하면 위험하지 않겠소?"

태군룡은 빙긋 웃었다.

"글쎄, 그가 이곳까지 올 수나 있을는지 모르겠소."

묘한 여운이 담긴 말.

연휘람은 속을 알 수 없는 깊은 눈으로 태군룡을 보며 물었다.

"무슨 뜻이오?"

"별거 아니외다. 총련이 무너진 대암평에서 고검엽의 신마기가 폭주한 듯한 흔적을 발견했는데……."

"폭주?"

연휘람의 얼굴이 눈에 보일 정도로 굳었다.

태군룡은 싱긋 웃었다.

"연 문주도 생각하지 못했던 일인 듯하구려. 어쨌든 나는 고검엽이 심마지해에서 나왔고, 폭주를 한 듯하다는 간단한 서신을 몇몇 무맥의 종주들에게 보냈소. 그뿐이라오. 연 문주가 건재했다면 그들도 움직이려 하지 않겠지만……."

뒷말은 들을 필요도 없었다.

봉황금약의 수호자가 실종되고 금약을 정면으로 위배한 고검엽이 천하를 뒤흔드는 상황이다.

무맥의 종주들이 약속을 천금처럼 여긴다 해도 심마지해와 신마기의 폭주를 듣게 되면 흔들릴 가능성이 컸다.

그만큼 그 두 가지는 봉황천 내에서 절대적인 의미를 갖고 있었다.

연휘람의 흰 눈썹이 가늘게 흔들렸다.

"흐음……. 어려운 선택을 하셨소. 만약 그들이 태 궁주처럼 속에 다른 마음을 품고 있다면 태 궁주로서도 통제할 수 없는 국면이 펼쳐질 수도 있을 터인데 말이오."

"그럴 수도 있지요. 하지만 본좌는 그렇게 되어도 상관할 생각이 없다오."

태군룡의 두 눈에 은은한 혈기가 아지랑이처럼 피어났다.

그는 속삭이듯 낮은 음성으로 말을 이었다.

"싸우고 싸우다 보면 결국 하나만 남지 않겠소? 그리고 폐허 위에 서는 자는 한 사람으로 족하오. 천하에 독보군림하는 자는 하나인 것이 낫소. 열 개는 너무 많아. 후후후."

그는 담담하게 웃으며 오른손의 소맷자락을 걷어올렸다. 드러난 그의 손목에는 팔찌 하나가 담백한 황금빛을 발하고 있었다.

"그건 그렇고, 혼천무극문의 조사신병인 이 혼천여의신병 말이외다. 여의신병의 최후 변환 상태가 혼천여의신륜이 맞나 하는 내 의문을 이제는 풀어주실 때도 되지 않았소?"

"수천 년간 무수한 선대 분들이 확인한 사실이오. 더 풀어줄 의문 따위는 없소."

연휘람의 말은 간단명료했다.

의문의 여지가 없다는 단언이었다. 그러나 태군룡은 고개를 끄덕이지 않았다.

"최근 본좌는 천궁의 서고에서 십방의 무맥을 봉황의 하늘 아래 하나로 묶어냈던 옛 선조 분들 중 어느 분인가가 남긴 듯한 기록 하나를 발견했소. 그런데 그 기록에는 영 이해할 수 없는 구절이 포함되어 있더구려. 그것은 절대쌍신기라 불리는 혼천여의신병과 만겁제왕홀에 대한 것이었는데, 이 둘이 본래는 둘이 아니라 하나였다는 내용이었소. 연 문주는 혹시 이에 대해 들어본 적이 있소?"

태군룡은 절대삼신기가 아니라 절대쌍신기라고 했다. 연휘람은 그 명칭을 자연스럽게 받아들였다.

연휘람의 눈에 어리둥절해하는 기색이 어렸다.

"태 궁주도 십여 년 동안 지니고 있었으니 잘 알지 않소? 혼천여의신병은 하나였다가 둘로 분리된 물건이 아니오."

직접적인 대답은 아니었지만 충분한 대답이기도 했다.

태군룡의 눈가에 스산한 기색이 어렸다.

"모르신다 이 말씀이시구려. 믿을 수는 없지만 일단 연 문주와 같은 분이 빈말은 하지 않으리라 생각하고 대충 믿어주리다. 그 기록에는 몇 가지 구절이 더 있었소. 그건 혼천여의신병과 만겁제왕홀이 하나로 합일되면 천지의 흐름을 바꿀 수 있는 힘을 얻게 된다는 것이었소. 그것이 어떤 종류의 힘인지 구체적인 언급은 없었지만 말이외다. 연 문주, 이것도 금시초문이시오?"

"그렇소."

"흐흐흐, 연 문주의 고집이 센 거야 어제오늘 겪은 것이 아니긴 하오만 참으로 안타깝소. 어쨌든 정상적인 방법으로 내 의문을 풀 수는 없겠구려. 하지만 나도 방법을 강구하고 있는 중이니 기대하셔도 좋소. 다르게 만났다면 희망이 없는 이 상황에서도 고집을 부리는 연 문주의 기백을 높이 평가했겠지만 지금 내 눈에는 그저 필부의 만용과 고집으로밖에 보이지 않으니 참으로 딱하시오."

연휘람은 빙긋 웃었다.

"좋으실 대로 보시구려. 누가 태 궁주의 마음이 가는 바를 막을 수 있겠소."

태군룡은 마주 웃었다.

"조만간 다시 찾겠소."

"그러시구려. 적적한 곳이라 늘 사람이 기다려진다오. 태 궁주가 온다면 기꺼운 마음으로 맞이하겠소이다."

태군룡은 부드러운 미소와 함께 돌아섰다. 그러나 돌아서자마자 미소는 씻은 듯이 사라졌다. 대신 그 자리를 차지한 것은 만년빙벽과도 같은 차가움을 담은 무서운 분노였다.

동굴을 되짚어 돌아 나온 태군룡은 동굴의 입구에서 기다리고 있는 천노를 볼 수 있었다.

천노는 허리를 깊숙이 숙이며 포권했다.

천노의 얼굴이 근래에 보기 드물 정도로 환한 것을 발견한 태군룡의 얼굴에 기쁨의 기색이 번졌다.

"귀혼신의가 일을 이루었느냐?"

천노도 마주 웃으며 조금 들뜬 음성으로 말했다.

"예, 궁주님. 최종적인 완성은 아니지만 마침내 그가 성약을 연단해 내는 데 가장 어려운 난관을 풀어내는 것에 성공했습니다. 완성은 이제 시간문제일 뿐입니다."

"완성까지 얼마나 걸린다더냐?"

"빠르면 수개월, 늦어도 반년 이내라고 합니다."

"으하하하하!"

태군룡의 장쾌한 웃음소리가 드넓은 계곡을 뒤흔들었다.

언제나 침착한 두 사람이 기쁨을 감추지 못할 정도의 일이 일어난 것이다.

태군룡의 눈에서 무서운 신광이 뿜어져 나왔다.

"성약이라면 연휘람과의 일전 후 힘을 잃은 축융열화종과 광한루의 종주들을 회복시킬 수 있다. 그들이 힘을 잃는 바람에 은둔의 세월이 길어졌다. 하지만 그들이 힘을 회복한다면 누구도 내 앞을 막을 수 없다. 연휘람도 쓰러뜨린 힘이다. 누가 그 힘을 상대할 수 있겠는가."

오만할 정도로 강한 자부심이 느껴지는 어조로 말하며 그는 오른손 손목을 어루만졌다. 완연한 팔찌의 느낌이 손바닥을 통해 전해졌다.

그가 냉엄한 음성으로 말을 이었다.

"그들의 힘이 회복되지 않았기에 혼천여의신병의 신비를 얻으려 했다, 여의신병의 비밀이라면 그들의 자리를 대신할 수 있을 것이기에. 그러나 그들의 힘이 회복된다면 굳이 여의신병의 신비를 밝히는 데 많은 힘을 쓸 필요가 없다."

천노가 태군룡을 우러르며 말했다.

"그뿐이겠습니까. 그것이라면 궁주님께서 미루어두셨던 비전의 신공을 성취할 가능성이 구 할 이상 높아집니다. 그리고 망설이던 타 무맥의 종주 분들 중 몇 분도 더 이상 궁주님의 제안을 거부하지 않을 것입니다."

태군룡은 입술을 질끈 물었다.

"그래… 마침내 그토록 기다렸던 때가 무르익은 것이다."

중얼거리듯 한마디를 읊조린 그의 시선이 천노를 향했다.

"고검엽은 어찌하고 있느냐?"

"여산에 웅크린 채 꼼짝도 하지 않고 있습니다."

"별다른 움직임은?"

"일전에 보고드린 적이 있습니다만 최근 세력을 급격히 확장하고 있는 천년마교라는 세력이 그와 관련이 있는 듯합니다. 그러나 아직 그와의 직접적인 연관성은 확인되지 않았습니다."

"천년마교……."

태군룡의 입가에 진한 비웃음이 스쳐 지나갔다.

"설령 고검엽과 관련이 있다 해도 어중이떠중이들이 모인 세력은 머릿수가 아무리 많아도 별 쓸모가 없지. 군림성과 대륙무맹의 움직임은 어떠한가?"

"단일 세력으로는 고검엽을 막을 수 없다는 것이 명백해진 이상 그들에게 선택의 여지가 있겠습니까? 연수를 하기 위한 움직임이 활발합니다."

"그들뿐이더냐?"

"두 세력이 손을 잡는다면 그 여파가 엄청날 것입니다. 아마도 장강이남에서 규모가 있는 문파 중에 그들과 손을 잡지 않는 문파가 없지 않을까 싶습니다."

"변화의 흐름이 빨라지겠구나."

"고금제일마존이 자신들을 노리고 있다는 걸 이제 모르는 자가 없는 상황이니까요."

"구중천상회는?"

"꽤나 충격을 받은 눈치입니다. 내외를 왕래하는 자들의 움직임이 바빠졌습니다. 오마세의 남은 셋에도 사람을 보냈다는 정보도 있습니다."

"계속 지켜보도록 하게."

"예, 궁주님."

"나는 귀혼신의에게 가보도록 하겠네."

말이 끝나기도 전에 태군룡의 신형은 그 자리에서 꺼지듯 사라졌다. 마음이 급한 것이다.

남은 천노의 얼굴에서 미소는 사라질 기미를 보이지 않았다. 최근 수년 동안 그는 오늘만큼 밝은 태군룡의 얼굴을 본 적이 없었기 때문이다.

* * *

광서성 십만대산.
천추군림성주 군림마제 혁세기의 거처 군마무적전.

태사의 앞에 항상 장막처럼 드리워져 있던 연녹색의 안개는 보이지 않았다.

덕분에 태사의에 앉은 노인의 면모가 훤하게 드러났다.

마치 제왕과도 같은 황금빛 곤룡포와 통천관을 쓴 육십대 초반의 노인.

물처럼 고요하고 담담한 기도가 흐르는 투명한 두 눈이 인상적일 뿐 그다지 특별할 게 없어 보이는 이 노인이 당세 중원 마도를 지배하는 거인, 군림마제 혁세기였다.

혁세의 앞 좌우로 늘어선 의자에 앉은 십여 명의 기세 또한 하나같이 군계일학이었다.

왼편 가장 앞쪽에 앉아 있는 화의궁장미인은 천상혈미인 혁련화였고, 그녀를 필두로 흑의문사 유마원주, 귀마안주 요진당을 비롯한 칠마성 전원이 자리하고 있었다.

모두 절정을 넘어선 고수들인 덕분인지 십수 년의 세월이 흘렀음에도 그들의 외모는 크게 변하지 않았다.

대전 안의 분위기는 살벌했다.

장소가 장소인 터라 살기를 드러내지 못하고 억누르고 있는 청발청염청미의 노인 때문이었다.

혁세기 앞에서도 살기를 품을 수 있는 노인.

패마성 초평익이 아니고 누구이겠는가.

그의 무릎 위에는 패천마도가 놓여 있었고, 의자 옆에는 공손하게 목발을 받쳐 들고 있는 도객 한 명이 시립해 있었다. 초평익은 지난날 량산에서 벌어진 검엽과의 싸움에서 오른 다리를 잃었다.

지금까지 상당히 격렬한 논쟁이 있었던 듯 입을 여는 초평익의 음성은 미미하게 떨려 나왔다.

"대형, 소제는 차라리 죽을지언정 대륙무맹과의 연수는 받아들일 수 없습니다. 그 쥐새끼처럼 교활하고 박쥐처럼 적아 구분없이 유리한 측과 붙는 무맹과 손을 잡다니, 어찌 그럴 수가 있단 말입니까!"

"삼제, 냉정을 찾아라! 네 마음을 모르는 바 아니다. 하지만 고집을 부릴 시기가 아니다."

감정이 배제된 강퍅한 음성이 패마성의 말을 막았다.

음성의 주인은 혁련화의 옆에 앉은 혈의노인이었다.

가늘고 길게 찢어진 눈에서 섬뜩한 한광이 쉴 새 없이 번뜩였고, 그의 무릎엔 의복과 같은 색깔의 석 자 다섯 치 장검이 놓여 있었다.

칠마성 중 검을 쓰는 사람은 단 한 명뿐이다.

군림칠마성의 둘째이자 마도제일검객이라 불리는 혈마성 곽초환, 혈의노인이 바로 그였다.

"둘째 형님."

초평익은 입술을 질끈 물었다.

그는 이글거리는 눈으로 사람들을 돌아보았다. 그의 숨결이 거칠고 뜨거워졌다. 분노였다. 아무도 그의 의견에 동조하고 있지 않았다.

귀마안주 귀마성 요진당이 초평익을 보며 말했다.

"셋째 형님, 마도를 걷는 사람 중에 대륙무맹과 연수하고 싶은 마음을 가진 사람이 누가 있겠습니까. 하지만 총련을 무너뜨린 천마 고검엽을 본성의 힘만으로 상대해서는 양패구사 외에 다른 결론이 없는 게 현실입니다. 최악의 경우에는… 패할 수도 있고요."

초평익의 긴 청미가 하늘로 솟구쳐 올랐다.

"넷째, 말을 함부로 하지 마라! 그자가 아무리 강하다 해도 본성이 그런 자 하나를 감당할 수 없다는 게 말이 되느냐!"

요진당은 보일 듯 말 듯 한숨을 내쉬었다.

초평익의 분노는 개인적인 감정과 연결되어 있었다 그는 아직도 손자를 잃은 슬픔을 잊지 않고 있는 것이다.

"셋째 형님, 지금은 장강이남의 모든 문파가 존폐의 기로에 선 상황입니다. 고검엽에 대한 지난날의 감정으로 인해 상황 판단을 그르친다면 돌이킬 수 없는 일이 벌어질 수도 있습니다. 제발 냉정을 유지해 주십시오."

"그래요, 셋째 오라버니. 둘째 오라버니와 넷째 오라버니의 말씀을 좀 더 차분히 들어보세요. 저도 단목천의 쌍판만 생각하면 아침에 먹었던 밥이 올라올 것 같아요. 하지만 지금은 그가 필요한 시기라고 생각해요."

말을 한 사람은 가는 어깨와 풍염한 가슴 선이 훤하게 드러나는 파격적인 궁장을 입은 삼십대의 여인으로, 요기까지 느껴지는 절세의 미인이었다.

그녀가 칠마성의 여섯째, 요마성 신여림이었다. 그녀는 장내에 혁련화를 제외한 유일한 여인이었다.

여러 사람의 권유가 통했던 것일까.

거칠었던 초평익의 숨결이 조금씩 가라앉았다.

그때였다.

담담한 얼굴로 대화를 듣고만 있던 혁세기가 오른손을 살짝 들었다.

장내의 소란이 단숨에 진정되며 사람들의 시선이 약속이라도 한 듯 혁세기를 향했다.

마도무림에서 혁세기의 권위는 절대적이다. 그것은 육마성도 예외일 수 없었다.

혁세기의 투명한 시선이 요진당을 향했다.

"귀마안이 파악한 강북의 사정과 천마 고검엽, 그리고 그의 주변에서 일어나고 있는 움직임에 대해 넷째가 다시 한 번 정리를 해보게."

"예, 대형."

요진당이 엄숙한 얼굴이 되어 자리에서 일어서며 말을 이었다.

"대암평 강북대전 이후 강북무림은 사실상 천마 고검엽의 영향력하에 놓였습니다. 개방을 제외한 육파와 거대 세가들이 모두 봉문에 들었고, 오십 명 이상의 제자를 보유하고 있는 중견 문파들 또한 봉문했습니다. 거대 문파들이 고검엽에 의해 강제로 봉문당한 것이라면 중견문파들의 봉문은 자발적으로 이루어졌다는 차이는 있습니다만 결과는 마찬가집니다."

그는 목이 타는 듯 혀로 입술을 축였다.

"그 때문에 현재 강북에서 무인을 보는 건 대단히 어려워졌습니다. 뒷골목의 파락호나 이름없는 산적 무리들조차 고검엽의 공포스런 위세에 몸을 사리고 눈치를 보는 형국이라 그야말로 무인의 씨가 마른 것처럼 보일 지경입니다. 고검엽은 강북무림을 지배하려는 어떤 가시적인 시도도 하고 있지 않습니다. 그러나 이제는 누구도 강북무림의 패자가 천마 고검엽이라는 것을 부인하지 않습니다. 그의 말 한마디면 강북무림 전체가 움직이게 될 것입니다."

혈마성 곽초환이 눈살을 찌푸리며 끼어들었다.

"대형, 죄송합니다. 궁금한 것이 있어 넷째에게 물어보아도 되겠습니까?"

"얼마든지. 궁금한 점이 있는 사람은 언제든 질문해도 좋다."

곽초환이 요진당을 보며 말했다.

"설마 그렇게까지 되겠는가? 강북무림은 전통적으로 백도의 세가 강한 곳이 아닌가? 천마 고검엽은 고금제일마존이라 공인되다시피 한 인물인데 강북무림인들이 그의 뜻을 따를까?"

요진당은 일말의 망설임도 없이 고개를 끄덕였다.

"바로 그렇기 때문에 강북무림은 고검엽의 뜻을 거스를 수 없습니다. 어떤 말로도 설명하기 어려운 절대적인 공포의 힘이죠."

곽초환은 입을 다물었다.

요진당의 말이 무슨 뜻인지 이해할 수 있었기 때문이다.

요진당이 말을 이었다.

"북해에서 대암평에 이르기까지 고검엽의 손에 죽어간 자의 수가 근 오만여 명에 이릅니다. 그 기간도 불과 일 년이 채 안 됩니다. 그리고 북해와 막북의 사망자 삼만여 명은 추정치이지만 대암평에서 죽어간 자의 수는 정확하지요. 일만 삼천 명입니다. 그들 중에는 열화천존 백운천을 비롯한 정무총련의 수뇌가 모두 포함되어 있습니다. 천마 고검엽은 자신의 앞을 막아서는 자는 모두 죽입니다. 용서가 없는 자가 그입니다. 그는 그런 자신의 뜻을 시산혈해로 증명했습니다. 그래서 현재 강북무림인들에게는 멸문지화를 각오하지 않는 한 그의 뜻을 거스르는 건 불가능하다는 시각이 진리인 것처럼 받아들여지고 있습니다."

"허……"

"아……"

무거운 침음성이 여기저기서 흘러나왔다.

사망자 오만.

구주삼패세가 쟁패하던 시기의 전 기간을 통틀어도 그만한 사상자가 나지 않았었다. 어지간한 소국 하나의 국기(國基)가 흔들릴 만한 사망자 수가 아닌가.

그것이 단 한 명에 의해 벌어진 일이라는 건 정말 믿어지지 않는 일이었다.

요진당의 말은 계속되었다.

"천마 고검엽, 그는 마(魔)나 패(覇)라는 말로 설명할 수 있는 인물이 아니며, 그가 사용한 수법이 세간의 의심처럼 설령 사술이라 할지라도 그는 그 분야에서 가히 고금제일이라 해도 과언이 아닐 정도로 가공할 성취를 이룩한 자임을 인정해야 합니다. 당세에 존재하는 어떤 무공으로도 고검엽이 행한 것과 같은 일 대 다의 전투와 대학살은 가능하지 않다는 것을 주목해 주십시오."

그는 잠시 말을 멈추고 장내의 인물들을 돌아보았다. 장중의 인물들은 복잡한 눈빛으로 그를 보고 있었다. 혁세기와 곽초환의 눈빛만이 담담할 뿐이었다.

그가 말했다.

"형님들과 아우들이 그의 능력을 불신하고 있다는 것을 알고 있습니다. 솔직히 저도 그의 능력을 믿지 못하고 있으니까요. 일개인의 힘으로 백운천과 총련 수뇌부가 포함된 일만 삼천 무인을 전멸시킨다는 걸 어떻게 쉽게 믿을 수 있겠습니까. 그러나 우리의 믿음과 별개로 그가 대암평혈사를 일으켰으며, 그 싸움에 동원된 무사 중 생존자가 전무하다는 건 누구도 부인하지 못하는 명백한 사실입니다. 그것이 무공이든 사법이든 고검엽은 그런 일을 벌일 수 있는 능력이 있다는 것을 인정해야만 우리는 그를 상대로 싸울 준비를 시작할 수 있습니다. 그리고 싸움의 준비는 최대한 신속하게 진행되어야 합니다. 그렇지 않다면 우리는 싸움도 해보지 못하고 무너질지도 모릅니다."

그의 말이 뜻밖이었던지 이번에는 평정을 유지하고 있던 곽초환의 눈빛까지 변했다.

그가 물었다.

"넷째, 그게 무슨 말이냐? 설명해 봐라."

요진당은 굳은 얼굴로 곽초환을 보며 대답했다.

"대암평혈사에 대한 소문이 장강을 넘어온 이후 장강이남의 공기가 불온해지고 있습니다. 귀마안에는 천마 고검엽에 대한 공포와 그에 비례하는 동경이 무인들 사이에 무서운 속도로 퍼져 나가고 있다는 정보가 속속 들어오고 있습니다. 최근에는 장강이남에서 활동하는 낭인들 중에 장강을 넘어 여산으로 가는 자들이 있다는 징후도 포착되고 있습니다. 문제는 그런 자들의 수가 빠르게 늘어나고 있다는 것입니다. 여산에 몰려들고 있다는 고검엽의 추종자들 중에는 장강을 넘은 남쪽 사람들도 포함되어 있습니다."

"정말이냐?"

되묻는 곽초환의 눈이 커져 있었다. 다른 사람들도 놀랐는지 눈을 부릅뜬 자가 적지 않았다.

요진당은 고개를 끄덕였다.

"제가 이곳에서 헛된 보고를 하겠습니까. 사실입니다. 이것을 방치한다면 장강을 넘어 고검엽에게 투신하는 자들이 계속해서 늘어날 겁니다. 그러나 진정한 문제는 투신자들이 아닙니다. 최악의 경우 우리는 우리 내부에서 우리의 뒤를 치는 자들이 나오지 않을까 하는 걱정까지 해야 하는 상황으로 내몰릴 수도 있습니다."

생각지도 못한 얘기였다.

혁세기와 요진당을 제외한 사람들의 안색이 납덩이처럼 굳었다.

요진당이 초평익을 보았다.

"셋째 형님, 대륙무맹과 연수를 해야 하는 이유도 이 때문입니다. 그들과의 연수로 우리가 얻을 이득은 두 가지입니다. 하나는 고검엽을 상대할 수 있는 연합된 힘을 얻을 수 있다는 것이고, 둘째는 천마 고검엽에 대한 공포와 동경에서 비롯된 장강이남의 불온한 공기를 제거하고 흔들리는 무인들의 마음을 다잡을 수 있다는 것입니다. 본 성의 힘은 막강하나 대륙무맹이 차지하고 있는 대륙 동부까지 힘이 미치지는 못합니다. 무맹 또한 마찬가지로 본 성이 있는 서부에 영향력을 행사하지는 못하고요. 지금은 두 세력이 단일한 행보를 보여주어야 하는 때입니다. 그래야 고검엽으로 인해 야기된 분열의 기운을 잠재울 수 있고 그를 쓰러뜨릴 수 있습니다."

좌중을 돌아본 요진당은 강한 어조로 말을 이었다.

"대륙무맹과 연수해야 하는 이유는 그뿐만이 아닙니다. 귀마안이 수집한 정보에 의하면 현재 여산의 구총련 총타에 모여든 무인의 수는 일만에 육박합니다. 불행히도 그들이 끝이 아닙니다. 여산을 향한 무인들의 행렬은 지금도 계속되고 있습니다. 그 수가 앞으로 얼마나 늘어날지 아무도 예측할 수 없을 정도입니다."

요진당의 눈에서 불같은 열기가 일렁였다.

"얼마 전부터 강북무림에는 천년마교라 불리는 세력이 암

약하고 있습니다."

"천년마교?"

"그런 문파가 있었나?"

몇몇이 어리둥절한 어투로 중얼거리며 서로를 돌아보았다. 들어본 적이 없는 문파 명이었다.

그때까지 아무 말 없이 좌중의 대화를 듣고 있던 혁련화가 입을 열었다.

"고검엽과 관련이 있군요."

확신하는 어조.

요진당은 선뜻 수긍했다.

"연화의 말대로입니다. 천년마교라는 문파의 등장이 너무 급작스러웠고, 그들의 교리가 천마라는 이름의 마신을 모신다는 것인 데다가 무공을 익히지 않은 자들은 입교 자체가 되지 않는다는 정보가 있었기에 저는 귀마안의 수하 중에 능력있는 자들을 그곳에 침투시켰습니다. 다행히 급조한 문파인 데다가 몸집을 불리는 데 주력하고 있어서 침투에 성공했습니다."

사람들의 시선이 호기심으로 빛났다.

요진당은 단언하듯 말했다.

"천년마교는 고검엽이 만든 문파입니다."

"으음······."

이 자리의 성격과 혁련화의 말을 이어서 생각하면 자연스런 결론이었기에 놀람은 크지 않았다. 그러나 사람들의 마음은 방금 전보다 배는 무거워졌다.

그들은 삼패세의 쟁패 시기를 걸쳐 수십 년간 천하의 일각을 지배해 온 거물들이었다.

그들은 고검엽이 문파를 만들었다는 것이 어떤 의미인지 대번에 이해한 것이다.

요진당이 말을 이었다.

"천년마교는 공식적인 개파대전을 하지 않았기에 그 체계는 밝혀진 바가 없습니다만 지금까지 축적된 정보를 토대로 내린 결론은 그들이 고검엽의 수족이라는 것입니다. 대암평까지 이어진 고검엽의 독보강호는 끝이 났다고 봐야 합니다. 이제 그가 움직이면 천년마교라는 알려지지 않은 문파와 함께 여산에 모여든 일만이 넘는 무인들이 움직일 것입니다. 그는 천하무림을 일통할 야심을 가지고 있다고 알려져 있고, 지금까지의 행보로 본다면 의심할 여지가 없습니다. 그렇다면 그는 장강을 넘어 남하하려 할 것이고, 얼마나 될지 알 수 없는 추종자들이 그를 따를 것입니다. 우리는 고검엽 한 명을 상대로 싸워야 하는 게 아닙니다. 그를 추종하는 수를 알 수 없는 적과 싸워야 하는 것입니다. 대륙무맹과의 연수는 피할 수 없는 일입니다."

요진당은 혁세기를 향해 가볍게 허리를 숙였다.

"이상입니다, 대형."

"수고했다."

혁세기는 가볍게 고개를 끄덕여 요진당의 인사를 받았다.

그는 평생 자신을 전폭적으로 지지하며 목숨을 맡기고 따른

아우들을 돌아보았다.
"넷째의 보고에서 이해되지 않는 점이 있는가?"
아무도 입을 열지 않았다.
요진당의 보고는 명쾌했다.
의문의 여지가 없는 것이다.
"셋째야."
"예, 대형."
초평익의 눈이 혁세기의 눈과 마주쳤다.
"받아들일 수 있느냐?"
"죄송합니다. 소제의 생각이 짧았습니다."
"우리 사이에 죄송하다는 말이 필요하겠나. 이해가 되었으면 그로 되었다."
잠시 초평익을 바라보던 혁세기는 고개를 들었다. 그의 시선은 유마원주에게 닿아 있었다.
"유마원주."
"예, 성주님."
유마원주가 자리에서 일어서며 허리를 숙였다.
"그들의 답신이 언제쯤 도착할 듯한가?"
"전력을 다하고 있으니 한 달 이내에 답신을 가진 수하가 도착할 것입니다."
"낙관해도 되겠지?"
"물론입니다. 소곡주의 당부도 있었고, 중원 정세의 영향을 피할 수 없음을 잘 아는 자들이니 어리석은 선택을 하지는 않을 것입니다."

 육마성은 물론이고 혁련화도 어리둥절한 얼굴이었다. 혁세기와 유마원주의 대화를 알아들을 수 없었기 때문이다.

 답신을 기다리는 자들은 누구이고, 소곡주는 또 누구란 말인가.

 그러나 아무리 궁금하다 해도 그들은 끼어들지 못했다. 혁세기가 허락하지 않는 한 그에게 질문을 할 수 있는 사람은 아무도 없었다.

 혁세기가 나직하게 중얼거렸다.

 "좋은 소식이 오리라 믿겠네."

 "기대하신 대로 이루어질 것입니다, 성주님."

 그 말을 끝으로 유마원주가 자리에 앉았다.

 억만 년을 버텨온 산악처럼 장중한 기세가 혁세기의 전신에서 피어올랐다.

 "아우들의 중지가 모아졌다고 생각된다. 넷째의 말처럼 여유는 많지 않다. 이제는 결정을 해야 할 시간이다. 대륙무맹과의 연수를 허한다. 넷째, 단목천의 사자를 불러라!"

 살갗의 소름을 올올이 곤두서게 만드는 삼엄한 전운이 군마무적전 내부를 가득 채웠다.

第四章

구정무총련 총타를 접수한 후 검엽이 거처로 삼은 곳은 백운천이 머물던 천심원(天心院)이었다.
 천심원은 총련의 뒤편 여산 자락 깊숙한 곳에 위치하고 있었고, 산 전체를 정원으로 삼다시피 하며 지어져서 건물이라고는 한 채밖에 없었지만 전체의 면적은 대단히 넓었다.
 그가 이십여 일 동안 폐관 아닌 폐관을 행한 넓은 정원도 천심원의 후원에 속한 정원의 일부에 불과할 정도였다.

 미시 중엽(오후 2시경).
 천심원 내에 마련된 회의청에 들어선 동방록은 태사의에 앉아 있다가 그를 맞이하기 위해 일어서는 검엽을 볼 수 있었다.

그의 눈 깊은 곳에 경악의 빛이 유성처럼 떠올랐다 사라졌다.

'폐관을 한다 들었는데 그동안 무슨 일이 있었던 거지? 대암평에서 총련까지 동행하는 동안 느꼈던 것과는 천양지차라 해도 부족하지 않은 기도가 아닌가? 이십여 일의 단기간에 사람이 저렇게 달라질 수도 있는가?

그는 평생 한 번도 경험한 적이 없는 혼란에 빠질 정도로 크게 놀랐다.

외견상 검엽의 모습은 변한 것이 없어 보였다.

아름답다는 말이 그처럼 잘 어울릴 수 없는 절세의 미모는 여전히 눈을 부시게 했고, 접근하기 어렵게 느껴지는 표정없는 얼굴과 은은히 풍겨지는 무쌍의 오연함도 그대로였다.

동방록과 함께 들어선 사람들은 많았다.

사란과 진애명, 쌍마존과 이천룽 등 척천산장의 노인들, 낭후와 노군휘, 개방의 몽완과 하오문의 기호성도 포함되어 있었으니 검엽과 직간접적으로 연관되어 있는 주변의 요인들은 거의 다 모였다.

하지만 그들은 검엽의 안색이 맑은 것에 기뻐할 뿐 그의 변화를 알아차리지는 못하고 있었다.

검엽의 변화를 눈치챈 사람은 동방록이 유일했다.

그는 검엽의 전신에서 퍼져 나와 천심원 전체를 아우르는 광활한 기도를 느끼고 있었다.

당세의 천하무림에서 검엽이 차지하고 있는 위상은 절대적이 되었다. 그럼에도 그는 동방록에게 최고의 예를 다했다. 그리고 사람들은 그것을 이상하게 여기지 않았다.

대암평에서 여산까지 오는 동안 검엽이 동방록을 정중하게 대하는 것을 여러 차례 보았던 것이다.

그렇다고 사람들이 동방록의 정체를 아는 건 아니었다.

이 자리에서 검엽을 제외하고 동방록의 정체를 어렴풋하게나마 짐작하고 있는 사람은 둘이 더 있었다.

진애명과 사란이다.

나머지 사람들은 동방록이 십방무맥과 연관되어 있지 않을까 추측하는 정도였다.

마련된 자리에 앉은 동방록이 소탈한 미소를 지으며 말했다.

"큰 진보가 있었던 듯하구려. 축하드리오."

"감사합니다."

담담하게 말을 받은 검엽의 시선이 사란에게 닿았다.

"란아, 취령은?"

"오치르와 옥령이 보고 있어요."

사란은 맑은 음성으로 대답했다.

검엽은 고개를 끄덕였다.

모르면 몰라도 알면서 취령을 보고 싶은 생각은 없었다. 그는 취령이 옆에 있는 것을 좋아하지 않았고, 이유를 모르면서도 검엽의 그런 기색을 알아차린 사란은 취령을 두고 온 것이다.

검엽의 무심하게만 보이는 시선이 사란을 떠났다.

사람들은 그의 눈에서 평소와 다른 점을 느끼지 못했다. 그러나 진애명은 검엽의 눈에 온기가 떠올랐다가 사라지는 것을 보았다.

단지 그 시간이 너무 짧아 진애명을 제외한 다른 사람들은 그것을 느끼지 못했을 뿐이었다.

그녀는 환한 미소를 지었다.

검엽의 눈에 감정이 깃드는 경우가 얼마나 드문지 잘 아는 그녀가 아니던가.

검엽이 몽완을 보며 물었다.

"몽 어르신, 제가 폐관한 사이에 강호상에 특별한 일이 있었습니까?"

몽완은 잠시 대답을 하지 못하고 망설였다.

지금 무림에서는 극적이라고 할 수 있는 변화가 일어나고 있었다. 하지만 그것은 보통 사람들이 볼 때였다. 그런 외부의 변화가 과연 검엽에게도 극적이고 특별한 일이 될 수 있을지 확신이 서지 않았던 것이다.

그는 보일 듯 말 듯 한숨을 내쉬고 말문을 열었다.

"이미 종주께서도 짐작하고 계시겠지만 장강이남은 지진이 난 것처럼 뒤흔들리고 있소. 대륙무맹과 군림성이 연수하려고 하는 듯한 움직임도 있고. 물론 이것은 확인되지는 않았소, 그들의 보안이 워낙 철저해서."

이전과 달리 몽완은 검엽에게 존대를 하고 있었다. 누가 강요한 것은 아니었다. 자발적인 존대였다.

검엽은 그 스스로는 자각하지 못하고 있었지만 강호상에 드리워진 그의 그림자는 어둠보다도 더 짙었다. 게다가 그의 말 한마디면 목숨을 초개처럼 버릴 사람이 지천이었다.

검엽이 아무리 개의치 않는다 해도 몽완은 검엽에게 하대를 해서는 안 된다는 것을 깨닫고 있는 것이다.

검엽도 말리지 않았다.

존대를 받고 싶어서가 아니었다.

몽완이 존대를 하든 하대를 하든 그런 것에 신경을 쓸 리 없는 그였다.

몽완의 어투를 다시 하대로 바꾸려 하면 그것은 오히려 그를 불편하게 만드는 것이라는 걸 능히 알 수 있었기 때문이었다.

"몽 어르신, 정말 하고 싶은 말씀은 그게 아닌 듯싶은데, 굳이 말을 돌릴 필요가 있겠습니까?"

몽완의 눈동자가 미미하게 흔들렸다.

"휴우……."

그는 탄식처럼 길게 한숨을 내쉬며 말을 이었다.

"백도무림의 제문파와 세가들은 종주의 걸음이 여산에서 멈추지 않고 자신들에게 닿지 않을까 궁금해하며 두려워하고 있소."

검엽은 소리없이 흰 이를 드러내고 웃었다.

"어르신은 제가 어떻게 할 것 같습니까?"

몽완은 고개를 저었다.

"나는 알 수 없소. 정녕 알 수 없소. 종주의 속을 나 같은 범부가 어찌 짐작할 수 있겠소. 다만 종주의 걸음이 여산을 벗어나 장강이북의 백도문파에 닿지 않기를 충심으로 기원할 뿐이오."

사람들은 몽완의 흔들리는 눈빛에서 경외감과 두려움, 그리고 무기력함을 보았다.

그것을 본 사람들 가운데 몇은 마음이 바위를 묶은 것처럼 천근만근 무겁게 가라앉았다.

평생을 마음 내키는 대로 살아온 몽완과 같은 기인조차 검엽의 처분만 기다린다는 식이라는 걸 받아들이기가 쉽지 않았던 것이다.

그러나 그렇게 생각하는 일부의 사람들의 마음도 몽완과 별반 다르지 않았다.

기호성과 척천산장의 노인들은 보지 못했지만, 다른 사람들은 모두 인세의 말일이 도래한 듯한 대암평의 폐허 위에 오연히 서 있던 검엽을 보았다.

그때 그들이 느꼈던 전율스러운 공포와 인간의 범주를 벗어난 존재에 대한 외경심은 그들 사이에 아주 뿌리 깊게 공유되고 있었던 것이다.

검엽을 볼 때마다 사람들의 마음속을 파고드는 공포와 외경심의 첫 번째 근원은 물론 그의 불가사의한 무공이었다.

그의 무공은 무공이라고 부르기엔 끔찍할 정도로 강하고 무서워서 세인들 사이에 떠도는 것처럼 마신의 능력이라고 생각될 정도였으니까.

그러나 그를 직접 지켜볼 수 있는 거리에서 함께 지낸 사람들은 어느 순간부터 그가 지닌 무력 때문이 아니라 검엽이라는 존재 그 자체에 경외심을 느끼게 된다.

정확한 이유는 사람들도 알지 못했다.

왜 검엽을 볼 때마다 무한한 절망과 공포를 느끼게 되고, 그를 경외하게 되는지를.

몽완과 시선을 마주한 검엽이 입을 열었다.

"내 목적은 총련과 그를 구성하고 있는 거대 문파와 세가였습니다. 총련이 무너지고 수뇌 문파들이 봉문한 지금 내가 그들의 본산을 찾아갈 이유는 없습니다. 그 부분은 신경 쓰지 마십시오."

몽완은 안도했다.

검엽의 입에서 나온 말이 지켜지지 않은 경우가 없다는 걸 그도 아는 것이다.

"몽 어르신."

"말씀하시오."

"무맹과 군림성의 움직임이 급박해진 것은 개방과 하오문의 도움이 크다는 것을 알고 있습니다."

몽완은 쓴웃음을 지었다.

검엽의 말대로였다.

장강이남에 불고 있는 폭풍은 개방과 하오문이 퍼뜨린 소문과 의도적으로 두 문파의 손에 들어가도록 조치한 여러 정보들에 기인하고 있었다.

그가 자괴감이 가득해서 울적하게 들리는 음성으로 말했다.

"종주의 말씀처럼 개방의 역할로 인해 무림 중에 피가 덜 뿌려진 것으로 충분히 보상을 받았소이다. 물론 나는 지옥행 특급마차를 예약한 셈이지만……."

대암평혈사 이후 몽완은 물론 한쪽에서 굳은 얼굴로 귀를 기울이고 있는 기호성은 산동에서 검엽이 했던 이야기가 빈말이 아니라는 것을 뼛속 깊이 알게 되었다.

총련 무인 일만 삼천이 대암평에서 죽었다. 그러나 만약 검엽이 백도의 거대 문파들을 개별적으로 방문했다면 사상자의 수는 수만이 되었을 것이다.

그렇다고 해도 검엽의 행보에 보조를 맞춘 자신의 행위가 정당화되는 건 아니었다.

몽완의 자괴감은 컸다.

검엽은 몽완의 심정을 이해했다. 그러나 그로 인해 마음이 흔들리거나 하지는 않았다.

"앞으로도 지금까지처럼만 해주시기를 바랍니다."

몽완이 눈을 동그랗게 떴다.

검엽이 말을 이었다.

"나에 대한 일거수일투족을 무맹과 군림성이 알도록 해주면 장강이남에서도 피를 덜 흘릴 수 있을 겁니다."

사람들은 허탈해서 놀라지도 못했다.

이제 검엽의 말이 무엇을 의미하는지 모르는 사람은 이곳에 없었다.

몽완이 조금 떨리는 음성으로 물었다.

"종주께서는 무맹과 군림성을 연수케 해서 상대할 생각이신 거요?"

검엽은 담담하게 웃으며 고개를 끄덕였다.

"하나씩 상대하는 것보다 그것이 더 편하지 않겠습니까?"

몽완이 다시 물었다.

"그들이 연수하면 병력이 최저 이만 오천에서 삼만에 이를 거요."

"막북에서 상대했던 청랑파보다는 조금 적군요. 무맹과 군림성이 가능한 한 많은 무인들을 모을 수 있기를 바랍니다. 총련의 무인들보다 능력이 있는 무인들로."

검엽의 반응은 단순했다. 그리고 그것으로 충분했다. 간이 떨릴 정도로 놀란 몽완은 입에 재갈을 물린 것처럼 더 이상 입을 열지 못했다.

검엽의 시선이 몽완을 떠나 기호성을 향했다.

"기 문주가 해주실 일이 하나 있소."

기호성은 체념한 어투로 말했다.

"내가 도와야 피를 덜 흘릴 수 있겠지요?"

검엽이 쓰게 웃었다.

"당연하오."

"말씀하시오. 내가 할 수 있는 일이라면 최선을 다하리다."

"빙궁과 청랑파를 제외한 세 개의 새외 세력 움직임을 파악해 주시오."

"그게 무슨?"

기호성이 어리둥절한 얼굴로 되물었다.

빙궁과 청랑파를 제외한 새외 세력이라면 동남해의 무법자 해왕군도와 천축마도의 지배자 소뢰음사, 그리고 남만과 묘강의 절대자 만독강이다.

"제자들이 위험하지 않은 한도 내에서 주시만 해주면 되오. 특이한 동향이 발견된다면 그때 내게 말해주시고."

"어렵지 않은 일이오만, 그들은 대체 왜?"

납득하기 어려운 임무여서 기호성은 연신 되물었다. 그러나 검엽은 그에 대해 속시원한 해답을 주지 않았다. 대신 그는 섭소홍에게 고개를 돌렸다.

"혈후."

"예, 지존."

"강북에서 오십 인 이상 제자를 가진 문파 중 봉문하지 않은 곳은 몇인가?"

섭소홍의 아름다운 얼굴에 미소가 환하게 피어났다. 그녀가 대답했다.

"대암평혈사 이전에는 여러 문파가 있었습니다만 현재는 전무합니다."

"괜찮군. 고생했다."

"감사합니다, 지존."

"검군."

"예, 지존."

곽호가 한 걸음 앞으로 나서며 허리를 직각으로 꺾었다. 부름을 받을 때마다 무의식중에 나오는 버릇이다.

"총타에 몇이나 들였나?"

"이곳에 오기 전까지 받은 보고로는 칠천사백이십삼 명입니다."

"많군."

"늘어나는 속도가 가파릅니다. 한 보름 정도만 더 지나면 일만 오천은 될 듯합니다."

"왜 왔는지는 물어봤나?"

곽호가 꽉 움켜쥔 주먹을 가슴에 대며 대답했다.

"물론입니다. 그들은 지존을 모시고, 지존께서 뜻을 이루시는데 견마지로를 다하기 위해 왔습니다."

"자네가 그렇게 생각하도록 강요한 건 아니고?"

섭소홍은 입을 가리고 소리를 죽여 웃었고, 곽호의 귀밑에는 굵은 땀방울이 맺혔다.

그는 목청이 터져라 소리치려 했지만 목소리가 떨려 나오는 것을 막지 못했다.

"…그럴… 리가 있겠… 습니까!"

"믿어주지. 질은 어떤가?"

곽호의 이마에 주름이 졌다.

"대중이 없습니다. 무공은 삼류부터 절정까지 다양하고, 대부분 정사중간이나 사마도로 분류되는 영역에서 활동하거나 은거해 있던 이들이라 온갖 재주를 가진 자들도 많습니다."

"흠."

검엽은 잠시 무언가를 생각하는 듯하더니 시선을 섭소홍에게 돌렸다.

"검후, 그들의 관리는 누가 하고 있지? 검군이 할 리는 없고?"

섭소홍이 한편에 공손히 시립하고 있는 노군휘를 손으로 가리켰다.

"노 단주가 하고 있어요."

"단주?"

섭소홍이 검엽의 눈치를 슬쩍 살피며 대답했다.

"사람이 너무 많이 늘어나 혼란스러운 감이 있어서 급한 대로 체계를 잡아봤어요."

검엽의 얼굴에 흥미로워하는 기색이 떠올랐다.

"어떻게?"

섭소홍은 검엽이 싫어하지 않는 기색이라는 것을 알고 안심했다. 평소 번잡한 걸 좋아하지 않는 검엽이기에 혼이 날 걸 각오하고 있었기 때문이다.

"낭후가 조직을 관리한 경험이 풍부해서 총련 내부의 관리를 맡겼고, 무사들은 따로 지존단이라는 명칭하에 묶었어요. 무사들이 모여드는 수나 속도가 예측하기 어려울 정도여서 오천 명 단위로 대라 칭했고요. 그리고 단주는 노군휘에게 맡겼는데 그에게 사람을 다루고 조직을 운영하는 재주가 있어서 빠르게 체계를 잡아나가는 중이에요."

내부 관리를 맡았다는 낭후에 대해서는 별 관심이 가지 않았다. 대신 검엽은 섭소홍이 말한 무사들의 조직 명칭에 신경이 쓰였다. 그는 가볍게 눈살을 찌푸렸다.

"지존단?"

"지존을 모시는 자들이 모인 곳이기에 그렇게 지었어요. 마음에 들지 않으세요? 바꿀까요?"

지존이라는 말을 들을 때마다 어색한 느낌이 들었지만 섭소홍과 곽호가 그를 얼마나 지극하게 생각하는지 아는 터라 뭐라 하기도 어려웠다.

그가 말했다.

"이름이야 아무렴 어떤가. 그냥 둬라."

"예, 지존."

섭소홍은 만면에 화사한 미소를 지었다.

그녀가 만든 지존단의 체계 속에는 검엽과 그녀, 그리고 곽호를 비롯해서 이 자리에 있는 사람들의 자리는 없었다.

이 자리에 있는 사람들을 어찌 대할지는 검엽에게 달려 있었다. 그녀가 손댈 수 없는 사람들이라는 걸 그녀는 잘 알고 있었던 것이다.

"노군휘."

검엽의 갑작스런 부름에 긴장한 노군휘는 허리를 숙이며 응했다.

"예. 지존."

"혈후가 그대를 신임하는 듯하니 그녀를 잘 보좌하도록."

"신명을 다하겠습니다."

노군휘는 검엽이 지존단에 대해 이런저런 질문을 할 것이라고 생각하고 답변을 준비해 왔다.

휘하에 일만에 가까운 수하들이 갑자기 생긴다면 누구라도 그렇게 할 터였다. 권력을 쥔 자의 속성은 고래로 다 비슷하지 않았던가.

그러나 그의 예상은 가볍게 빗나갔다.

검엽은 그에게 아무런 질문도 하지 않았다. 그는 노군휘에게 시선을 떼고 몽완을 보았다.

"어르신, 그 천년마교인가 하는 곳에 대해서는 더 알아본 것이 있습니까?"

노군휘와 낭후의 몸이 순간적으로 굳어졌다.

낭후는 노군휘를 곁눈질했다. 그의 눈빛에는 이제 말할 때가 되지 않았는가 하는 기색이 담겨 있었다. 하지만 노군휘는 낭후의 눈빛을 무시하고 침묵했다.

노군휘에 대한 낭후의 신뢰는 상당히 깊어서 낭후도 침묵했다. 노군휘가 생각이 있으리라 믿었던 것이다. 그는 노군휘의 진정한 목적에 대해서 아는 바가 없었다.

몽완은 입맛을 다시며 대답했다.

"쩝. 종주로 인한 정국의 변화가 너무 거대해서 본 방은 그들에게 신경을 쓸 여유가 없었소. 그들이 무슨 특별한 움직임을 보이고 있는 것도 아니고. 그렇지만 원한다면 그들에 대해 알아봐 줄 수 있소. 그런데 그들이 정말 종주와 연관이 없소?"

검엽은 노군휘를 일별하고는 고개를 끄덕였다.

"없습니다. 그리고 그들에 대해서는 알아보지 않아도 됩니다. 크게 관심이 있는 건 아니니까요."

그의 시선이 몽완에서 곽호에게 옮겨갔다.

"검군."

"예."

"무사의 수가 일만이 되면 그들을 데리고 호북의 죽산(竹山)으로 가라."

검군은 물론 이 자리에 있는 사람들의 안색이 급변했다. 무사들의 남쪽 이동이 의미하는 바는 하나밖에 없었기에.

죽산이라면 호북성 북부에 있는 곳으로, 무당산의 서쪽 이백 리 떨어진 지점이다.

검군이 허리를 숙였다.

"존명."

검엽의 지시는 계속되었다.

"혈후."

"예."

"그대는 이곳에서 검군을 지원하도록. 모이는 무사들의 수가 오천 단위를 넘길 때마다 그들을 죽산으로 보내고 상당 기간 머물 수도 있으니 그들에 대한 보급을 책임져라."

"존명."

지시는 간단했고, 대답은 명료했다.

"노군휘."

긴장한 낯빛의 노군휘가 허리를 숙였다.

"예, 지존."

"지존단의 지휘 전권을 그대에게 일임한다. 단, 그대는 검군의 지휘를 받는다. 그러나 장강이남의 세력들과 전쟁을 하기 전에 검군이 그대를 간섭할 일은 거의 없을 것이다. 능력을 발휘해 보도록."

노군휘의 눈이 무섭게 빛났다.

얼마나 학수고대하던 것인가.

이처럼 쉽게 원하던 것을 얻게 될 줄은 장구한 계획을 수립한 그도 예상치 못했던 일이었다.

간접적으로 노군휘를 간섭하지 말라는 지시를 받은 곽호의 안색은 별다른 변화가 없었다.

그는 검엽이 죽으라면 실제로 망설임없이 자신의 목을 벨 만큼 충성심이 강하다.

검엽이 어떤 지시를 해도 그는 묵묵히 그것을 따를 사람이었다.

"명을 받듭니다."

노군휘가 떨리는 음성으로 말한 후 굽혔던 허리를 펼 때 침묵을 고수하던 이천룡이 말문을 열었다.

"종주, 차라리 이곳에서 모든 준비를 마치고 일거에 남하를 개시하는 게 낫지 않겠소? 말씀을 들어보니 근 시일 내에 장강을 넘어 공격을 하는 것도 아닌데 굳이 힘을 분산시킬 필요가 있는지 의문이오만? 더구나 그리 많은 수라면 종주와 떨어져 있을 때 자칫 엉뚱한 분란을 일으킬 수도 있소. 종주에 대한 그들의 충성심은 아직 미지수외다."

검엽은 소리없이 웃었다.

자신에 대한 이천륭의 깊은 정이야 말해 무엇 하랴. 그는 병법의 정석과 다른 검엽의 지시로 인해 야기될지 모르는 불안이 검엽에게 행여 짐이 되지 않을까 근심하고 있는 것이다.

"노야."

"……"

검엽의 부드러운 눈과 근심 어린 이천륭의 눈이 허공의 어느 한 점에서 마주쳤다.

"저는 지존단을 계속해서 장강에 접근시킬 겁니다. 죽산에서 이만이 되면 더 남쪽인 홍산으로 이동시킬 것이고, 삼만 이상이 되면 홍산의 아래 당양으로 이동시킬 겁니다. 그에 따른 제반 문제는 검군과 혈후가 알아서 처리할 겁니다. 지존단을 남하시키는 것은 군림성과 무맹을 겁주려 함입니다. 위기감이 고조될수록 그들의 움직임은 빨라지겠죠. 연수든 뭐든 힘을 키우기 위해 전력을 다할 겁니다. 제가 원하는 것은 바로 그것입니다. 저는 그들과 부딪치는 한 번의 대회전으로 중원에서의 싸움에 종지부를 찍고자 합니다. 그것이 중원을 위해서도 이롭습니다. 저야 개의치 않습니다만 중원의 무인 가운데 장기간에 걸쳐 지속적으로 피를 흘리는 것을 원하는 사람은 아무도 없지 않습니까?"

더 이상 무슨 말을 하랴.

사람들은 입을 다물었다.

이천룽은 고개를 휘휘 내저으며 물었다.

"그렇다면 종주는 그들이 준비를 마칠 때까지 기다리려 하시는 건가?"

"물론입니다. 여력을 남기면 대회전이 끝난다 해도 또 다른 싸움을 해야 할 테니까요."

마침내 이천룽은 웃고 말았다.

그가 할 수 있는 것이 그 외에 또 무엇이 있으랴.

후원 정자.

계절이 겨울로 넘어가고 있는 시기인 터라 밖은 옷깃을 여며야 할 정도로 쌀쌀했다.

그러나 정자에 있는 세 사람에게는 해당사항이 없었다, 그들은 한서가 불침하는 몸의 소유자들이었기에.

사람들이 물러간 후 검엽은 자리를 옮겼다. 그와 함께 정자로 온 사람은 둘이었다.

탁자를 사이에 두고 마주 앉은 동방록과 그의 옆에 한 폭의 미인도가 되어 차를 따르는 사란이었다.

대암평 싸움 이후 사란은 검엽의 그림자가 되었다. 그가 있는 곳엔 언제나 사란이 있었다, 침실을 제외하고.

사란이 따라주는 차를 마시며 동방록은 맞은편의 검엽을 바라보았다.

　대암평에서 검엽을 만나고 근 한 달여가 흐른 후 이루어진 독대였다.

　그동안 검엽은 동방록과 독대할 기회가 여러 번 있었다. 그러나 검엽은 동방록을 만나지 않았다. 다른 곳에 쓸 마음의 여유가 없었다. 마령 때문이었다.

　동방록의 마음은 발등에 불이 떨어진 것처럼 급했다. 그러나 그는 검엽을 재촉하지 않았다.

　인내는 구름 속의 신룡처럼 살아가는 운중천부의 무인들에게 체질화되다시피 한 필수의 덕목이다.

　그가 검엽이 어떤 상태에 있는지를 파악했던 것은 아니었다. 하지만 검엽과 깊은 대화를 나눌 수 있는 상황이 아니라는 정도는 충분히 짐작할 수 있었던 것이다.

　"종주, 단도직입적으로 말해도 좋겠소?"

　"말씀하십시오."

　동방록은 천천히 숨을 골랐다.

　"연 문주가 납치되었다는 확증과 그 일을 저지른 범인을 마침내 찾아냈소."

　검엽의 눈에 섬광이 일었다. 그는 동방록의 다음 말을 기다렸다.

　"연 문주는 멸천향이라는 독에 당한 후 절대고수 삼 인 이상의 합격을 받아 쓰러졌소."

　검엽의 눈빛이 찰나지간 흐트러졌다. 하늘이 무너져도 눈

하나 깜박하지 않을 그도 놀란 것이다.

그는 물었다.

"멸천향? 멸절독림의 짓이란 말입니까?"

멸절독림은 십방무맥의 일원이자 천하독공의 조종격인 문파였다. 당세 독공의 최강 문파라는 만독강도 그들에 비한다면 명월과 반딧불 정도의 차이가 났다.

마음만 먹는다면 천하인 전부를 독살시킬 수 있을 능력을 지녔다는 평가를 받는 문파, 그것이 멸절독림이었다.

멸천향은 그런 멸절독림에서도 삼대극독 중 하나로 꼽히는 희대의 기독이었다.

오직 절대고수만을 죽이기 위해 만들어졌다는 무색, 무취, 무향의 독으로 한 모금의 향기면 중소 규모의 성안에 사는 생물을 전멸시킬 수 있다고 알려져 있었다.

동방록은 고개를 저었다.

"멸절독림이 개입한 것은 분명하지만 그들이 행사의 주체는 아니오. 연 문주를 연수합격한 자들은 절대의 양강기공과 음한기공, 그리고 도법을 썼소."

검엽은 침묵했다.

연휘람을 공격할 만한 능력자라면 천하에 단 아홉뿐이었다. 다른 무맥의 종사들이 그들이다.

검엽이 낮게 중얼거렸다.

"멸절독림, 축융열화종, 광한루…… 절대천궁?"

혼잣말이었지만 동방록은 고개를 끄덕여 검엽의 추측이 옳다는 것을 확인해 주었다.

"그렇소, 종주. 그들 네 무맥의 종사들이 연 문주를 연수합격했소."

"믿기 어렵군요."

검엽은 이맛살을 찌푸리며 말을 받았다.

다른 사람 같았으면 자신의 말을 믿기 어렵다는 상대의 반응에 화를 냈을 것이다.

그러나 동방록은 화를 내지 않았다. 그도 검엽의 심정과 같았기 때문이다.

무맥의 종사들 개개인이 품고 있는 자부심은 천하무쌍이라는 말로도 부족했다.

그들은 연수합격이나 독물을 사용한 암습 따위는 칼을 물고 자결하는 한이 있더라도 할 사람들이 아니었다.

독을 사용하는 멸절독림조차 암습으로 독을 하독하지는 않는다.

"나도 종주와 같은 의견이오. 그러나 내가 조사한 바로는 의심할 수 없는 사실이오. 십수 년 동안 본 부의 전력을 기울여 연 문주의 납치사건을 조사했소. 연 문주의 거처에서는 아무런 물증도 발견하지 못했지만 연 문주의 거처에서 천궁까지 가는 행로에 남겨진 증거들을 발견할 수 있었소. 그 물증을 발견하기 위해 본 부의 제자들은 십수 년 동안 수만 리에 이르는 행로를 먼지 한 톨까지 전부 확인했소."

검엽은 침묵했다.

믿기 어렵다고 말했지만 그는 동방록의 말을 믿었다. 그가 거짓말을 할 이유도 없었고, 그의 신분으로 거짓말을 할 리도 없었다.

간간이 차를 마시는 조용한 소리만이 울릴 뿐 모두가 침묵하는 가운데 반 각가량의 시간이 지나갔다.

평온을 유지하는 사람은 사란뿐이었다. 그녀는 억겁처럼 흐르는 침묵을 느끼지 못하는 듯 찻잔이 빌 때마다 차호를 들어 잔을 채웠다.

검엽의 눈빛은 무거웠고, 동방록의 눈빛은 어두웠다.

검엽이 입술을 열었다.

"넷 중 누가 주체일 거라고 생각하고 계십니까?"

"아마도… 절대천궁주 도천존(刀天尊) 태군룡일 것이오."

"그를 꼽는 이유가 있습니까?"

동방록은 씁쓸한 얼굴이 되었다.

"태군룡은 천궁 역사상 짝을 찾을 수 없다는 평을 받는 귀재였소. 종주의 선친과 함께 봉황쌍벽이라고 불리웠고, 비순곡의 여곡주까지 더하면 봉황삼정(鳳凰三頂)이라 존경받을 정도였으니까 말이오. 연 문주는 깊게 생각하지 않았지만, 나는 그가 봉황천의 울타리를 갑갑해하며 봉황의 그늘을 벗어나고자 하는 뜻을 가지고 있지 않은가 하는 의심을 품고 있었소. 그러나 그는 동시대에 태어난 두 명의 거인을 넘어서지는 못했기에 자신의 뜻을 외부로 드러낼 수 없었소. 두 명의 거인, 그들은 종주의 선친과 연 문주요. 하지만 그가 뜻을 드러내지 않는다고 아예 뜻을 접었다고 생각할 수는 없었기에 계속해서 그를 주시해 왔소. 종주의 선친이 이십여 년 전 비명에 간 후로 그가 넘어야 할 산은 연 문주밖에 남지 않았소. 만약 연 문주가 그를 막지 못한다면 천하에 그를 막을 사람은 없게 될 테니 그로서는 연 문주를 도모할 동기가 충분하오."

"위험부담이 너무 크지 않습니까? 연 문주가 봉황금약을 수호하지 못하는 입장에 처하게 된다면 다른 무맥의 종사들도 태 궁주와 같은 생각을 할 수도 있는데."

동방록은 고개를 저었다.

"그건 종주가 절대천궁의 힘을 모르기 때문에 하는 말이오. 천궁은 타 무맥과 달리 태군룡이 궁주로 취임한 이후 끊임없이 제자를 받아들였고, 이십여 년 전쯤부터는 누구도 그 힘을 정확하게 측정할 수 없을 정도로 강력한 무맥이 되었소. 과거 연 문주가 태군룡을 제어할 수 있었던 것은 금약의 수호자로서 갖는 권위 때문이었지, 연 문주 개인의 무력이 절대천궁보다 강하기 때문이 아니었소. 연 문주는 분명 태군룡 개인보다 강한 사람이지만 천궁이 문파의 전력을 기울인다면 연 문주는 태군룡을 막을 수 없소. 다른 무맥도 마찬가지요. 어느 하나의 무맥이 가진 힘으로는 태군룡을 막을 수 없소. 물론 두 개 이상의 무맥이 연합한다면 천궁과 비등한 힘을 구축할 수 있을 것이고, 세 개의 무맥이 연합한다면 천궁보다 강하겠지만… 후우, 그들은 그렇게 하지 않을 것이오. 그렇게 할 수도 없고."

검엽은 동방록의 마지막 말에 의아한 듯 눈살을 살짝 찌푸렸지만 그 외의 다른 말들은 단숨에 이해했다.
 십방무맥에 속한 무맥들은 다른 무맥의 행사에 관심이 없었다, 전혀.
 설령 다른 무맥이 천하를 정복하려 한다 해도 새삼스레 관심을 갖지도 않을 것이다.
 봉황금약이 이루어지기 전에는 십방무맥 무인들의 성향은 지금과 달랐다.
 그들은 야망에 불타는 무사들이었고, 자신들의 절대적인 무공으로 천하를 얻고자 했다.
 그러나 봉황금약이 완성된 후 그들은 변했다.
 그들의 은둔은 긴 세월 동안 이어졌고, 그들 무맥의 힘은 반선지경에 이르렀다.
 무맥의 무인들은 지금의 황조 명칭조차 모르는 사람이 태반일 정도로 외부에 무관심해졌다. 그리고 타 무맥의 일에도 각 무맥의 종사와 뛰어난 후인들 이름 정도나 알 뿐 관심이 없었다.
 그런 봉황천의 분위기상 태군룡처럼 외부에 뜻을 품은 종사가 나왔다는 것은 기적이라고 해도 과언이 아닐 일이었다.
 혹 무맥의 무공을 익힌 이십대나 삼십대처럼 젊은 사람 중에 야망을 가진 사람이 나왔다면 그럴 수도 있는 일이겠지만 무맥의 수뇌부에 속하는 사람들 중에 그런 사람이 나타나는 건 불가능에 가까웠다.
 봉황천의 무인들이 외부에서 부귀영화와 권력을 얻는 건 너무 쉬운 일이었다.

 천하의 무인들 중 무맥의 무인을 상대할 수 있는 자가 몇이나 될 것인가.

 그리고 무맥의 무인들은 신외지물을 얻으려 노력하기보다 자신의 무맥에 전해져 오는 비전을 익혀 초월지경에 도달하는 것이 부귀영화나 권력을 얻는 것 따위와는 비할 수조차 없을 만큼 귀하다고 생각했다.

 무공을 익힌 사람들이 흔히 말하는 선과 악, 정과 사마와 같은 통념은 무맥의 무인들에게 의미를 갖지 못했다.

 수천 년간 이어져 내려온 무맥의 무공은 금약이 맺어진 이후 계속된 천수백 년의 세월을 거치며 중단없는 발전을 거듭했다. 그리고 경이적인 그들의 무공은 무맥의 무인들을 보통 사람들과 다른 범주에 속하는 사람들로 만들었다.

 현재 무맥의 무인들에게 있어 최고의 가치는 천하제패와 같은 것이 아니라 무(武)라는 수단을 통해 완전에 이르는 것이었다.

 그들은 설사 천하무림이 멸망한다고 해도 자신들과 직접 관련이 없다면 나서지 않을 것이 분명했다. 두 개의 문파를 제외하고는······.

 초대에 열 개의 무맥을 봉황천이라는 하나의 이름으로 묶어 냈던 초월자는 무맥의 무인들 사이에 형성된 독특한 기질이 외적인 욕망과 결합하여 움직이면 천하에 해가 될 가능성이 크다는 것을 알았다.

그래서 그는 열 개의 무맥을 하나의 이름 아래 묶어 제어하려 했다. 그러나 그 제어는 한 번 실패했고, 각 무맥의 종사들이 나서서 봉황금약을 만들어 스스로 자신들을 금제하는 지경에까지 이르렀던 것이다.

"부주께서는 태군룡이 천궁을 나와 천하를 얻으려 한다고 생각하시는군요."

"그렇소. 연 문주의 실종에 그가 관여되어 있다는 것이 분명해진 이상 의심할 여지가 없소."

검엽은 팔짱을 끼며 정원에 시선을 주었다.

동방록이 자신을 찾아온 이유가 자명해졌다.

"부주께서는 제가 연 문주를 구해야 한다고 말씀하고 싶으신 겁니까?"

동방록은 고개를 끄덕였다.

"그렇소. 연 문주를 구하기 위해 움직일 수 있는 입장에 있는 사람은 현재 봉황천을 통틀어 종주밖에 없소. 성공 가능성이 있는 사람도 종주뿐이고."

"왜 직접 하지 않으십니까?"

동방록의 눈가에 어두운 그늘이 졌다.

"후우, 종주는 잊은 듯하구려. 나는 봉황금약에 매인 몸이오."

동방록을 향해 고개를 돌린 검엽은 조금 허탈한 얼굴이었다.

그는 금약을 정면으로 위배하며 움직이고 있었기에 금약을 염두에 두지 않은 지 오래되었다. 그래서 동방록의 입장을 잠시 잊고 있었다. 그의 실수였다.

봉황금약은 무맥과 무맥의 쟁패를 허락하지 않는다. 문제가 생겼을 경우 오직 종사들 간의 대결만 성사될 수 있을 뿐이다. 그것이 봉황금약의 제일항이었다.

종사들 간의 대결이 성립하기 위한 전제 조건도 충족되어야 했다.

일방이 대결을 원해도 다른 일방이 그것을 거부한다면 대결은 성립될 수 없었다. 더 중요한 것은 종사들의 대결은 봉황금약을 수호하는 자, 혼천무극문주의 사전 허락이 있어야만 된다는 것이었다.

즉, 연휘람이 실종된 이상 종사들 간의 대결은 결코 이루어질 수 없는 것이다, 그가 금약을 깨뜨릴 각오를 한다면 사정은 달라지겠지만.

십방무맥의 무인들은 천 수백 년 동안 폐쇄적이라고 할 만한 은둔생활을 해왔고, 교류도 그들 사이에만 이루어져 왔다. 그래서 그들은 전통과 명예를 목숨처럼 여겼다.

검엽과 태군룡은 극단적으로 희귀한 경우였다.

검엽이 물었다.

"저도 그렇지만 천궁과 광한, 그리고 축융의 종주들도 금약을 어겼습니다."

동방록이 금약을 위배한다고 해도 이제는 별로 이상하지 않을 상황이라는 뜻.

동방록이 탄식과도 같은 낮은 너털웃음과 함께 말을 받았다.

"허허허, 나를 떠보는구려. 설령 무맥의 종사들이 모두 금약을 지키지 않아도 나는 지켜야 하오. 본 부는 긴 세월 동안 혼천무극문의 눈과 귀 역할을 맡아왔소. 종주도 알다시피 그것은 금약을 만드신 분들의 합의에 의해 부여받은 본 부의 사명이오. 내가 금약을 지키지 않는다면 천이백 년 전 본 부에 그런 역할을 부여했던 분들의 믿음까지 무가치해지지 않겠소?"

예상했던 대답이었다.

봉황금약이 그처럼 긴 세월 동안 어김없이 지켜져 왔던 것은 동방록과 같은 사람들 덕분이었다.

전통과 명예, 그리고 약속을 가볍게 여기는 자라면 결코 이해할 수 없는 사고방식. 그것이 무맥의 종사들이 가진 일반적인 사고방식이었다.

동방록이 말을 이었다.

"그리고… 본 부는 그 역할의 중차대함 때문에 따로 금약 외의 강력한 금제를 받고 있소. 그것은 무맥의 종사들 간에 분쟁이 발생하였을 경우 그 분쟁에 영향을 미칠 수 있는 정보를 혼천무극문주 외의 분쟁 당사자들 중 한 명에게 제공하면 본 부는 더 이상 혼천무극문의 눈과 귀 역할을 할 수 없소. 그렇게 정보를 제공하고도 이전과 같은 역할을 하려 한다면 십방무맥 전부의 공적이 되고 혼천무극문도 본 부를 보호할 수 없소. 이는 금약으로 명문화되지는 않았으나 금약을 만든 종사 분들

간에 만장일치로 이루어진 합의였고, 각 무맥의 종사들은 다음 대의 종사에게 구두로 전하게 되어 있는 약속이오. 종주의 기색을 보니 모르고 있었던 모양이구려."

검엽의 얼굴은 딱딱하게 굳어 있었다.

동방록의 말처럼 그는 알지 못하는 사실이었다.

그의 선친 고천강은 죽기 전 그런 얘기를 한 적이 없었다. 그가 너무 어렸기 때문이었으리라.

방금 전 동방록이 한 말에는 충격적인 의미가 담겨 있었다.

"…부주께서는 각오를 하고 저에게 오신 것입니까?"

동방록은 고개를 끄덕였다.

평온한 표정이던 사란의 안색도 크게 흔들리고 있었다.

동방록은 검엽에게 절대천궁의 정보를 제공해 주었다.

만약 검엽이 그의 제안을 받아들여 연휘람을 구하러 나선다면 운중천부는 천수백 년간 이어온 임무를 다시는 맡을 수 없게 된다. 그는 혼천무극문과의 결별을 각오하고 이곳까지 왔던 것이다.

검엽은 순간적으로 혼란을 느꼈다.

직접 나설 수 없다고 말할 만큼 봉황금약을 충실히 지키고자 하는 사람이 바로 다음 순간 선조의 유시를 어기겠다는 상반되는 말을 하고 있지 않은가.

"운중천부의 명예가 땅에 떨어질 것입니다."

"알고 있소."

동방록의 음성은 담담했다.

차후 벌어지게 될 상황을 각오한 사람의 마음이 묻어나는 어조였다.

"이유를 알고 싶습니다."

"연 문주는 내 친구요."

거창한 이유는 없었다. 그러나 그 대답으로 족했다.

검엽은 더 이상 묻지 않았다.

친구.

무슨 말이 더 필요하겠는가.

그는 죽어간 친구의 꿈을 이뤄주기 위해 천하의 강자와 강세를 모조리 무너뜨리겠다는 맹세, 세상 사람 누구도 이해하기 어려운 광오한 맹세를 한 사람이다.

아마도 천하에서 그보다 더 깊게 동방록의 심정을 이해할 수 있는 사람은 없을 것이다.

그가 말했다.

"중원의 일이 마무리되는 대로 연 문주에게 가겠소."

동방록의 얼굴이 환해졌다.

"고맙소, 종주."

"그런 말씀은 하지 않으셔도 됩니다. 어차피 그는 내 손이 아닌 다른 사람의 손에 쓰러져서는 안 되는 사람이니까. 독과 연수합격 따위의 저열한 수법에 의해서라면 더욱더."

동방록은 웃으며 고개를 끄덕였다.

그는 골수까지 무인인 사람이다.

만약 연휘람이 정당한 봉황비무에서 도전자와 싸우다가 쓰러졌다면 기꺼이 그 결과를 받아들였을 것이다. 그리고 이처럼 운중천부의 사명까지 포기하며 검엽을 찾아오는 일도 없었을 것이다.

동방록은 자리에서 일어났다.

그를 보며 검엽이 물었다.

"태군룡이 연 문주를 납치한 지 십이 년이 지났습니다. 연 문주가 살아 있다고 믿으십니까?"

동방록은 고개를 들었다.

별은 뜨지 않았지만 사방은 어느새 어둠에 점령당해 있었다.

"그의 별이 아직 빛을 발하고 있소. 그 빛이 가여울 정도로 미약하긴 하나 깜박이면서도 꺼지지 않고 있다는 건 그가 살아 있다는 증거요."

봉황천 내에서 운중천부주는 전통적으로 십방무맥의 종사들 중 가장 박학다식한 인물로 인정받았다. 하는 일이 천하를 제집 삼아 떠도는 게 일이라 세월이 흐르며 쌓인 경험들이 누적된 덕분이었다

시선을 내려 검엽을 바라본 동방록이 말을 이었다.

"종주, 광한과 축융의 종사들이 태군룡과 손을 잡은 것에는 의혹스런 부분이 있소."

"그게 무슨 말씀이십니까?"

"광한과 축융의 종사들은 연 문주가 실종되기 전에 실종되었소."

"예?"

검엽이 어리둥절한 어조로 되물었다.

십방무맥의 종사들이 민가의 평범한 어린아이도 아닌데 연이어 실종이라니.

"그들의 실종에 의문스러운 점이 있소. 지금은 뭐라 말할 단계가 아니지만 다시 만났을 때는 명확하게 말을 해줄 수 있도록 하리다. 그리고……."

동방록은 말끝을 흐리다가 마음을 정한 듯 말을 이었다.

"만약 십방무맥의 인물들이 대암평을 조사한다면 종주의 신마기가 폭주했다는 것을 알게 될 가능성도 있소. 그리되면 일이 복잡해질 것이외다. 종주도 마음의 준비를 해두는 것이 좋을 듯하오."

검엽의 눈빛이 무거워졌다.

그는 고개를 끄덕였다.

"알겠습니다."

할 말을 다한 듯 동방록의 모습이 한 가닥 아지랑이처럼 일렁였다.

사란이 동방록을 보기 위해 안력을 돋우었을 때 동방록의 모습은 찾을 수 없었다.

사란은 살짝 검엽의 옆모습을 돌아보았다.

검엽의 미간에는 가는 내천 자가 그어져 있었다.

동방록이 전해주고 간 이야기는 그에게 여러 가지 번뇌와 더불어 그동안 풀리지 않던 의문의 실마리를 던져 주었던 것이다.

생각이 많아질 수밖에 없었다.

'네 명의 종주가 합격했다면 연 문주라 해도 상대하기 어렵다. 하지만 멸천향… 이건 뭔가? 독을 썼다면 합격하기 이전에 사용했다는 것이고, 그것에 연 문주가 당한 후 네 종주가 합격하여 그를 쓰러뜨렸다는 말인데…… 동방 부주는 혼천무극문에 전승되고 있는 혼천무극진기의 성질을 모르기에 멸천향에 대해 의문없이 넘어갔다. 하지만 혼천무극진기를 익힌 자는…….'

검엽은 눈을 감았다.

창룡신화종과 혼천무극문은 십방무맥 최강을 다투는 사이였다. 그래서 신화종은 다른 어떤 무맥보다도 혼천무극문의 절기에 밝았다.

'천외천… 머리가 어지럽구나…….'

검엽의 깎은 것처럼 반듯한 이마에 굵은 주름이 잡혔다.

맑고 차가운 바람이 휘도는 정원.

사란은 검엽의 빈 찻잔에 차를 따랐다.

폐관을 마치고 나온 날이 그렇게 지나가고 있었다.

第五章

여산의 총타에서 곽호와 노군휘의 지휘를 받는 일만의 무인이 남하를 시작한 것은 그해 겨울이 깊어가는 십이월의 초엽이었다.

전날 내린 함박눈이 한 자 높이로 쌓였고, 옷깃을 파고드는 찬바람은 살을 엘 듯했다.

그러나 남하하는 지존단 무사들의 얼굴은 붉게 상기되어 있었고, 전신에서는 한기를 단숨에 녹여 버리는 뜨거운 열기가 흘러나왔다.

수많은 무인들이 꿈을 꾸지만 무림사상 그 어느 누구도 온전히 성공한 적이 없는 절대의 군림지로가 그들의 앞에 놓여 있었다.

남하하는 그들의 귀에 장강이남을 제패하고 있는 천추군림성과 대륙무맹의 연수 소식이 전해지고, 새외의 세력들이 불온한 움직임을 보이고 있다는 소식도 속속 전해져 왔다. 하지만 지존단 무사들의 사기는 오히려 더 높아졌다.
　그들은 이제 천하가 고금제일인이라고 은연중 인정하는 절대초강자를 따르는 무사들이었다.
　천마 고검엽.
　그는 피의 바다에서 시산을 딛고 떠오른 마(魔)의 절대종사였고, 무(武)로써 인간의 한계를 극복한 초인이었다.
　세인들 중에는 그가 사람이 아닌 마신이라 여기는 사람도 적지 않았으며, 그를 신격화하여 숭배하는 기이한 신앙마저도 생겨났다.
　그것은 막북무림의 영향이 컸다.
　막북과 잇닿아 있는 강북무림엔 막북의 무인들 사이에 형성되어 있던 고검엽을 숭배하는 분위기가 장강이남보다 훨씬 빨리 전해졌고, 대암평혈사 이후 그 마신 신앙은 폭발적으로 확산되었다.
　강북무림은 지존단의 행보를 지켜보며 죽음과도 같은 침묵에 빠져들었다.
　지존단 무사들은 일반 문파 소속 무사들과는 다른 분위기를 갖고 있었다.
　사람들은 그 분위기를 광기라고 생각했다.
　지존단에 팽배한 분위기, 그것은 삿된 종교에 미친 듯이 열광하는 광신도들의 그것과 비슷한 것이었기에.

그들의 남하와 함께 장강이남의 움직임은 더 급격하게 빨라졌다.

어쩔 수 없는 일이었다.

막지 못하면 무너질 수밖에 없는, 존망의 위기가 서서히 다가오고 있었으니까.

* * *

집무실에 앉아 창밖의 밤하늘을 올려다보고 있는 사마결의 안색은 어두웠다.

근래에 볼 수 없었던 안색.

앞에 시립한 담우룡은 사마결의 사색을 방해하지 않으려 조심했다. 사마결이 받은 충격이 얼마나 큰지 그는 충분히 이해하고 있었다.

사마결의 입술이 작게 달싹였다.

"나는… 대암평에서 고검엽이 죽을 것이라고 생각했었다. 확신이었지. 정무총련의 전력과 장극산을 포함한 곡의 일곱 무인의 공격을 일개인의 힘으로 감당한다는 건 있을 수 없는 일이었으니까. 나나 사저, 아니, 설령 사부님들이라 하셔도 단신으로 그 힘을 상대로 승리할 가능성은 전무한 것이 현실. 고검엽이 본 곡의 힘보다 더 강력한 무력을 보유하고 있을 거라고는 생각하지 못했었다. 내가 그를 너무 경시했다. 하지만 어떻게 그런 무력이 가능하단 말인가. 봉황천 십방무맥의 무공이 강하다고 하지만 그것을 과연 무공이라고 할 수가 있는가……. 대체 어떻게 이해해야 하는가, 고검엽의 무공을!"

자괴감이 가득한 독백이었다.

담우룡은 침중한 눈빛으로 사마결을 보았다. 하지만 뭐라 말을 할 수는 없었다.

사마결은 태사의에 등을 깊숙이 묻었다.

천장을 향한 그의 눈에 진한 피로가 묻어났다.

눈앞에 오를 수 없는 절벽을 마주한 자의 막막함이 배어 있는 눈빛이었고, 극심한 혼란을 느끼고 있다는 것을 확연하게 알 수 있는 눈빛이었다.

담우룡이 무거운 입술을 떼어 사마결의 말을 받았다.

"소곡주님의 잘못이 아닙니다. 그가 상상을 넘어선 능력자였을 뿐입니다."

사마결은 쓴웃음을 머금었다.

"위로하려 하지 마라. 지난날의 그만을 생각하고 현재 그의 능력을 객관적으로 파악하지 못한 사람은 바로 나다. 그로 인해 고검엽에게 강북을 내어주고 손발이 되어 충성을 바치던 수하들을 잃었다. 비록 그 수가 적다고는 하나 그들은 하나같이 내가 직접 거둔 사람들, 변명의 여지가 없는 무능력이라고밖에 할 수 없다."

"고검엽의 죽음으로 그들을 위로하면 됩니다, 소곡주님."

"그래, 그러면 되지. 하지만 그것이 말처럼 쉬운 일이 아니라는 건 이제 너무나 자명해지지 않았나……."

사마결의 뒷말은 너무 작아서 담우룡은 그 말을 듣기 위해 공력을 돋워야 했다.

힘이 없던 사마결의 눈빛이 조금씩 강해졌다.

충격은 컸지만 기운을 내야 했다.

코앞에서 손에 쥐일 듯했던 천하가 조금씩 멀어져 가고 있었다.

그것은 용납할 수 없는 일이었다.

그가 천하군림의 뜻을 세운 것은 십대의 중반이었다.

그날 이후 그의 삶은 천하를 얻기 위해 존재하는 것이 아니었던가.

한 번의 좌절로 실의에 잠겨 있기에는 자신이 헤쳐 왔던 길이 너무나 험하고 안타까웠다.

사마결은 이를 악물었다.

좌절할 수는 없는 일이었다.

"총련에서 남하한 자들이 죽산에 진영을 구축했다고 했지?"

"그렇습니다."

"관부의 반응은 어떤가?"

"고검엽 측은 물론 군림성과 무맹 측에서도 약을 많이 친 듯합니다. 그들은 움직이지 않고 있으며, 앞으로도 민간에 해를 끼치지 않는다면 개입하지 않겠다는 태도를 보이고 있습니다."

"그들의 태도가 변할 여지는?"

"희박합니다. 평소에도 대규모 무인 집단의 존재를 눈엣가시처럼 여기던 관부였지 않습니까. 그들의 입장에서는 거슬리던 세력들이 서로 싸워 세력이 약화되는 현실이 반가울 것입니다. 민간에 해를 끼치지 않는데다 양측으로부터 막대한 뇌물까지 받는 마당이면… 그들은 나서지 않을 것입니다."

"그렇다 해도 주의를 게을리하지 말게. 그리고 고검엽은 여산에서 움직이지 않고 있는가?"

"예. 그는 자신을 따르는 무사들이 남하한 이후에도 여산을 떠나지 않고 있습니다."

"군림성과 무맹이 연수했다는 것을 모르는 건가?"

"그렇지는 않을 것입니다. 확실하지는 않지만 개방과 하오문의 정보가 여산으로 흘러들어 가는 정황이 있습니다. 그가 모를 가능성은 거의 없다고 생각합니다."

"그런데도 움직이지 않고 있다? 고검엽, 대체 무슨 생각인 거냐?"

사마결의 이마에 선명한 내천 자가 그어졌다.

그가 말했다.

"해왕군도와 소뢰음사, 만독강은?"

"소곡주님의 뜻을 그들에게 전했습니다. 소뢰음사와 만독강은 군림성과 행동을 함께할 것이며, 해왕군도는 무맹과 손발을 맞출 것입니다."

사마결은 고개를 끄덕였다.

"백 년이 넘는 세월 동안 공을 들여 장악하고 전폭적인 지원을 해서 키운 자들이다. 이런 일에 쓰지 않는다면 무엇 때문에 그들을 키웠겠는가. 그들이 군림성과 무맹의 세력에 합류하는 건 언제쯤이 될까?"

"각 세력에서 정예 일만 정도를 추려 움직이라고 하셨으니 그들이 중원 세력에 합류하려면 빨라도 사 개월은 걸릴 것입니다. 연합 세력의 체계를 세우려면 두세 달은 더 필요할 것이고요."

"오대세력 연합의 규모는 어느 정도로 추정하고 있지?"

"무맹과 군림성이 각 일만 오천 정도, 삼대세력이 각 일만이나 총 육만가량 될 듯합니다."

"고검엽…… 이미 증명된 것처럼 그는 머릿수로 상대할 수 없는 자다. 육만이 아니라 육십만이라도 그를 잡을 초강자들이 없다면 아무 소용이 없어. 그자를 잡으려면 적어도 백운천 정도의 고수가 수십 명은 있어야 한다."

담우룡은 입을 열지 못했다.

사십여 년간 백도제일고수라 불리던 고수 수준의 무인 수십 명을 어디서 구한단 말인가.

사마결의 말이 이어졌다.

"군림성의 혁세기 이하 일곱, 척천산장주가 손을 보탤 일은 없을 테니 무맹의 단목천 이하 넷…… 이들이면 일단 열한 명. 해왕군도의 천해무왕과 해왕칠검, 소뢰음사의 주지 파미륵법왕과 수라십팔혈불, 만독강주 독령존 나후천과 만독구로…… 이들이면 고검엽을 상대할 수 있는 일차 공격진을 꾸릴 수 있을 것이다."

 담우룡의 입이 저절로 벌어졌다.

 사마결이 언급한 자들은, 당세에 가장 강한 자들을 꼽으면 그 상위를 모조리 차지할 것이 분명한 절대고수들이었다. 일인으로 한 지역의 패자가 될 만한 초강자들. 그런 자들이 일차 공격진에 불과하다니.

 사마결이 강북대전을 듣고 받은 충격이 얼마나 큰지, 그리고 고검엽을 얼마나 높이 평가하고 있는지 알 만한 인적구성이었다.

 사마결은 자리에서 일어섰다.

 "우룡."

 "예."

 "일차 공격진에 대한 구상을 오대세력의 수장에게 전해라, 그들의 자존심 상하지 않도록 주의해서."

 "알겠습니다."

 "이차 공격진은 내가 구성하겠다, 본 곡의 힘으로. 하지만 그들에게 본 곡이 어떻게 움직일 것인지에 대한 언급을 할 필요는 없다."

 "명심하겠습니다."

 짧게 대답한 담우룡이 머뭇거리는 기색을 보이자 사마결이 물었다.

 "할 말이 있나?"

 "지금까지 고검엽의 행보로 보아 장강에 도착할 때까지 그는 독자적으로 움직일 가능성이 있습니다. 하좌는 그를 암습할 수 있는 기회가 있지 않을까 싶습니다."

사마결의 미간이 모아졌다.

"암습? 정무총련을 단신으로 붕괴시킨 자를?"

"그도 먹고 자고 싸야 하는 인간이 아니겠습니까? 그의 이목을 속이고 접근할 수 있는 기회를 만들 수만 있다면, 암습도 불가능하지는 않을 것입니다. 통상의 방법이라면 그와 같은 절대초강자에게는 무용지물이겠지만 궁즉통이라 했습니다. 궁구하다 보면 방법을 찾아낼 수 있지 않을까요?"

사마결은 생각하는 눈빛이 되었다.

총련에 보낸 모춘 등으로 검엽을 공격했던 그였다. 그래서 그는 검엽을 암습한다는 게 얼마나 어려운 일인지 잘 알고 있었다.

하지만 담우룡의 말처럼 생각해 본다면 방법이 아예 없지는 않았다.

그가 물었다.

"태화는 무엇을 하고 있는가?"

"총련의 붕괴 소식을 들은 후 방에 칩거한 채 나오지 않고 있습니다."

"그녀에게 내가 들를 것이라고 전해라. 그 이후 사저에게 들르겠다."

"그리 전해드리겠습니다."

담우룡의 신형이 허깨비처럼 사라졌다.

사마결은 천천히 걸음을 옮겼다.
전운은 창천곡에도 그늘을 짙게 드리우고 있었다.

*   *   *

어둠이 물러갈 시간이 얼마 남지 않은 새벽녘.
정자에 앉아 명상에 잠겨 있던 검엽이 반개했던 눈을 떴다.
그의 눈길이 밤하늘을 향했다.
하늘은 찬연히 빛나는 별들의 홍수였다.
깊게 가라앉은 눈빛으로 밤하늘을 바라보던 검엽의 입술이 조금 벌어지며 낮은 음성이 흘러나왔다.
"특이한 일이로군. 천괴와 천살의 기운이 한 사람의 몸에 내렸다. 하지만 온전한 기운이 아니야. 별의 정기가 절반 정도씩밖에 내리지 못했다."
그의 눈이 향한 곳에는 수많은 별빛에 가려 눈 밝은 사람도 쉽게 볼 수 없을 만큼 빛이 약한, 푸르고 붉은 두 개의 별이 금방이라도 빛이 꺼질 것처럼 깜박이고 있었다.
그는 눈살을 살짝 찌푸렸다. 이어지는 그의 생각은 입 밖으로 흘러나오지 않았다.
'별의 정기가 두 개나 한 몸에 내리면 그의 내부는 심각한 분열을 겪을 가능성이 크고 어느 한 별의 기운조차 제대로 발현되기 어렵다. 게다가 온전한 정기도 아니고 절반의 정기 두 개라니, 어떤 기서에서도 이런 전례가 있었다는 글귀를 본 적이 없다. 별빛을 보아하니 태어난 지 십칠팔 년은 된 듯한데 아직도 저렇게 기운이 약하다는 건 누구도 저 아이를 거두지 않았다는 말인데…… 이 상태로 두면 저 아이는 한 해를 넘기지 못하고 죽을 것이다. 하늘이 아끼는 자인가 저주하는 자인가.'

그의 입가에 쓴웃음이 떠올랐다.

'별들이여… 이제 와서 하필이면 나를 자극하는 이유가 무엇인가? 내가 그 아이와 가까운 곳에 왔기 때문인가? 내가 그 아이를 구하기를 바라는 건가? 나는 파괴하는 자이지, 누군가를 구원하는 자가 아니다.'

두 개의 별은 애처롭게 깜박임을 계속했다.

검엽의 무심하던 눈빛이 미미하게 흔들렸다.

일다향의 침묵이 흐른 후.

"혈후."

낮은 음성.

정원에는 그 혼자뿐이었다. 섭소홍은 없었다. 그러나 그는 개의치 않고 말을 이었다. 마치 섭소홍이 바로 옆에 있기라도 한 것처럼.

"만겁제왕홀을 가져오라."

섭소홍의 모습이 바람처럼 정자로 날아든 것은 열을 세기도 전이었다.

그녀는 가벼운 궁장 차림이었는데 옷매무새가 흐트러지지 않은 것으로 보아 깨어 있었던 듯했다.

섭소홍의 손에는 제왕홀이 들어 있는 목갑이 들려 있었다.

그녀는 정좌한 검엽의 앞에 무릎을 꿇고 목갑을 그에게 바쳤다.

목갑을 받아 그 안에서 제왕홀을 꺼내 든 검엽은 홀을 오른손에 들고 하늘에 시선을 주었다.

섭소홍은 한마디의 말도 하지 않았다. 그녀라고 궁금한 것이 왜 없으랴. 인시 중엽(새벽 4시경)의 갑작스런 부름, 이 시간에 검엽이 그녀를 부른 적은 한 번도 없었던 것이다.

그러나 검엽의 전신에 흐르는 신비로운 분위기가 그녀의 입을 막았다.

그녀는 본능적으로 느끼고 있었다.

검엽에게 무슨 일인가 일어나고 있다는 것을.

검엽의 손에 들린 제왕홀에서 금빛 아지랑이가 흘러나오기 시작했다. 그것은 곧 섭소홍조차 눈뜨기 어렵게 만들 정도로 강렬한 금광으로 화했다.

검엽이 침묵을 깬 것은 이각가량이 지난 뒤였다. 그가 하늘에서 시선을 거둠과 동시에 금광도 사라졌다.

천천히 빛이 사라진 제왕홀을 어루만지는 그의 눈빛은 어둡고 또 어두웠다.

"이 아이는 나와 피할 수 없는 인연으로 묶여 있구나. 언뜻 보기로 그 인연이 꼭 좋은 것만은 아닌 듯했는데… 왜 이 아이와 후생의 내가 함께 보이는가? 아득한 세월의 격차가 그 둘 사이에 있거늘……. 내 능력이 부족해 전부를 볼 수 없는 것이 아쉽기 그지없군."

섭소홍으로서는 한마디도 이해할 수 없는 중얼거림이 검엽의 입에서 새어 나왔다.

검엽의 얼굴은 풀 수 없는 의문을 끌어안은 사람처럼 곤혹스러워 보였다.

그러나 그 빛은 곧 사라졌다.

섭소홍을 돌아보는 검엽의 얼굴빛은 평소의 안색으로 돌아와 있었다.

"혈후."

"예, 지존."

"날이 밝는 대로 서안에 가겠다. 준비를 하도록."

섭소홍이 눈을 크게 떴다.

여산에 칩거한 후로 검엽이 총련 총타를 벗어난 적은 한 번도 없었다. 하지만 누구의 지시라고 토를 달랴.

"알겠습니다."

"란아도 답답했을 테니 함께 가겠다."

"예."

검엽은 제왕홀을 섭소홍에게 건네주었다.

제왕홀을 목갑에 거둔 섭소홍은 자리에서 일어났다.

대화는 끝난 것이다.

서안의 동부대로는 부유한 자들을 대상으로 하는 상점들이 밀집한 서부대로와는 반대로, 서민들을 대상으로 장사를 하는 노점들이 밀집해 있는 곳이다.
 오시 중엽(12시경).
 검엽은 사란과 함께 그곳에 있었다.
 그들을 따르는 사람은 섭소홍과 진애명 둘뿐이었다.
 검엽은 빙천혈의를 입고 목까지 내려오는 챙이 넓은 죽립을 쓰고 있었고, 세 여인은 화사한 궁장 차림에 눈 아래를 하얀 면사로 가린 모습이었다.
 얼굴을 가렸다고 하지만 분위기가 어디로 가랴.
 지나가는 사람들의 어깨가 부딪칠 정도로 왕래하는 사람들은 많았다. 하지만 그들 네 사람의 움직임을 따라 꽤 넓은 빈 공간이 생겨났다. 물결이 밀려나듯 사람들이 저절로 피하며 생겨난 공간이었다.
 면사 속 사란의 얼굴은 조금 상기되어 있었다.
 오늘의 외출은 그녀의 뜻에 의해 만들어진 것이 아니었다. 놀랍게도 그녀에게 외출을 제의한 사람은 검엽이었다.
 네 사람 모두 한 걸음에 십 장을 가볍게 뛰어넘는 경공의 소유자들이다. 여산에서 서안까지는 금방이었다.
 두 사람의 일 장가량 떨어진 뒤를 따르는 진애명과 섭소홍의 눈엔 연신 흐뭇한 미소가 감돌았다.
 그들은 누구보다도 검엽의 정착을 바라는 사람들이었다.
 검엽은 가까이 있는 사람들조차 언제 훌쩍 떠날지 알 수 없다는 느낌을 받을 만큼 매인 곳이 없는 사람이다.
 그 개인이 완전에 가까운 절대적인 능력자인만큼 휘하에 있는 사람들은 그에게 큰 도움이 되지도 않았다. 수많은 사람들이 모여들고 있고 조직화되고 있지만 이 또한 그가 만든 것이 아니었다.

현재로서는 그가 훌쩍 떠난다면 그를 잡을 수 있는 사람이 없다고 하는 게 옳았다.

그에게 삶을 건 사람들에게 검엽의 그런 분위기는 심중의 불안을 크게 자극할 수밖에 없는 것이었다.

검엽이 있기에 사람들이 모여들었고, 천하제패라는 꿈을 꾸게 되었다. 그가 없다면 그 모든 것이 일장춘몽으로 화할 터였다.

진애명과 사란, 섭소홍과 곽호 등은 천하의 정세와 무관하게 검엽이 정착하기를 바랐다.

그들에게 검엽은 자신들의 삶과 분리할 수 없는 존재였다. 그가 없는 삶은 그들이 상상할 수 있는 영역의 너머에 있었다. 그래서 그들이 바라게 된 것이 검엽의 성혼이었다.

검엽은 남자다.

남자는 성혼을 해서 가족을 이루게 되면 강한 책임감을 느끼게 되고, 그것은 정착으로 이어진다. 더해서 정착한 사내는 신중해지며 무모한 행동을 자제하게 된다.

진애명과 섭소홍은 내색은 하지 못했지만 검엽이 사란과 맺어지기를 원했다. 가능성은 있었다. 천하를 통틀어 그가 관심을 보이는 유일한 여자는 사란뿐이었으니까.

그러나 지금까지 검엽은 사란에게 특별한 감정을 표현한 적이 없었다.

 가까이 있는 것은 허락했지만 그 이상의 접근을 허락하지 않아온 것이 사실이었다. 그런데 대암평의 강북대전 이후 그는 조금씩 변해갔다.

 그 변화의 정점이 오늘의 외출이었다.

 섭소홍은 새벽녘 정자에서 검엽의 신비로운 분위기를 접했기에 오늘의 외출에 특별한 의미가 있을 것이라고 어림짐작하고 있었다.

 그러나 설령 다른 이유가 있는 외출이라 해도 사란과 검엽이 함께 시장을 거니는 것만으로도 그녀에겐 충분히 만족스러운 시간이었다.

 사란과 어깨를 나란히 하고 한가롭게 노점의 물건들을 이리저리 기웃거리며 들여다보고 있는 그의 모습은 진애명과 섭소홍에게 생경하기 이를 데 없는 것이었다.

 "사숙, 이거 예쁘죠?"

 노점에 진열된 노리개 하나를 손에 든 사란이 검엽을 돌아보며 물었다.

 "얼맙니까?"

 검엽은 사란의 말을 받아주는 대신 노점의 주인에게 가격을 물었다.

 검엽과 사란의 눈치를 살피던 노점상인이 가격을 말하자 검엽이 돈을 지불했다.

 사란이 입을 가리고 소리없이 웃었다.

시장에 나온 후로 검엽은 계속 이런 식이었다.

사란이 예쁘다고 하거나 마음에 든다고 하는 건 무엇이든 사주었다.

서민들을 대상으로 파는 물건들인데 터무니없이 비싼 가격대의 물건이 있을 리 없다. 그래서 검엽이 사준 노리개와 목걸이, 반지, 팔찌 같은 것들이 십여 개가 넘어가도 돈이 많이 들지는 않았다.

하지만 사란에게 이 물건들은 누가 황금을 수레로 싣고 와서 되사고 싶다고 해도 팔지 않을 물건들이 되었다.

검엽이 사준 것들이니까.

대로변의 객잔에서 간단하게 점심을 먹은 검엽 일행은 다시 시장으로 나와 돌아다녔다.

사란은 번잡한 시장의 왁자지껄한 분위기가 마음에 든 듯했다. 그녀의 안색은 더할 나위 없이 밝았다.

중원의 손꼽히는 대도인만큼 동부대로에는 다른 곳에서 보기 어려운 상품들이 즐비했다. 곳곳에서는 차력사들이 시범을 보이며 정체를 알 수 없는 약을 팔고, 경극을 하거나 묘기를 보여주고 돈을 받는 사람들도 심심찮게 볼 수 있었다.

온갖 구경거리들을 세듯이 보며 돌아다니던 사란이 검엽에게 불쑥 물었다.

"사숙, 전에도 이렇게 시장을 돌아다니셨던 적이 있어요?"

호기심이 가득한 눈길.

그녀에게 검엽이 물건을 사러 시장을 돌아다니는 광경은 상상이 잘되지 않았다.

검엽은 미소와 함께 고개를 끄덕였다.

"오래전 척천산장에 머물 때 친구와 함께 몇 번 돌아다닌 적이 있다."

사란은 흠칫했다.

자신이 질문을 잘못했다는 것을 깨달은 때문이었다.

검엽에게 친구라 불릴 수 있는 사람은 세상에 단 한 명뿐이다. 그리고 그 친구는 검엽에게 치명적인 역린이다.

사란은 조심스럽게 검엽의 눈치를 살폈다. 하지만 다행히 검엽은 크게 개의치 않는 눈치여서 그녀는 속으로 가슴을 쓸어내렸다.

그렇게 돌아다니던 검엽의 발걸음이 한 노점상 앞에서 멈췄다.

사란은 커다란 눈을 깜박였다.

두어 시진 가깝게 시장을 돌아다녔지만 검엽이 먼저 걸음을 멈춘 적은 없었다.

노점에는 기이한 형태의 돌들이 제멋대로 놓여 있었다.

진애명과 섭소홍도 어느 틈에 사란의 옆에 서서 검엽의 눈길을 따라 노점에 펼쳐져 있는 돌들에 시선을 주고 있었다.

사십대 중반으로 보이는 얼굴이 시커먼 노점상은 범상치 않은 분위기의 네 남녀가 자신의 노점 앞에서 걸음을 멈추자 침을 꿀꺽 삼켰다.

이런 곳에서 물건을 살 풍모의 인물들이 아니었다. 그 말은 잘만 하면 자신의 물건을 꽤 비싸게 팔 수도 있다는 걸 의미했다.

사내는 손바닥을 비비며 말했다.

"헤헤, 공자님. 찾으시는 물건이 있으십니까?"

검엽은 말없이 한쪽 구석에 놓인 자색을 발하는 돌을 집어 들었다.

돌의 크기는 어른 주먹 두 개 합친 것만 했는데 전체적으로 은은한 자광이 흘렀다.

"이걸 사겠소. 얼마요?"

"그건 귀한 자철이 섞인 돌이어서 값이 비쌉니다, 공자님."

섭소홍의 눈빛이 서늘해졌다.

그녀가 말했다.

"쓸데없는 소리하지 말고 가격이나 말해라."

흑면의 사내 얼굴에서 핏기가 싸악 가셨다.

서슬 퍼런 칼날이 목에 닿은 듯했다. 일초반식의 무공도 익히지 않은 사내가 섭소홍의 기세를 감당할 수는 없는 노릇이었다.

사색이 된 사내가 더듬거리며 말했다.

"은 두 냥은… 주셔야……."

검엽은 말없이 품에서 은 두 냥을 꺼내어 사내에게 주었다.

돈을 받아 든 사내의 얼굴은 굵은 땀방울에 푹 젖어 있었다. 순간적인 긴장의 강도가 그만큼 셌던 것이다. 그는 돌아서는 백의죽립인의 손에서 자색의 가루가 흩날리는 것을 보았다.

하지만 그 정체가 무엇인지 알 수는 없었다.

그가 어찌 알 것인가.

검엽의 손에 들어간 그 자색의 돌이 단숨에 깎여 나가며 팔각형의 패가 되었다는 것을.

"란아."

"예, 사숙."

검엽은 고개를 돌려 자신을 보는 사란에게 손에 든 팔각형의 패를 내밀었다.

"받아라."

사란의 눈이 토끼처럼 커졌다.

자색의 돌을 산 것이 방금 전인데 돌은 어디로 가고 팔각패가 나타난 것이다.

형태를 보아 방금 깎은 거라는 걸 짐작할 수 있었다. 내공으로 돌을 깎아 패로 만드는 것 정도야 검엽에게는 일도 아니기에 의문 따위는 없었다. 하지만 검엽이 돌을 깎아 패를 만든 이유는 짐작이 가지 않았다.

사란은 얼결에 패를 받아 들었다.

뒷짐을 진 검엽이 한 걸음 앞서 나가며 말했다.

"선물이다."

사란의 눈매가 가늘게 떨렸다.

오늘 검엽은 그녀에게 많은 물건을 사주었다. 뒤의 진애명의 품에 한아름 안겨 있는 물건들이 그것이다. 하지만 그가 직접 골라 그녀에게 사준 물건은 하나도 없었다. 이 팔각형의 자색패가 처음인 것이다.

사란은 패를 두 손으로 잡아 꼭 품에 안고 종종걸음으로 검엽의 뒤를 따랐다.

진애명과 섭소홍은 서로를 보며 웃었다.

그들도 연애는 해본 적이 없는 사람들이지만 그래도 살아온 연륜이 있어 본 것은 많았다. 그들에게 검엽과 사란의 어색한 몸짓, 말투는 더없이 정겹고 기꺼운 것이었다.

행복한 미소를 지으며 검엽의 옆에서 걸음을 옮기던 사란이 진애명을 돌아보았다.

"선자님, 아이들 선물도 좀 사가고 싶어요."

진애명은 빙긋 웃었다.

그녀의 품에 있는 물건만도 한 보따리였다. 하지만 사란이 저처럼 행복해하는데 어찌 방해할 수 있을까.

그녀는 온화하게 웃으며 고개를 끄덕였다.

"그렇게 하세요, 아가씨. 모두 좋아할 거예요."

섭소홍도 한마디 했다.

"저도 있으니까 얼마든지 사셔도 돼요."

사란의 뺨에 홍조가 떠올랐다.

그녀들의 진심을 알아도 진애명과 섭소홍을 짐꾼처럼 부리는 게 민망했던 것이다. 다른 곳에서라면 일대종사의 대접을 받을 여인들이 아니던가.

그녀들의 대화에서 묘한 기색을 알아차린 검엽이 물었다.

"옥령과 오치르 말고 더 있나?"

섭소홍이 그의 말을 받았다.

"주공께서 폐관하시는 동안 소저께서 오갈 데 없는 세 명의 아이를 더 받아들이셨습니다. 곽자성, 주형무, 오룡의라는 아이들인데 셋 다 영특하고 재질이 출중해 소저를 모시는데 모자람이 없습니다. 그래서 저와 검군 사형이 그동안 옥령과 오치르를 가르칠 때 함께 그 아이들의 무공 기초를 잡아주고 있었습니다."

"그랬나?"

검엽은 덤덤하게 받아들였다. 사란의 수발을 들 사람들이야 몇 명이 되든 상관없다고 생각하는 그였다.

"신원은 확인했고?"

누구의 시중을 드는 일인데 신원확인을 하지 않았으랴. 섭소홍의 대답은 지체가 없었다.

"예, 곽자성과 주형무는 몰락한 관리 집안의 후손이고, 오룡의는 무가의 자손이지만 역시 몰락해서 사고무친이었습니다."

검엽은 그 이상 묻지 않았다.

그만큼 그는 섭소홍을 신뢰했다.

사란이 아이들에게 선물할 물건을 사러 돌아다니는 것을 한가롭게 뒷짐 지고 따르던 검엽의 기색이 살짝 변한 건 노점이 끝나는 골목의 입구에서였다.

죽립 아래 검엽의 눈매가 가늘어졌다.

그는 말없이 사란의 옆을 벗어나 골목 안으로 접어들었다.

여산을 떠난 후로 지금까지 한 번도 없던 행동이라 사란을 비롯한 여인들은 절로 긴장한 얼굴이 되었다.

사란은 노점에서 고르던 노리개를 내려놓고 바쁘게 검엽의 뒤를 따랐고, 진애명과 섭소홍은 사방을 살피며 진력을 끌어올렸다.

강북에서 검엽을 위협할 세력은 존재하지 않고, 그 무엇도 검엽을 해하지 못하리라 믿는 그녀들이었다. 하지만 검엽이 직접 손을 쓰는 상황은 그를 숭앙하는 그녀들에게 용납할 수 없는 일이었다.

구절양장으로 복잡하게 꺾인 골목의 안쪽은 미로와 같았다. 잘 다져진 동부대로의 지면과는 달리 바닥은 진흙인데다 눈이 녹아 진창이었다.

길의 양옆은 흙으로 만든 집들이 연이어졌고, 백여 장을 걸어 들어갔을 무렵부터는 흙집이 초막이나 움막으로 변하고 있었다. 대규모로 사람이 모여 사는 곳이라면 어디서나 형성되는 빈민촌이었다.

오랫동안 씻지 못해 땟국물이 흐르는 얼굴, 때가 겹을 이루어 살색을 찾아볼 수 없는 맨발, 독기만 남아 번들거리거나 거듭되는 좌절로 인해 희망을 잃어 흐리멍덩해진 눈빛들.

처마 밑에 쪼그려 앉았거나 허물어진 담장과 너덜거리는 거적문 뒤에서 드러나는 사람들의 모습은 진창을 통과하면서도 티끌 한 점 묻지 않은 검엽 일행의 모습과는 천양지차였다.

사란은 충격을 받은 듯 면사 위로 드러난 얼굴빛이 창백했다. 진애명과 다른 일행이 그녀와 함께 바깥 구경을 할 때 그들은 절대로 이런 곳으로 그녀를 데리고 다니지 않았다.

굳이 그녀에게 좋은 것만을 보게 하려고 한 건 아니지만 이런 곳은 보기 좋지 않은 걸 떠나서 예상치 못한 위험과 맞닥뜨릴 수 있었기 때문이다.

검엽은 길 한복판에서 걸음을 멈췄다.

뒷짐을 진 그의 시선은 십여 장 떨어진 움막에 고정되었다.

진애명이 충격을 받은 사란의 손을 살며시 잡을 때 섭소홍은 검엽이 망설이고 있다는 느낌을 받고 놀라고 있었다.

그녀는 이맛살을 찌푸리며 내심 고개를 갸웃했다.

검엽이 망설인다는 느낌을 받은 적은 그를 모신 후 처음이었다. 이런 빈민촌에 그를 망설이게 만들 무엇이 있다는 것도 믿기 어려운 일이었다.

검엽이 움막을 바라보며 생각에 잠겨 있을 때였다.

"크크크, 귀인나부랑이들께서 이렇게 누추한 곳에 어인 행차실까? 하늘이 우리를 가엾게 여기고 잡아먹으라고 보내주신 건가?"

음충맞은 말과 함께 십여 명의 사내가 이곳저곳에서 걸어나왔다.

허름한 옷차림이지만 그나마 이곳 주민들보다는 입성이 좋았고, 얼굴색도 사람 같은 자들이었다. 말을 한 삼십대 초반의 사내는 그들의 우두머리인 듯 선두에 서 있었는데, 덩치가 가장 크고 독랄한 눈빛을 하고 있었다.

섭소홍의 얼굴에 어이가 없다는 기색이 스쳤다.

그녀는 말없이 오른손을 들어 방금 말을 한 자를 가리켰다.

그녀와 사내의 거리는 칠 장여.

들어 올리는 손길을 따라 시퍼런 수강이 일어나 번개처럼 사내의 머리를 쳤다.

비명도 없이 사내의 목 위가 텅 비며 핏물이 분수처럼 솟구쳤다.

다가서던 사내들의 움직임이 벼락이라도 맞은 것처럼 딱 멈췄다. 그들의 안색은 시체 빛이었다.

단 일수로 그들은 검엽 일행이 무공, 그것도 절세의 무공을 익힌 무인들일 뿐만 아니라 그들만큼이나 사람 목숨을 우습게 여기는 마도의 무인들이라는 것을 깨달았다.

최근 여산 부근에서 무공을 자유롭게 쓰는 무인들이라면 단 한 부류밖에 없었다.

여산에 웅거한 천마의 휘하.

이런 빈민촌에서나 힘을 쓰는 파락호들에게는 저승사자나 다름없는 사람들이 그들이었다.

그들은 저승사자를 만난 것이다.

사내들은 비명도 지르지 못하고 그 자리에 머리를 박고 엎드렸다.

섭소홍이 작은 음성으로 말했다.

"숨소리도 내뱉지 마라. 내 귀에 숨소리가 들린다면 그놈부터 죽여주마."

은 쟁반에 옥구슬이 구르는 것처럼 아름다운 음성이었다.
하지만 그 내용은 소름이 쭈욱 도는 살벌한 협박이다.

사내들은 사시나무처럼 떨면서도 사력을 다해 입술을 악다물었다.

그들은 섭소홍이 빈말을 하는 여인이 아니라는 것을 본능적으로 느낀 것이다.

검엽의 침묵은 일다향을 갔다.

그의 손이 슬쩍 허공을 수평으로 가르자, 그의 시선이 향했던 작은 움막이 가루가 되어 흩어졌다.

움막 안에는 두 사람이 있었다.

산 자와 죽은 자.

검엽의 신형이 사라지더니 찰나지간 십여 장을 가로질러 움막이 있던 자리에 처음부터 그곳에 있었던 사람처럼 홀연히 나타났다.

죽은 자는 여인이었다.

이미 숨을 놓은 지 여러 날이 지난 듯 여인의 피부는 온통 시퍼렇게 변해 있었다. 추운 겨울 날씨 덕에 부패하지는 않았지만 시신의 냄새가 사방에 진동했다.

여인의 시신 위에 엎드려 정신을 잃고 있는 건 이제 십오륙 세가량 되어 보이는 소년이었다.

상체는 벌거벗었고, 하체는 거지도 사양할 허름한 마의 차림. 뼈만 남아 그 위에 살거죽을 뒤집어씌운 듯한 몰골은 소년이 어떤 생활을 해왔는지 적나라하게 알려주었다.

잠시 소년을 내려다보던 검엽의 입술이 달싹였다.
"천괴와 천살의 기운을 타고났으면서도 이 지경이라니. 더구나 정무총련의 총타가 코앞에 있는 이곳에서… 하늘이 너를 아끼지 않았구나. 지금에 와서야 너를 내 눈에 뜨이게 한 하늘의 뜻을 헤아리기 쉽지 않다. 너무 늦게 만나 꽃을 피우기 어렵거늘… 내키지는 않으나 피할 수 없는 인연이 나와 닿아 있음이니."
검엽은 두 손을 뻗었다.
소년의 신형이 반듯하게 누운 모습이 되어 허공으로 천천히 솟아올랐다.
상승은 검엽의 눈앞에서 멈췄다.
검엽이 뻗은 두 손의 장심에서 흘러나온 검푸른 기운이 파도처럼 일렁이며 소년의 전신을 뒤덮었다.
그 시간은 짧았다.
스물 정도를 헤아릴 시간이 지났을 때 검푸른 기운은 흔적도 없이 사라졌고, 검엽은 소년을 품에 안고 있었다.
소년의 눈꺼풀이 힘겹게 위로 올라갔다.
초점을 찾지 못하는 듯하던 소년의 눈이 어느 순간 자리를 잡았다.
그는 자신이 누군가의 품에 있다는 것을 알아차리고 크게 놀란 표정을 지었다.
"누… 누……."
더듬거리며 진행되던 그의 질문은 마무리를 하지 못했다.

자신을 내려다보고 있는 시선과 눈을 마주쳤기 때문이었다.
 흑백이 뚜렷하면서도 감정이 실리지 않은 두 눈과 마주친 소년은 무서운 충격을 받았다.
 그를 바라보고 있는 눈에는 그가 상상조차 해본 적이 없는 가공할 힘이 실려 있었다.
 소년은 그 눈에서 하늘을 보았다. 아니, 천지를 뒤덮는 거대한 대붕의 그림자, 천지간에 홀로 오연한 절대자를 보았다. 그것은 일찍이 소년이 경험해 본 적이 없는 정신적 충격이었고, 형용할 수 없는 경외감과 희열을 동반한 교감이었다.
 검엽은 천천히 소년을 내려놓았다.
 소년은 금방이라도 쓰러질 듯 휘청거리면서도 똑바로 서려고 애를 썼다.
 그가 마침내 무릎과 등을 똑바로 펴고 서자 뒷짐을 진 채 그를 지켜보고 있던 검엽이 낮은 목소리로 물었다.
 "네 이름이 무엇이냐?"
 "영호의 복성에 외자로 운을 씁니다."
 영호운의 음성은 검엽에 대한 경외심이 어려 있었지만 그로 인한 흔들림은 찾아볼 수 없을 만큼 단정하고 또렷했다. 성정이 대단히 강인하다는 것을 짐작할 수 있는 어투였고, 추레한 몰골과는 달리 배움이 간단치 않다는 것도 알 수 있었다.
 단점이라면 그의 음성에 실린 힘이 부족하다는 것이었다. 그러나 그것은 기력이 모자라기 때문일 뿐 본성이 그러하기 때문이 아니란 걸 한눈에 알아볼 수 있을 정도였다.

검엽은 영호운을 찬찬히 살폈다.

뼈만 남다시피 한 외모여서 정상적인 얼굴은 상상해야만 했다.

그렇게 검엽의 뇌리에 떠오른 영호운의 정상적인 모습은 감탄스러울 만큼 수려했다.

크고 맑은 눈과 조화를 이룬 이목구비는 보기 드문 미모였고, 긴 팔다리와 흠잡을 데 없이 균형을 갖춘 골격은 무인으로서는 최상이라고 할 만했다.

그러나 검엽은 눈살을 찌푸려야 했다.

새벽녘, 별을 보며 예측했던 것과는 다른 것을 영호운에게서 발견했기 때문이었다.

"나이가 몇이더냐?"

"올해 열여덟입니다."

검엽은 내심 어이가 없었다.

그의 심안은 영호운의 골수에서 그 나이에서는 결코 보여서는 안 되는 기운을 보았던 것이다.

'이 나이에 허무의 극에 달한 기운이라니? 도가 수련을 일갑자 동안 한 도인도 저런 허무지기를 갖고 있기 어려울 터인데…… 흠, 알 수 없는 일이다. 시간을 두고 살펴보아야겠구나.'

마음을 정한 검엽이 말했다.

"나와 함께 가겠느냐?"

영호운은 망설임없이 대답했다.

"따르겠습니다."

그는 검엽이 누구이며 왜 자신을 데려가려 하느냐는 식의 질문을 할 생각이 전혀 없어 보였다. 실제로도 그는 아무런 질문도 하지 않았다.

검엽은 고개를 끄덕인 후 죽은 여인을 손으로 가리켰다.

"누구냐?"

"어머님… 이십니다."

영호운의 음성이 가늘게 떨렸다.

검엽의 손이 움직였다.

여인의 시신이 조금 전 영호운이 그랬던 것처럼 서서히 허공으로 솟구쳤다.

영호운의 눈에 끝없는 경외감이 어렸다.

허공섭물이라는 전설적인 무공에 대해 주워들은 적은 있었지만 실제로 보는 건 처음이었다. 무림인도 평생 동안 한 번을 보기 힘든 것이니 당연한 일이었다.

허공으로 떠오른 여인의 시신은 허공 오 장 위에서 누가 떠받치기라도 하는 것처럼 정지했다.

그리고 서서히 가루가 되어 바람결을 따라 흩어져 갔다.

모친의 시신이 완전히 사라졌을 때 영호운은 무릎을 꿇고 고개를 숙였다.

그의 턱밑에 맺혔던 눈물이 방울지어 지면으로 떨어졌다.

그는 이마를 땅에 대며 절을 한 후 일어났다.

작별인사였다.

"끝났느냐?"

"예."

검엽은 뒷짐을 지고 돌아섰다.

그가 사란에게 말했다.

"란아."

"예, 사숙."

"앞으로 이 아이를 사제의 예로 대해주어라."

사란의 눈이 동그래졌고, 진애명과 섭소홍이 경악으로 눈을 치켜떴다.

하지만 검엽은 그들의 놀람에 대해 일언반구의 설명도 없이 걸음을 옮겨 빈민촌을 빠져나갔다. 그리고 일행이 된 영호운과 함께 세 여인도 검엽의 뒤를 따랐다.

第六章

해가 바뀌었다.

중원무림의 분위기는 하루가 다르게 변했다.

말 그대로 격변이라 할 만한 나날들이었다.

새해를 맞이하기 수일 전 천추군림성과 대륙무맹의 연수가 전격적으로 발표되었다.

남천무적련(南天無敵聯)의 결성이었다.

그들은 천마 고검엽과 그를 따르는 추종자들이 무림을 황폐화시킬 뿐만 아니라 일인 영세군림을 꿈꾸는 자들이라 질타하며 강남무림에 격문을 돌렸다.

천추군림성과 대륙무맹의 영향력하에 있는 문파와 무인들이 두 세력에 투신했다.

검엽에 의한 기존 질서의 붕괴를 환영하는 무인들보다 더 많은 수의 무인들이 검엽의 움직임을 증오했다.

그들은 기존의 구주삼패세가 만든 무림의 질서 속에서 힘을 얻고 그것을 향유하던 자들이었다.

그 세월이 자그마치 사십 년이다.

두 세대에 가까운 세월.

그들의 세력은 두텁고 뿌리가 깊었다.

그런데 폭풍처럼 등장한 검엽은 그들이 가진 권력과 부의 근원을 파괴하고 있었다.

삼패세의 그늘 아래서 부귀영화를 누리던 무인들에게 검엽은 철천지원수와 같았다. 그에 대한 증오는 강렬했고, 그 강렬한 증오는 군림성과 무맹을 중심으로 빠르게 세를 키워 나가는 원동력이 되었다.

그리고 새해가 되면서 두 거대 세력의 연수보다 더 충격적인 소문이 중원무림을 강타했다.

그것은 변황오패천 혹은 새외오마세라 불리는 다섯 세력 중 천마 고검엽의 손에 무너진 빙궁과 청랑파를 제외한 서역의 소뢰음사와 남만의 만독강, 그리고 동남해의 해왕군도가 남천무적련과 손을 잡았다는 소문이었다.

사람들은 경악으로 정신을 차리기 힘들 정도가 되었다.

구주삼패세가 건재하던 시절 새외오마세는 중원무림과 좋은 관계가 아니었다.

오마세는 중원 진출의 야망을 포기하지 않았고, 중원무림은 그들에게 한 치의 영역도 내줄 의사가 없었다.

충돌은 필연이었다.

대규모의 싸움은 벌어지지 않았지만 서로의 접경 지역에서는 소소한 싸움이 끊이지 않았다.

그것은 구주삼패세의 세력을 강고하게 만드는 하나의 원인으로 작용하기도 했다.

구주삼패세 외에는 오마세의 중원 진출을 막을 수 있는 세력이 없는 것이 현실이었기 때문이다.

그리고 오마세라는 외부의 존재는 중원무림인들을 삼패세의 그늘 아래 결집시키는 역할도 했지만 삼패세가 마음대로 세력 확장을 할 수 없도록 제약하는 힘이기도 했다.

삼패세 모두가 오마세 중 한둘과 접하고 있는 상황에서 다른 패세를 공격하기 위해 전력을 투입하는 건 불가능했다. 그것이 삼패세가 존망의 위기를 건 전투를 자제하며 공존하게 된 근원적인 이유였다.

그런 관계에 있던 오마세의 셋이 삼패세 중 둘이 연수하여 만든 남천무적련과 손을 잡은 것이다.

중원무림사상 최초의 중원무림과 변황무림의 연합 세력 탄생이었다.

소문이 난 직후 돈황을 넘어 하서회랑으로 접어드는 소뢰음사의 라마승들을 목격했다는 사람들이 나타났고, 동남해에서 수십 척의 거선이 절강 방향으로 항해하는 걸 보았다는 사람들도 나타났다.

천하가 요동치고 있었다.

그러나 여산에 웅거하고 있는 천마 고검엽이 움직였다는 소문은 나지 않았다.

호북의 죽산에 머물고 있던 그의 수하들이 홍산으로 이동하여 그곳에 진영을 구축했다는 소문만 날 뿐이었다.

격변의 시기여서일까.

시간은 화살처럼 흘렀다.

새해는 어느새 이월을 넘어 삼월로 접어들었다. 장강을 거슬러 올라가는 바람이 따스해졌다.

봄이 오고 있었다.

* * *

창천곡.

하늘이 보이지 않는 지하.

구절양장으로 휘어지는 긴 통로를 지난 후 사마결은 거대한 원형 광장의 입구에 설 수 있었다.

팔 장 높이의 천장에는 천연의 야광석이 푸른 별처럼 박혀 있어 대낮처럼은 아니어도 사물을 분간하기 어렵지 않았다. 그리고 광장의 중앙에는 폭 이 장가량의 연못이 자리 잡았는데 그 주변으로 식용 풀과 버섯들이 무성하게 자라고 있었다.

연못가에서 걸음을 멈춘 사마결이 싱긋 웃으며 소리쳤다.

"사형들, 사제가 왔소!"

"소리치지 않아도 안다."

한기가 느껴질 정도로 차가운 음성이 광장의 구석에서 들려왔다.

광장을 둘러싼 원형의 벽에는 수십여 개에 달하는 크고 작은 동굴들이 뚫려 있었는데 음성이 난 곳은 동쪽의 동굴이었다.

"천 사형, 아직도 나를 미워하시는 겁니까? 그 일은 소제의 잘못이 아니지 않습니까?"

"네놈이 아니었다면 어떻게 사부님들이 그 일을 알 수가 있었겠느냐!"

꽝량한 음성과 함께 바람처럼 한 사내의 신형이 동굴에서 날아 나와 사마결의 앞에 섰다.

동굴과 사마결의 거리는 이십여 장이나 되었는데 사내는 그 거리를 날아오면 한 번도 지면에 발을 딛지 않았다.

사내의 행색은 초라하지 않았다. 흑색 장포는 깔끔했고, 머리와 수염은 잘 손질되어 있어 모르는 사람이라면 그가 이 동굴 속에서 십이 년째 감금당한 상태로 살고 있는 자라는 걸 믿지 못할 정도였다.

칠 척이 넘는 장신에 막강한 기도를 갈무리한 사십대 초반의 장년인.

나이답지 않게 그의 이마에는 굵은 주름 몇 가닥이 새겨져 있었다.

그가 보낸 지난 세월이 그리 평탄치 않았음이다.

장년인은 천운기였다.

사마결은 미소를 지우지 않은 얼굴로 천운기를 보았다.

그 미소는 천운기의 속을 뒤집어놓았다.

승자의 미소였기 때문이다.

천운기는 숨을 길게 내쉬었다. 그렇지 않으면 발작할 것만 같았던 것이다. 그러나 발작하면 안 되었다. 발작하는 순간이 죽는 순간이라는 걸 그는 알고 있었다.

사마결 개인의 무공도 그보다 약하지 않았지만 더 무서운 건 이곳, 금마동부(禁魔洞府)의 입구에 있을 수신호위들이었다. 그들 열 명이 연합하면 스승들도 혼자서는 감당하기 어려웠다.

"십여 년 동안 찾은 적이 없는 놈이 무슨 바람이 불어 예까지 왔느냐?"

"대사형이 있는 자리에서 말씀드리겠습니다."

"대사형까지?"

천운기는 눈살을 잔뜩 찌푸렸다.

그때였다.

"나를 볼 정도의 일이 무에 있을지 궁금하구나."

웅장한 음성과 함께 서쪽의 동굴에서 장대한 신형이 날아나왔다.

사마결은 자신의 앞에 모습을 드러낸 태장천을 향해 깊이 포권했다.

"오랜만입니다, 대사형."

"그래… 그렇구나. 정말 오랜만이다."

금황색 무복을 걸친 태장천의 모습은 군산에서와 크게 달라지지 않았다.

천운기보다도 더 어려 보이는 얼굴은 그가 이룬 무공의 성취가 간단치 않음을 짐작하게 했다.

살기가 어린 천운기의 눈과는 달리 사마결을 보는 태장천의 눈빛은 담담했다.

사마결 눈 깊은 곳에 한기가 어렸다.

그는 태장천의 담담함이 마음에 들지 않았다. 오히려 천운기의 반응이 그를 기껍게 했다.

군산에서의 일을 스승들의 귀에 들어가게 하고, 그로 인해 대로한 스승들이 태장천의 소곡주 지위를 박탈한 후 천운기와 함께 이곳 금마동부에 가둔 것이 십이 년 전이었다.

그 일련의 상황 뒤에는 물론 사마결의 고심이 담긴 귀계가 있었다.

태장천과 천운기는 오래지 않아 사마결이 한 짓을 알아차렸지만 그때는 벌써 사마결이 창천곡의 전권을 장악한 후였고 스승들의 전폭적인 신뢰를 받고 있었다.

스승들은 태장천과 천운기를 만나려고 하지도 않았다. 그들로서는 손을 쓸 수 있는 방법이 없었다. 그렇게 흐른 세월이 십 년이 넘었다.

천운기가 사마결을 갈아먹고 싶다는 눈으로 보는 이유였다. 그런데 태장천은 과거의 일을 잊은 듯 초탈한 눈빛을 하고 있었다.
 사마결은 그것이 마음에 들지 않았던 것이다.
 태장천이 물었다.
 "무슨 일로 왔느냐?"
 "반가운 소식을 전해드리려고 왔습니다."
 "반가운 소식?"
 태장천과 천운기는 서로를 돌아보았다.
 그들이 들어 좋은 소식이라면 금마동부에서 나가도 좋다는 스승들의 허락뿐이었다.
 천운기가 반색을 하며 물었다.
 "스승님들께서 해금령을 내리신 것이냐?"
 사마결은 고개를 가볍게 가로저었다.
 "아닙니다."
 천운기의 안색이 일그러졌고, 일말의 기대를 품고 있던 태장천도 실망한 기색을 숨기지 못했다.
 맥이 빠져 더 이상 묻지 못하는 천운기 대신 태장천이 물었다.
 "그럼 우리가 반가워할 소식이라는 게 무엇이냐?"
 사마결은 태장천과 천운기를 번갈아 보며 느릿하게 말했다.
 "고검엽의… 종적이 발견되었습니다."
 침묵이 흘렀다.
 놀라 휘둥그레 떠졌던 태장천과 천운기의 눈이 다음 순간 무시무시한 빛을 발했다.

"으드득. 그 개잡놈이 살아 있었단 말이냐?"

"예, 그것도 아주 팔팔하게 살아 있을 뿐만 아니라 대단한 고수가 되어 돌아왔습니다."

치미는 살기로 거칠어진 태장천과 천운기의 숨결이 금마동부 안을 가득 채웠다.

사마결은 두 사람의 반응을 즐겼다.

예상했던 반응이었다.

사마결의 미소는 음습했다. 하지만 검엽의 이름을 듣고 흥분한 태장천과 천운기는 그것을 보지 못했다.

'두 사람은 백운천보다 강하다. 특히 대사형은 현재의 나도 승부를 보기 위해서는 오백 초를 싸워야 할 정도로 강하고. 저 두 사람이라면 고검엽에게 적지 않은 상처를 줄 수 있을 것이다. 물론 나로부터 그에 대한 정보를 제대로 받지 못한 저 둘은 고검엽의 손에 죽을 것이고. 둘과의 싸움으로 힘이 약해진 고검엽이 남천무적련과 동패구상한 후 내 손에 쓰러진다면 무림은 내 것이 되고, 창천곡 내에서 나에게 반기를 들 만한 자들은 제거된다. 고검엽이 강하다 해도 내 손에 쓰러질 수밖에 없다. 내게는 최후의 패가 더 있으니까. 이것은 이이제이(以夷制夷)와 어부지리(漁父之利)의 정수라 할 만한 계책이 아닌가. 고검엽, 너는 반드시 죽는다. 나의 천하를 위협하는 자는 그가 누구라 해도 결코 살 수 없다.'

사마결은 모춘 등의 실패를 충분히 만회할 수 있다고 자신했다. 그만큼 그는 장강에서의 싸움에 전력을 기울이고 있었다.

태장천과 천운기도 그가 활용할 수 있는 패 중 하나였고, 그는 그것을 아낌없이 쓰기 위해 이곳에 온 것이다.
하지만 그는 알지 못했다.
태장천과 천운기를 검엽에게 보내는 것이 얼마나 무서운 결과를 불러일으킬지를.

　　　　*　　　*　　　*

검엽은 쓰게 웃으며 섭소홍을 보았다.
"아홉으로 늘어났다고?"
"예, 지존."
"하나둘 늘어난 아이들이 아홉이라…… 란아의 오지랖도 어지간히 넓군."
"처음에는 외부에 대한 관심이 별로 없어서 걱정스러웠는데 이제는 사람에 대한 관심이 너무 많아지신 것 같아 오히려 걱정스러울 정도입니다. 특히 가여운 아이들에 대한 연민이 무척 깊으십니다."
"혈후가 힘들겠군."
"그럴 리가요. 아이들이 영특해서 가르치는 재미가 있습니다. 아가씨도 짬짬이 아이들을 가르치시는 데 재미 들리신 것 같고요. 그리고 아홉 아이 모두가 아가씨를 진심으로 따라서 저나 진 선자가 많이 편해졌으니 그 아이들에게 감사해야 할 사람은 접니다."

섭소홍은 웃으며 말을 받았다.

검엽이 섭소홍과 대화를 나누는 곳은 언제나처럼 드넓은 정원의 정자였다. 서편으로 기울어가는 햇볕의 온기가 아직도 정자 곳곳에서 묻어났다.

섭소홍이 조심스럽게 검엽의 눈치를 살피며 물었다.

"작은 주인께서 산장의 네 노인에게 무공을 배우기 시작한 지 두 달인데 그냥 둘 생각이십니까? 잡스러운 걸 가르쳐서 기틀만 버려놓을까 봐 걱정스럽습니다."

"혈후, 내가 무공에 입문한 건 그분들을 통해서였다. 기초를 잡아주기엔 충분한 무공들이다. 그것을 익히다 자질이 망가진다면 그것이 그 아이의 한계일 것이고, 내가 사람을 잘못 봤다는 증거가 되겠지."

무정한 말이다.

섭소홍은 속으로 가늘게 한숨을 내쉬었다.

검엽은 화제를 바꾸었다.

"검군에게 간 무사들의 수가 몇인가?"

"닷새 전 출발한 무사 오천이 합류하면 삼만입니다."

"생각보다 많군."

"남천무적련의 결성 이후 이곳을 찾아오는 무사들의 수가 현저하게 줄어서 그렇지 남천이 결성되지 않았다면 오만을 넘겼을 것입니다."

"눈치를 보는 건가?"

"그렇게 생각됩니다. 군림성과 무맹의 연수야 예상할 만한 일이었지만 오마세의 셋이 그들과 손을 잡을 거라고 생각한 사람은 아무도 없었을 테니까요."

검엽은 흰 이를 드러내고 소리없이 웃으며 말했다.

"삼패세가 중원무림에 끼친 해악 중 가장 큰 것은 무인들을 무인답지 못하게 만든 것이다. 뜻을 세우면 목숨을 초개같이 버리며 검을 들던 무인의 기개는 약에 쓰려고 해도 찾아볼 수가 없는 세상이 아닌가. 부귀영화를 누리게 해줄 수 있는 줄이 과연 어느 쪽일지 눈치나 살피는 자들밖에 남지 않은 무림이 어떻게 무림일 수 있을까."

검엽은 자리에서 일어났다. 그는 팔짱을 끼고 난간 앞에 섰다.

"오래전 내 친구는 이런 무림을 바꾸고 싶어했었다. 고인 물은 썩게 마련이고, 썩은 물에서는 숨을 쉴 수가 없지. 무너져야 할 것은 무너져야 한다. 그런 것들이 무너지지 않고 버티려 애쓰면 애쓸수록 썩은 물의 악취는 점점 더 강해질 뿐이고, 생명은 더 빠르게 죽어갈 뿐이니까."

그리움이 담긴 낮은 독백.

섭소홍은 공손히 시립한 채 검엽의 말을 들었다.

그녀도 검엽의 마음을 차지하고 있는 유일한 친구, 운려의 존재를 안다. 그래서 운려를 추억하는 검엽의 시간을 방해해서는 안 된다는 것도 안다.

그렇게 시립해 있던 섭소홍의 눈빛이 삼엄해진 것은 찰나지간이었다.

그녀는 명왕마도에 한 손을 얹으며 몸을 비스듬히 틀어 검엽의 측면을 가렸다.

그녀의 시선이 향한 곳은 삼십여 장 떨어진 가산의 그늘이었다.

"웬 놈이냐!"

섭소홍의 고운 입술 사이로 스산한 살기가 어린 일갈이 터져 나왔다.

일갈과 함께 막 신형을 띄우려던 섭소홍의 움직임이 언제 그랬냐는 듯 뚝 멈췄다.

검엽이 한 손을 들어 그녀를 막은 것이다.

"혈후, 나를 찾아온 손님이다."

섭소홍은 의혹 어린 눈길로 검엽을 돌아보았다. 하지만 검엽은 그녀의 의문을 풀어줄 생각이 없는 듯했다.

"혈후, 내 명이 있을 때까지 정원에 아무도 접근하지 못하게 하라."

"존명."

섭소홍은 허리를 숙여 명을 받았다.

그녀는 무서운 눈으로 가산의 그늘을 노려보며 정원을 떠났다.

섭소홍의 모습이 사라짐과 동시에 낯선 음성이 정원에 울려퍼졌다.

"신화종의 종주께서는 훌륭한 수하를 두셨군요. 아마도 그녀가 쌍마존의 일인이라는 지옥혈후 섭소홍이겠지요?"

완숙한 우아함이 배어 있는 여인의 음성이었다.

"그렇소."

검엽은 짤막하게 대답하며 가산의 그늘에서 솟아나듯 모습을 드러낸 여인을 바라보았다.

여인은 붉은색과 푸른색이 조화를 이룬 화려한 궁장 차림의 절세미부였다.

이십대 후반에서 삼십대 초반 사이로 보이는 궁장미부의 아름다움은 인세에 보기 드문 것이어서 가히 사란의 미모에 비견될 만했다.

청초함과 발랄함, 그리고 활력이 넘치는 젊음이 사란의 미모를 빛내는 장점이라면 궁장미부의 미모는 화사한 우아함과 정치한 고결함이 묻어났다.

궁장미부의 운신은 미모만큼이나 놀라운 바가 있었다.

마치 구름을 타고 미끄러지는 듯 어깨와 다리를 전혀 움직이지 않고 있는 듯한데도 그녀는 삼십여 장의 거리를 눈 한 번 깜짝할 사이에 좁혀 정자 안에 들어왔다.

검엽은 팔짱을 풀지 않은 채 그녀를 지켜볼 뿐 제지하지 않았다.

그가 물었다.

"비천세류보(飛天細流步)… 요지에서 오신 분이구려."

궁장미부는 한 손으로는 궁장의 치맛단을 잡고 한 손으로는 살짝 드러난 가슴골을 누르며 검엽에게 정중하게 인사했다.

"당대의 요지성화원을 책임지고 있는 몽중선(夢中仙) 화수운이에요."

검엽도 고개를 숙여 그녀의 인사를 받았다.

"창룡신화종의 당대 종주 고검엽이오."

화수운은 박속처럼 흰 이를 드러내며 밝게 웃었다.

"종주의 명성은 천하를 덮을 정도라 이곳까지 오면서 귀가 따갑게 들었어요."

"하잘것없는 무림 중의 소문에 불과하오."

검엽은 표정없는 눈빛으로 화수운을 직시하며 말을 이었다.

"내 얼굴이나 보자고 그 먼 길을 오시지는 않았을 테고, 무슨 일로 오신 것이오?"

화수운의 얼굴에서 웃음이 사라졌다.

그녀가 말했다.

"종주의 생각이 틀렸어요. 나는 종주의 얼굴을 보러 왔답니다. 천수백 년 동안 아무도 들어가지 못했던 심마지해를 거쳤을 뿐만 아니라 폭주하는 신마기를 제어하기까지 했다는 종주의 얼굴을 말이지요."

검엽의 눈에 묵청색의 무시무시한 섬광이 일었다. 하지만 그 눈빛을 똑바로 마주 보는 화수운의 안색은 변하지 않았다.

검엽의 눈빛이 가라앉았다.

"내 말이 뜻밖이었던 모양이군요."

"솔직히 그렇소."

"종주의 기색을 보면 제가 들은 얘기가 거짓이 아닌 듯한데,

확인해 주실 수 있나요?"

"들으신 대로요. 나는 심마지해를 거쳤고, 신마기도 폭주했었소."

화수운의 아미가 가늘게 떨렸다.

아무렇지도 않은 듯한 대답에 놀란 기색이었다.

그럴 만도 했다.

그녀는 대답을 쉽게 들을 수 있으리라 기대하지 않았던 것이다.

대답 여하에 따라 봉황천 전체의 움직임이 달라질 수밖에 없는 무게가 검엽의 대답에 담겨 있었으니까.

"감사드려요. 이리 쉽게 대답을 들으리라곤 생각지 못했거든요."

"감추어 무엇 하겠소, 어차피 머지않아 알게 될 일이거늘. 절대천궁주가 상당히 바쁜 모양이오. 그 먼 요지까지 소식을 전해 원주를 움직이게 하다니."

화수운은 흠칫한 얼굴이었다. 그러나 그녀는 가타부타 말이 없었다.

검엽도 그녀를 추궁하지 않았다.

서로 궁금한 점이 많았지만 쉽게 물어볼 수 있는 것들은 하나도 없다시피 했다. 추궁하는 것도 어려웠다.

두 사람은 한 무맥의 종주들이었다. 한마디 한마디의 무게가 범인과는 차원이 달랐고, 그들의 신분이 갖는 무게 또한 그러했다.

화수운은 하늘 저편에 유유히 흘러가는 구름을 올려다보며 입술을 뗐다.

"연휘람 문주가 실종되었어요. 알고 있나요?"

"알고 있소."

"중재자가 사라진 것과 같다는 사실도 알고 있나요?"

"그렇소."

검엽과 화수운의 눈은 서로를 떠나지 않았다.

화수운이 말했다.

"고대의 신화시대에 신화종은 심마지해라는 문을 막는 역할을 자임했어요. 십방무맥을 여신 분은 신화종이 그 역할을 수행할 수 있도록 지존신마기를 고씨 가문에 부여했죠. 신마기로 인해 고씨 가문은 혼천무극문과 더불어 무맥 최강을 다투는 세력이 되었어요. 하지만 신마기는 선물이지만은 않았죠."

"신화종의 종주에게 신화종의 역사와 업을 설명하는 건 우습지 않소?"

화수운의 눈빛이 강해졌다. 그녀는 검엽의 말을 개의치 않고 말을 이었다.

"심마지해는 생기(生氣)를 가진 존재들의 욕망을 먹고사는 마물들의 세계이고, 지존신마기는 그 마물들이 세상으로 나오는 것을 막아 천지의 균형을 유지하는 기운의 정화예요. 무맥의 전설 중에는 신화종에서 심마지해의 절대역천마기를 자유로이 품을 수 있는 인물이 나온다면, 십방무맥 최강은 혼천무극문이 아니라 신화종이 될 거라는 것도 있죠. 그 전설 속에는 심마지해의 마물들을 종으로 부릴 수 있다는 것도 포함되어 있고요. 그러나 반대의 전설도 있어요."

검엽의 전신에서 은은한 묵청광이 새어 나오기 시작했다. 천지가 검푸른 마의 기운에 잠식되어 갔다. 동시에 화수운의 전신에서도 눈부신 홍광이 흘러나왔다.

화수운은 미동도 없이 계속해서 말했다.

"만일 지존신마기를 타고 태어난 자가 심마지해를 거친 후 신마기를 제어하지 못하고 폭주하게 되면… 심마지해의 문이 열리고 마물들이 폭주하는 신마기의 주인을 매개로 세상으로 쏟아져 나와 온 세상을 파멸로 몰아넣는다는……. 천이백 년 전 세상은 종말을 맞이할 뻔했었죠, 신마기가 폭주한 신화종의 종주에 의해서. 당시 그의 성취가 낮아 실패하긴 했지만 그로 인한 피해는 천하정세를 완전히 바꿔놓을 정도였고, 십방무맥이 봉황금약에 묶이는 계기가 되었죠. 이 모든 걸 종말의 전설이라고 부르는데, 종주는 혹시 이것에 대해 들어보신 적이 있나요?"

검엽은 고개를 끄덕였다.

"있소."

화수운의 얼굴이 얼음장처럼 차갑게 굳었다.

"그렇다면 신마기가 폭주했다는 소식을 들은 무맥의 종주들이 어떻게 나올지 알고 있겠군요."

"짐작은 할 수 있소."

검엽은 천천히 뒷짐을 졌다.

묵청광이 스러졌다.

홍광도 스러졌다.

그가 말을 이었다.

"원주는 그 옛날 일어났던 일의 뒷얘기를 좀 더 깊이있게 들여다보아야 할 듯싶소. 신마기가 폭주한 신화종의 종주가 절대역천마기를 감당하지 못하고 자체 산화한 후 십방무맥의 종사들은 혼란에 빠진 천하를 얻고자 쟁패에 들어갔소. 본 종의 선대가 일으킨 혼란은 봉황금약의 계기였을 뿐 실제 금약의 성립은 무맥 종주들의 욕망이 빚어낸 결과물이었소. 나의 신마기는 분명 폭주했소. 그러나 나는 그것을 제어했고, 앞으로도 제어할 거요. 하지만 원주를 비롯한 무맥의 종주들은 자신의 욕망을 제어할 수 있다는 자신이 있소? 연 문주도 실종된 지금 신마기의 폭주는 그저 무맥이 밖으로 나올 핑계에 지나지 않는 것이 아니오? 그렇지 않다고 단언할 수 있소?"

화수운의 눈동자가 희미하게 흔들렸다.

그것은 분명 갈등의 빛이었다.

그 기색은 찰나지간 사라졌지만 검엽의 심안은 그것을 놓치지 않았다.

화수운의 얼굴빛이 돌처럼 딱딱하게 굳었다.

검엽의 등 뒤로 거대한 어둠이 나래를 펴고 있었다.

스러졌던 절대의 마기가 좀 전과는 비교할 수 없는 가공할 기세를 담고 정원을 넘어 천지를 가득 채우며 퍼져 나갔다.

검푸른 섬광이 일렁이는 눈으로 화수운의 눈을 바라보며 검엽은 천천히 말했다.

"만약, 십방무맥이 그 옛날처럼 힘으로 천하를 얻고자 한다면 그 무맥이 어디가 되었든 내 손에 쓰러질 거요. 원주, 잊지 마시기 바라오."

화수운은 이를 악물었다.

검엽의 전신에서 흘러나온 기세에 휘말린 몸이 앞뒤로 흔들리려는 것을 진정시키기 위해서였다.

그녀는 요지성화원 비전의 신공, 천화홍염진기(天花紅艶眞氣)를 끌어올렸다.

홍염진기를 구성이나 끌어올리고 나서야 떨리려는 몸이 진정되는 것을 느끼고 화수운은 내심 경악을 금치 못했다.

검엽이 기세를 발현하는데 걸린 시간보다 그녀가 홍염진기를 발현하기까지 걸린 시간이 더 길었다. 이는 검엽이 그녀보다 더 높은 경지에 도달해 있다는 것을 의미했다.

화수운의 외모는 삼십 전후로 보이지만 실제 나이는 칠십에 가까웠다.

평생을 고련한 무공이 이제 삼십이 갓 넘은 사내를 넘지 못한 것이다.

화수운의 얼굴은 눈에 보이게 굳었다.

그녀의 자존심은 상처 입을 대로 상처 입었다.

그 상처는 그녀의 가슴을 불같이 달구었다. 오래전 초탈했다고 여겼던 무인의 호승심이 폭풍처럼 그녀의 마음을 사로잡았다.

"광오하군요, 종주는. 부디 그 말을 책임질 수 있기를."

검엽은 무표정한 얼굴로 그녀의 말을 받았다.

"원주는 염려하지 않으셔도 되오. 나는 언제나 내가 뱉은 말에 대해서는 책임을 지니까."

화수운은 정자에 들어왔을 때처럼 검엽을 향해 정중하게 인사했다.

검엽도 정중하게 그녀의 인사를 받았다.

허리를 편 화수운이 말했다.

"우리는 곧 만나게 될 듯하군요, 그날까지 탈없으시기를."

"지금 수준으로 나를 다시 만나면 원주가 무탈하기는 쉽지 않을 거요. 묘안을 강구해 보시오."

화수운은 타는 듯 강렬한 시선으로 검엽을 보았을 뿐 더 이상 그의 말을 받지 않았다.

그녀의 신형이 흐릿해지는가 싶더니 꺼지듯 그 자리에서 사라졌다.

검엽은 뒷짐을 진 채로 화수운이 사라진 자리를 바라보다가 몸을 돌렸다.

정원은 두 절대종사의 만남을 알지 못하는 듯 변한 것이 없었다.

'신마기의 폭주를 화수운이 알고 있다면 다른 무맥의 종주들도 알고 있다고 보아야 한다. 어쩌면 연휘람과 동방 부주를

제외한 무맥의 종주들 전부를 상대해야 할지도 모르겠군.'

봉황천 역사상 유래가 없는 격전이 벌어질지도 모르는 일이었지만 검엽의 안색은 평온했다.

'거거거중지 행행행리각(去去去中知 行行行裏覺)……. 나는 내 길을 갈 뿐.'

그의 입술이 살짝 벌어졌다.

"혈후."

촌각도 지나기 전 화수운이 있던 자리에 섭소홍이 모습을 드러냈다.

"부르셨습니까?"

"사월이 시작되는 날 총타를 나서겠다. 검군에게 그리 전하도록."

섭소홍의 안색이 붉게 상기되었다.

"드디어… 남하입니까?"

"그렇다."

"존명."

"내가 떠나기 전 모든 무사들을 낭후의 지휘하에 홍산으로 보내라. 그들이 홍산에 도착하는 대로 당양으로 이동하도록 하고. 산장의 어르신들과 사란을 시중드는 아이들도 무사들과 함께 먼저 보내라. 이곳엔 사람을 남기지 않는다. 가는 것은 나와 그대, 그리고 선자와 란, 운아뿐이다."

"알겠습니다."

"몽 어르신과 하오문주에게 남하 계획을 알려주도록. 남천무적련이라 칭하는 자들이 나의 남하에 당황하면 곤란하니까."

"예. 그런데······."

"나와 같이 지낸 지도 반년이 넘은 듯한데 혈후는 여전히 묻는 걸 어려워하는군."

"죄송합니다. 지존, 그처럼 적은 수로 남하한다면 귀찮게 하는 자들이 있지 않을까 우려됩니다."

검엽은 등을 돌려 섭소홍을 보며 싱긋 웃었다.

"그렇게 어리석지는 않으리라 생각하지만, 불나방이 되겠다면 굳이 마다할 필요는 없지."

비유는 의미가 명확했다.

"하좌가 아직도 이렇게 어리석습니다, 지존."

"혈후."

부드러운 음성.

검엽에게서 듣기 어려운 분위기의 말투여서 섭소홍은 고개를 번쩍 들었다.

"그대는 전혀 어리석지 않다, 단지 잔걱정이 많을 뿐이지. 하하하."

검엽은 가볍게 웃은 후 말을 이었다.

"이번 싸움은 모두가 적과 싸우게 될 것이다. 당연히 거칠고 위험할 것이고."

섭소홍은 검엽의 얼굴을 마주 보며 웃었다.

"제가 바라던 전장입니다, 지존."

"그래. 함께 중원무림의 끝을 보자."

"예. 지존."

섭소홍은 고개를 숙여 인사한 후 자리를 물러났다.

홀로 남은 검엽의 입가에 소슬한 기색이 스쳐 지나갔다. 계절은 봄으로 접어드는데 그에겐 가을이 온 듯했다.

第七章

강서성 서북부 평원.

평원을 뒤덮은 건 끝이 보이지 않는 군막의 물결.

바람결에 나부끼는 각양각색의 깃발을 앞에 세우고, 수많은 인마가 쉴 새 없이 평원으로 모여들고 있었다.

방사형의 구궁진 형태를 취한 진의 중앙.

거대한 군막 앞에 수십여 명의 무인이 상기된 얼굴로 원형의 탁자 주변에 둘러앉아 회의를 하고 있었다.

개개인이 평생을 가도 한번 볼까 말까 할 만큼 가공할 기세를 품고 있는 절대의 고수들, 당세 천하무림의 강자라 할 수 있는 사람들은 다 모여 있는 듯했고 사실이 그러했다.

그들 중에는 군림마제 혁세기가 있었고, 대륙무제 단목천도 있었으며, 소뢰음사의 당대법왕 파미륵 법왕과 해왕군도의 도주 천해무왕 홍인명, 그리고 만독강의 주인 독령존 나후천이 있었으니까.

이곳은 남천무적련이 천마 고검엽과의 건곤일척을 준비하기 위해 세력을 결집시키고 있는 곳이었다.

군림칠마성의 일인인 패마성 초평익의 강력한 건의로 이루어진 회의는 종반으로 치닫고 있었다.

두 손으로 탁자를 짚고 일어선 초평익의 얼굴은 흥분으로 시뻘겋게 상기된 상태였다.

"그는 소수로 남하할 것이 분명하지 않소? 이것은 놓쳐서는 안 되는 기회요. 정예를 꾸려 그를 쳐야 한단 말이오!"

그의 말에 고개를 끄덕이는 사람도 있었다. 그러나 그 숫자는 적었다.

군막 안에 있는 사람의 수는 오십여 명이나 되는데 고개를 끄덕인 사람은 열이 채 되지 않았다.

단목천이 손을 들었다.

초평익은 흥분을 가라앉히고 입을 다물었다.

혁세기와 곽무환 외에는 아무도 자신의 윗사람으로 인정하지 않는 그라 해도 이곳에 있는 사람들은 존중해야 했다.

언젠가는 서로 칼을 겨눌 사이가 될 수도 있었지만 현재는 동료였으니까.

"패천도귀전주의 의견에 일리가 있다는 것을 모르는 바 아니오. 나 또한 심정적으로는 초 전주의 의견대로 하고 싶소."

단목천은 짧게 숨을 내쉬었다.

그는 진심으로 초평익의 심정을 이해했다. 초평익은 고검엽에게 아들을 잃었고, 그는 딸을 잃었다.

그가 말을 이었다.

"하지만 전주의 의견을 따르기에는 문제가 적지 않소. 일단 고검엽이 총련과 충돌하기 전처럼 소수의 측근만을 데리고 남하할 거라는 보장이 없소. 많은 수하들이 홍산으로 내려가 있지만 아직도 여산에는 육칠천의 무사가 있소. 그들이 고검엽과 함께 남하할 가능성을 배제할 수 없고, 그런 경우 암격은 아까운 수하들을 사지로 내모는 일밖에 되지 않소. 그리고 고검엽이 측근만을 데리고 남하한다 하더라도 문제는 여전하오. 고검엽은 단신으로 백운천을 비롯, 총련 수뇌부가 전부 포함된 정무총련을 궤멸시킬 정도의 무공을 지닌 자요. 그런 그를 암격하려면 한두 사람으로는 불가능하오. 적어도 이곳에 있는 사람들 전부가 가야 승리를 확신할 수 있소. 수하들을 보내거나, 이 자리에 있는 분 가운데 몇 명을 보내서는 가능성이 일 푼도 되지 않는다는 것을 초 전주도 인정하실 거요."

초평익은 침묵했다.

반론을 제기할 수 없는 의견이었다.

이곳에 있는 사람들 중 고검엽과 한 번이라도 싸워본 적이 있는 사람은 그뿐이었다.

그래서 그는 고검엽이 암습과 사술에 능하며 지형을 이용하는 병법에도 밝다는 것을 누구보다도 잘 알고 있었다.

잃어버린 그의 오른 다리가 그것을 증명하고 있지 않은가.

그런 자를 암격하는 건 정말 쉽지 않았다.

단목천의 말은 계속되었다.

"암격을 성사시키기 위해서는 최고의 고수 다수를 보내야만 하고, 설령 성공한다 해도 그 일에 참여했던 고수들 중 상당수는 돌아올 수 없을 것이오. 그리되면 남천무적련의 수뇌부는 제 기능을 상실하게 되오."

장내의 인물들은 고개를 끄덕였다.

남천무적련은 독보적인 자부심을 가진 초거대 세력 다섯 개의 연합이었다.

한 세력의 수뇌부가 사라진다고 그 세력의 무사들이 살아남은 다른 수뇌부의 지휘 통제를 순순히 받아들일 가능성은 적었다.

만약 분란이 난다면 남천무적련은 자중지란으로 무너질 것임을 누구나 알 수 있었다.

단목천은 좌중의 인물들을 돌아보며 말을 이었다.

"그리고 초 전주는 잊으신 듯한데, 천마 고검엽에게는 드러나지 않은 수하들이 있다는 세간의 소문이 있소. 확인된 사실은 아니지만 황보세가, 소림사, 그리고 대암평에 이르기까지 그는 단신으로는 무림사상 누구도 하지 못했던 혈사를 만들어 냈소. 만약 그에게 소문처럼 드러나지 않은 수하들이 있다면 암격은 더욱 불가하오. 그리고 이유는 또 있소."

그는 목이 마른 듯 침을 삼켰다.

"고검엽이 제거된다 해도 그의 수하 삼만 수천 명이 남아 있는 상태에서 본 련의 수뇌부가 제 기능을 잃는다면 이 싸움의 향배는 예측불허가 될 것이고, 천하는 대난세에 들어갈 거라는 것이오. 그래서 본인은 심정적으로는 초 전주의 의견에 동의하나 전술적인 실행에는 찬동하기 어렵소."

초평익은 자신의 의견이 회의에서 통과될 수 없다는 것을 직감했다.

그의 마음은 단목천의 의견을 받아들이지 못했다. 하지만 머리는 이미 인정하고 있었다.

암격의 안건을 발의한 그가 설득되었는데 다른 사람들이야 말할 필요도 없었다.

    *   *   *

삼월 하순으로 넘어갈 때 구총련 총타, 이제는 세인들이 천마거(天魔居)라 부르는 곳의 성문이 열렸다. 그리고 칠천여 명의 무사가 호북의 홍산을 향해 내달렸다.

이월경부터 천마거를 찾는 세력이나 개인의 수가 급감했다는 걸 모르는 사람은 중원무림에 없었다. 이미 삼만여 명의 무사가 홍산으로 갔다. 칠천 명이면 천마거에 있는 무사 전부의 수였고, 홍산의 무인과 합류하면 총 인원이 삼만 칠천에 달했다.

천하가 긴장할 수밖에 없는 일이었다.

홍산에 도착한 칠천 무사는 그곳에 머물던 삼만 무사와 합류했다.
그렇게 삼만칠천으로 불어난 무사들은 그다음 날 남하를 개시했다.
그들의 목적지는 당양이었다.
그때가 삼월 말이었다.
뒤이은 사월의 첫째 날.
드디어 칩거하던 천마 고검엽이 천마거의 성문을 나서 남하를 시작했다.
그 소문은 거의 한날한시에 천하를 휩쓸었다.
개방과 하오문의 힘이었다.
남천무적련의 움직임도 바빠졌다.
장강으로 향하는 장강이남 무인들의 대이동과 장강을 거슬러 올라가는 수십 척 거선의 모습이 도처에서 목격되었다.
중원 천하는 숨 막히는 침묵 속에서 촉각을 곤두세웠다.
남천무적련과 천마의 싸움.
천하의 지배자가 결정될 싸움이었다.
천마 고검엽이 승리한다면 무림은 일인의 군림지배 시대를 열게 될 것이다. 그리고 남천무적련이 승리한다면 구주삼패세의 시절과 비슷한 초강세들의 분리 지배에 들어갈 것이 분명했다.

검엽 일행의 남하는 순조로웠다.

적어도 강북에서는 그의 앞을 막을 사람이 존재하지 않았으니 당연한 일이었다.

그의 걸음, 아니, 그가 탄 말의 걸음은 소보다도 느렸다. 하루 종일 가도 백 리를 채 가지 못했다.

그의 행보에 온 신경을 집중하다시피 하는 자들은 답답함에 숨이 넘어갈 지경이었지만 그건 그들의 사정이었고, 검엽 일행은 그 속도를 고수하며 남하했다.

하루는 섭소홍이 검엽에게 속도에 대해 문의를 한 적이 있었다.

검엽의 대답은 간단했다.

첫째는 장강이남의 세력이 준비를 더 철저하게 할 수 있는 시간을 주기 위해서이고, 둘째는 그들이 자신들에게 유리한 전장을 선택할 수 있도록 하기 위해서라 했다.

자신이 빨리 남하해서는 그들이 충분히 만족할 만한 준비를 할 수 없다는 것이다.

언제나 듣는 사람을 황당하게 만드는 대답이었지만 일행에게는 그걸로 충분했다.

영호운을 제외하면 검엽의 성정이 어떤지 모르는 사람은 없었으니까.

그리고 검엽을 신처럼 숭앙하는 영호운은 아직 그의 앞에서 숨조차 제대로 쉬지 못하는 형편이라 의문 따위를 느낄 계제도 되지 못했다.

섭소홍이 질문한 것도 궁금했기 때문이었지, 재촉하기 위해서는 아니었다.

그래서 그들이 당양의 북쪽 백 리 지점에 도착한 것은 여산을 떠나고 나서도 한 달이 넘게 지난 오월 초였다.

유시 중엽(저녁 6시경).

구름 한 점 없는 밤하늘.

야트막한 산자락을 부드럽게 쓸며 지나가는 봄바람.

듬성듬성 자리 잡은 나무들 덕분에 사방으로 탁 트인 시야.

검엽 일행이 말을 멈추고 노숙을 하기로 결정한 이름 모를 야산의 분위기는 안온했다.

진애명과 섭소홍은 바쁘게 잠자리를 마련했고, 사란은 낮에 지나온 마을에서 구한 재료로 식사를 준비한다고 분주했다. 취령의 모습은 여전히 보이지 않았다.

취령을 볼 때마다 검엽은 그답지 않게 달가워하지 않는 기색을 역력하게 표현하곤 했다. 내다 버리라고 하지 않는 게 다행일 정도로 그의 감정은 뚜렷했다.

그런 마당이라 사란은 취령을 오치르 등과 함께 먼저 보낸 것이다.

검엽은 한가하게 있어도 될 듯했지만 실상은 그렇지 못했다.

그는 무릎을 꿇고 앉은 영호운에게 무공을 강론하고 있었다.

강론하는 시간은 식사 준비가 끝날 때까지의 한 시진이었다.

이곳까지 오는 동안 하루도 빼먹지 않은 그의 일과였다.

그가 영호운에게 가르치는 것은 만련자의 전륜구환결이었다.

가르치는 사람은 고금에 드문 절대 초강고수이고, 배우는 사람은 하나를 가르치면 열을 헤아리는 희대의 천재였다.

불과 한 달여밖에 되지 않는 시간이었다. 그럼에도 영호운은 무서울 만큼 빠르게 성장하는 중이었다. 일신우일신(日新又日新)이라는 말이 그를 위해 만들어진 게 아닐까 싶을 정도였다.

그것은 그의 자질이 범상치 않기 때문이기도 했지만 자질을 넘어선 치열한 노력이 뒷받침된 덕분이었다.

그는 험난한 세월을 살아와서인지 어린 나이에도 불구하고 상황 판단 능력이 대단히 탁월했다. 그래서 자신이 얼마나 큰 행운을 얻었는지 명확하게 자각하고 있었다.

이제는 전 무림이 고금제일고수라 칭하는 천마 고검엽에게 직접 사사할 수 있는 기회가 누구에게나 주어지는 것이 아니라는 걸 잘 아는 것이다.

"…만련자의 전륜구환결은 그 깊이가 범상하지 않고, 포용력은 천하의 무공 중에서도 발군이라 할 만하다. 완성한다면 능히 나의 삼 초를 받을 자격이 있을 정도이니 익힘에 소홀함이 없도록 하거라."

"명심하겠습니다, 스승님."

검엽의 말을 받는 영호운의 음성은 단단한 각오로 가득 차 있었다.

고금팔대고수의 한 좌를 차지하고 있는 만련자다. 그의 무공을 완성했을 때 삼초지적은 된다는 검엽의 말은, 무림사를 아는 사람이라면 기함할 만한 말이었다.

영호운은 검엽의 말에 아무런 의심도 하지 않는 기색이었다. 그가 만련자를 몰라서가 아니었다. 이곳까지 오며 그는 섭소홍에게서 무림사를 상당히 깊이있게 공부했다.

그는 순수하게 검엽의 말을 믿고 있는 것이다.

검엽은 말을 이었다.

"내일부터는 당분간 너를 가르칠 시간을 내지 못할 것이다. 내게 여유가 생길 때까지는 너 혼자 수련해야 한다. 그리고 어차피 네가 전륜구환공의 두 번째 단계인 구환득련경에 도달할 때까지는 따로 너를 가르칠 것도 없다. 지금까지 가르친 것을 잊지 않으면 위험할 일은 없다."

"예, 스승님."

영호운은 검엽을 스승으로 칭했다.

그렇다고 영호운이 검엽과 정식으로 사제관계를 맺은 것은 아니었다. 검엽이 허락을 하지 않았기 때문이다. 불허한 이유는 검엽만이 알 뿐이다.

억지로 말을 가져다 붙인다면 영호운은 검엽의 무기명 제자에 가까웠다.

강론이 끝난 검엽과 영호운은 사란이 준비한 식사를 했다.

식사가 끝나면 진애명과 섭소홍은 세상 돌아가는 얘기를 했고, 영호운은 가르침을 복습하며 홀로 수련에 들었다. 검엽은 사란이 따라주는 차를 마시며 명상에 잠기고.

이 일상은 한 달 동안 반복되었다.

그리고 일행 모두가 이 반복되는 일상을 소중하게 여기며 즐겼다.

다가올 시간들이 핏빛이라는 것을 너무도 잘 아는 사람들이기에 평범한 일상은 더욱 소중했던 것이다.

그리고 일행 중에서 이 시간들을 가장 소중하게 생각하는 사람은 사란이었다.

검엽은 대암평 이후 그녀의 접근을 받아들였다. 그렇다고 그녀에게 특별한 감정을 표현한다거나 하는 일은 없었다. 단지 그녀가 옆에 있는 것을 허용할 뿐이었다.

사란에게는 그것만으로 충분했다.

그녀는 검엽에게 바라는 것이 없었다. 무언가를 바랄 수도 없는 상대였다. 그는 천하를 장악한 자들을 상대로 홀로 싸우는 사람이었고, 그 상대 중에는 십방무맥의 종사들이 포함될 수도 있었다.

소소한 일상의 행복을 함께 누릴 수 있는 사람이 아닌 것이다.

객관적으로 보았을 때 사랑할 대상으로 검엽은 낙제를 면치 못할 만큼 자격이 없는 사람이라고 할 수 있었다. 그럼에도 사란은 검엽을 사랑했다. 맹목적이라고 할 수 있을 정도로 깊게.

그녀에게 요 한 달 동안의 소소한 일상은 그래서 더 소중할 수밖에 없었던 것이다.

쪼로로록.

찻잔을 채운 푸르스름한 찻물의 표면에 차로를 잡은 사란의 투명한 손이 비추었다.

검엽은 말없이 찻잔을 들어 한 모금을 마셨다.

"란아."

"예, 사숙."

"이번 싸움에 너는 따라오지 않았으면 좋겠구나."

"예?"

사란의 안색이 하얗게 변하며 차로를 쥔 손이 덜덜 떨렸다. 생각지도 못한 말이었다. 검엽의 옆에 머물지 못할지도 모른다는 두려움이 그녀의 가슴을 채웠다.

사랑은 사람을 단순하게 만든다.

그녀의 마음을 읽은 검엽의 눈빛이 부드러워졌다.

"이번 싸움은 거칠고 험할 것이다, 나를 따르는 사람들에게는. 나는 네게 그런 장면을 보여주고 싶지 않다."

자신이 두려워한 것과는 다른 이유 때문임을 안 사란이 평정을 되찾았다.

그녀는 고개를 숙이며 조심스럽게 말했다.

"옆에 있고 싶어요. 만약 대암평에서와 같은 경우가 다시 생긴다면 저도 사숙께 도움이 될 수 있으니까요."

검엽은 고개를 저었다.

"같은 일을 두 번 당할 만큼 내가 어리석지는 않다."

사란은 내심 한숨을 내쉬었다.

검엽이 마음을 먹으면 그 뜻을 거스른다는 건 불가능에 가깝다. 옆에서 숱하게 경험한 일이 아닌가.

"사숙께서 원하신다면 그렇게 할게요."

"운아와 아이들을 데리고 후방에 머물도록 해라."

"예."

검엽의 시선이 영호운을 향했다.

"운아의 성정은 어렸을 때의 나와 비슷한 면이 있다. 저 아이의 마음을 채우고 있는 허무는 특별한 계기가 있지 않으면 깨기 어려워. 그것만 아니라면 나와의 인연이 이 정도에 그치지 않았을 텐데. 저 아이는 본 종의 무공보다 도가 계열의 무공이 성정에 맞는다."

사란은 고개를 끄덕였다. 그녀 또한 그렇게 생각하고 있었으니까.

영호운의 가문은 대단할 것 없었지만 가족사는 쉽게 보기 어려울 만큼 복잡했다.

그는 평범한 문사 집안의 자식이었다.

선대의 재산이 어느 정도 있는 집안이라 먹고살 걱정이 없어서였는지 그의 부친은 한량으로 살았다. 특별히 성격이 모나거나 나쁜 사람은 아니었던 모양인데 한 가지 단점은 여자를 많이 밝힌다는 것이었다.

정실인 영호운의 모친 외에도 부친은 네 명의 첩을 거느렸다. 부친은 그중 가장 늦게 얻은 네 번째 첩의 치마폭에서 헤어나지 못했고, 네 번째 첩은 부친의 총애를 믿고 영호운과 그의 모친을 집안에서 몰아냈다.

이런 상황이면 허무감보다 복수심이나 독기가 영호운의 마음을 채웠을 것이다.

그런데 두 사람을 집안에서 몰아낸 네 번째 첩은 영호운의 부친을 두고 다른 사람과 바람이 났다. 그리고 바람난 사내와 모의해서 영호운의 부친을 독살하려 했다. 그의 부친은 독에 당한 상태에서 네 번째 첩과 바람난 사내를 죽였다. 하지만 부친도 독을 이겨내지 못하고 죽고 말았다.

부친이 그렇게 죽은 후 영호가는 망했다. 영호가문의 재산을 세 명의 첩이 모두 나눠 가지고 도망쳤던 것이다.

남편에게 내침을 당한 후 동가숙서가식하며 남편에 대한 원망과 네 번째 첩에 대한 복수심으로 버티던 모친도 영호가에 일어난 변괴를 듣자 기력을 잃고 병을 얻었다. 할 일이 없어지자 버틸 힘도 잃은 것이다. 그녀는 검엽이 도착하기 닷새 전 빈민촌에서 죽었다.

험난한 세월을 보내게 만든 사람들 전부가 죽고 없는 세상이 된 것이다.

원망도 복수도 허망해졌다.

영호운의 심성이 그 또래와 다르게 된 것은 환경의 영향이 컸다.

검엽을 따라 영호운을 가만히 지켜보던 사란이 말했다.

"신화종의 절기를 전할 생각이세요?"

사란은 여은향에게 배웠지만 봉황의 그늘 아래 있는 다른 무맥에 대해서는 아는 바가 거의 없었다. 그래서 검엽은 사란의 질문을 탓하지 않았다.

"본 종의 절기는 신마기를 타고나지 않은 자는 익힐 수 없다. 그렇다고 완전히 불가능한 건 아니다. 손을 보면 익히게 만들 수도 있다. 하지만 저 아이의 심성은 본 종의 무공보다 만련자의 무공이 더 잘 어울린다. 저것만 익혀도 한 세상 사는 데는 충분하기도 하고."

"사숙께서 감탄하실 정도의 자질이잖아요. 만련자의 무공으로는 운제의 그릇을 다 채우기 어려울 거예요."

"그렇기는 하다만……."

검엽의 눈빛이 무거워졌다. 그것을 느낀 사란은 그가 무슨 생각을 하는지 궁금해졌다.

"걸리는 점이 있으세요?"

검엽은 씁쓸하게 웃었다.

"저 아이와 나의 인연이 좋은 것인지 나쁜 것인지 알 수가 없다."

사란은 눈을 깜박였다.

검엽이 애매모호하게 말을 하는 경우는 극히 드물다. 더구나 스스로 자신하지 못하는 말을 하는 경우는 본 적도 없을 정도다.

"저 아이를 내게 보낸 것은 하늘이다. 하지만 그 이유를 알기 위해서는 시간이 많이 필요할 것 같구나. 지금은 나와 저 아이를 잇는 인연의 선이 밝지 않아……."

말을 하던 검엽의 눈매가 가늘어졌다. 그 눈에서 살을 에는 기운이 흘러나왔다.

사란은 그 눈빛에 가슴이 섬뜩해져서 어깨가 굳었다. 검엽의 눈에서 흘러나온 기운, 그것은 분명 살기였다.

대암평에서 경험한 것과는 또 달랐다.

그때 검엽은 제정신이 아니었다. 정신이 온전한 그가 사란의 앞에서 살기를 드러낸 적은 없다.

그의 살기를 느꼈음인지 십여 장 떨어진 곳에서 두런두런 이야기를 나누고 있던 진애명과 섭소홍이 어느새 사란의 좌우에 서 있었다.

번개를 방불케 하는 운신.

그녀들의 안색은 삼엄했다.

섭소홍이 물었다.

"지존, 무슨 일이세요?"

"반가운 얼굴들을 보게 될 것 같다."

"예?"

검엽은 천천히 자리에서 일어섰다.

반문하던 섭소홍의 안색이 창백하게 질렸다. 사정은 진애명과 사란도 마찬가지였다. 그녀들의 안색은 백지장처럼 변해 있었다.

빙천혈의가 노을 빛으로 물들어가고 있었다.

그것이 무엇을 의미하는지 다들 안다.

검엽의 마음이 살기로 채워져 가고 있는 것이다.

"내가 찾지 않으니 스스로 찾아오는군. 기다리다 지친 건가. 좋군. 후후후."

빙천혈의는 피처럼 붉은빛을 흘렸고, 검엽의 입술 사이에서는 스산한 웃음소리가 낮게 새어 나왔다.

여인들은 조가비처럼 입을 다물었다. 그녀들의 등골을 타고 전율이 치달리고 있었다.

"이곳에서 기다리도록."

검엽은 짧은 말을 남기고 오른발을 들었다.

찰나지간 그의 신형이 십여 장을 가로질렀다. 그의 모습이 장내에서 사라지는 데는 촌각도 걸리지 않았다.

여인들은 석상처럼 굳은 채 그 자리에서 움직이지 못했다. 검엽의 말이 아니더라도 그녀들은 감히 그를 따를 엄두를 낼 수가 없었다.

검엽의 전신에서 흘러나오는 살기는 그리 강하지 않았지만 진실로 위험하기 그지없다는 것을 그녀들은 본능적으로 느낀 것이다.

세 여인은 서로를 돌아보았다.

다가서는 자들의 기척이든 기세든 검엽이 무엇을 알아차렸는지 그녀들은 알지 못했다. 그녀들의 능력으로 감지할 수 있는 영역 내에는 사람의 흔적이 없었다. 그러나 검엽이 누군가 오고 있다면 오고 있는 것이다.

사란이 나직하게 중얼거렸다.
"대체 누가 다가오고 있기에 사숙께서 저렇게……?"
굳은 얼굴로 검엽이 달려간 방향을 바라보던 진애명이 무언가를 깨달은 듯 눈을 빛냈다.
"설마……?"
사란과 섭소홍은 궁금해하는 기색으로 진애명을 쳐다보았다.
사란이 물었다.
"아는 게 있으세요?"
"저분이 저런 기색을 드러낼 만한 사람은 제가 알기로 천하에 넷뿐이에요. 단목천과 오산에 나타났던 세 명의 젊은 사내지요."
사란과 섭소홍은 놀란 얼굴이 되었다.
한참 남천무적련 내에서 싸움을 준비하고 있을 단목천이 이곳에 나타날 리는 없었다.
진애명이 말을 이었다.
"세 젊은 사내 중에 누군가가 온 듯해요."
여인들의 안색이 무거워졌다.
소운려.
그녀의 죽음과 관련된 모든 것은 검엽의 역린이다.
이 자리에 그것을 모르는 여인은 없는 것이다.

일보에 십수 장씩을 건너뛰며 바람처럼 이동하던 태장천과 천운기는 일백여 장 전방에서 갑자기 나타나 사방을 잠식해 가는 핏빛 운무를 보고 급히 걸음을 멈췄다.

두 사람의 안색이 돌처럼 딱딱해졌다.

핏빛의 운무에서 전해지는 가공할 살기와 분노가 그들의 가슴에 그대로 전해져 왔기 때문이었다.

둘의 시선이 마주쳤다.

입술도 움직이지 않았는데 태장천의 전음이 천운기의 귀를 울렸다.

[적이다.]

[예, 대사형.]

[그놈일까?]

[그렇겠지요. 어떻게 알았는지 모르지만 일부러 와주다니 고마운 일이 아닙니까. 흐흐흐.]

천운기는 음습한 괴소를 흘렸다.

자신을 천상에서 지옥으로 떨어뜨린 자가 앞에 있다고 생각하자 치미는 살기로 인해 심장이 터지고 머리가 돌아버릴 지경이었다.

사내로서 최고의 전성기라고 할 수 있는 이십대 후반부터 십여 년이 넘는 세월을 햇빛도 보지 못하는 지하에서 보낸 그였다.

저벅저벅.

심장을 울리는 발걸음 소리.

적무(赤霧)를 뚫고 핏빛의 장포를 걸친 검엽이 모습을 드러냈다.
 뒷짐을 진 자세.
 태장천의 눈빛은 무거워졌고, 천운기의 눈에서는 격렬한 증오의 빛이 흘러나왔다.
 천운기의 입이 벌어졌다.
 "고.검.엽!"
 지면이 들썩일 정도의 굉량한 일갈.
 그들 사이에 대화는 필요없었다.
 검엽과 천운기의 사이에는 오십여 장의 거리가 있었다. 천운기는 지면을 두 번 밟는 것으로 그 거리를 없앴다.
 검엽의 정면 허공에서 떨어져 내리는 그의 두 손에 서기 어린 백색 강환이 이글거리며 불타올랐다.
 창천곡 삼백 년의 정화.
 창천육형(蒼天六形)이라 불리는 초절기들 가운데 하나인 창천일선강과 창천복마천궁장이었다.
 천궁장은 십수 년 전 사마결이 운려를 안고 도주하던 검엽에게 펼친 창궁무성장을 완성한 후에야 익힐 수 있는 절기이기도 했다.
 사방 이십여 장이 그가 펼친 장세의 세력권 아래 놓였다.
 검푸르게 가라앉은 검엽의 두 눈에 소름 끼치는 살기가 흘렀다.
 그는 자신을 향해 쇄도하는 천궁장세를 정면으로 직시하고 있을 뿐 뒷짐조차 풀지 않았다.

그의 정면 넉 자 앞에 검푸른 섬광이 일렁이며 육각의 방패 세 개가 순차적으로 나타났다.

그의 의지가 이르자 구환마벽이 발동한 것이다.

쾅— 쾅— 쾅!

세 번의 벼락치는 소리와 함께 천궁장세와 충돌한 구환마벽이 터져 나갔다.

이십여 장 방원의 지면이 뒤집어지며 흙먼지가 하늘을 가릴 듯 피어올랐다.

천궁장세라고 온전할 리 없었다.

천운기가 펼친 천궁장세도 온데간데없이 사라졌다. 그리고 그의 신형이 허공에서 이 장이나 더 위로 튕겨 올랐다. 구환마벽과 부딪칠 때의 충격을 제자리에서 해소하지 못하며 밀린 탓이었다.

미처 경악을 숨기지 못한 천운기의 얼굴이 백지장처럼 창백해졌다.

단 일 초로 우열이 판가름난 것이다.

그러나 그는 그것을 인정할 수 없었다.

지난날 검엽은 그의 삼초지적도 되지 못했었다. 막내 사제인 사마결도 감당하지 못하던 자가 아니던가.

세월이 흘러 강해질 수는 있었지만 그도 놀면서 세월을 보내지 않았다.

언젠가는 자신을 비참하게 만든 사마결을 씹어 먹어주리라 생각하며 절치부심 무공 수련에 전력을 기울였었다. 그 결과

오산에서 검엽과 조우했던 때에 비하면 그는 배 이상 강해졌다. 그런데도 일초에 밀리다니, 그가 현실을 인정하기 어려워하는 것도 무리는 아니었다.

이를 악문 천운기는 혼신공력을 끌어올렸다. 검엽과 장시간의 박투를 하는 건 그의 자존심이 허락하지 않았다.

그의 양손 장심에 사라졌던 백색 강환이 다시 나타났다. 첫번째 강환보다 삼분지 일가량 크기가 커졌고, 빛도 더 강렬해졌다.

검엽의 눈에 드리워진 살기가 짙어졌다.

천운기의 천궁장이 머리 위로 쏟아짐과 동시에 검엽은 오른손을 들어 올렸다. 그의 장심에서 번갯불처럼 번뜩이는 묵청광이 튀어나오더니 천운기의 천궁장을 맞이해 갔다.

천강낙뢰수.

말릴 틈도 없이 뛰쳐나간 천운기의 등을 지켜보던 태장천의 안색이 변했다.

천운기와 검엽의 일초 겨룸을 지켜본 태장천은 두 사람 사이의 우열을 객관적으로 파악했다. 검엽의 강함이 어느 정도인지 가늠하기는 어려웠지만 최소한 검엽이 천운기보다 강하다는 건 의심할 여지가 없었다.

휘이익—!

웅장한 휘파람 소리와 함께 태장천의 신형이 검엽을 향해 한 줄기 바람이 되어 내달렸다.

그의 허리춤에서 풀려 나온 넉 자 길이의 서슬 푸른 연검이 천운기의 천궁장에 뒤이어 하늘을 덮으며 검엽의 전신을 눌러 갔다.

산더미 같은 검강의 폭우, 검강을 펼칠 수 없는 자는 입문 자체가 불가능하다는 창천육형 가운데 하나인 창천은하검류(蒼天銀河檢流)가 창천일선강을 담고 펼쳐진 것이다.

두 사람이 펼친 공세에 시선을 준 검엽의 턱 선이 강해졌다. 이를 악문 탓이었다.

그의 이빨 사이로 새는 듯한 음성이 흘러나왔다.

"너희처럼 하잘것없는 자들 때문에 운려가 죽었단 말인가. 그따위 무공을 믿고… 그따위 무공을 믿고……. 으으으으아아 아아!"

검엽의 전신에서 검푸른 광염이 폭발하듯 치솟았다.

천지가 어둠에 물든 듯했다.

천운기와 태장천의 안색이 시퍼렇게 변했다.

검엽의 등 뒤로 검푸른 불길에 휩싸인 흑암의 거인이 일어서고 있었다.

어깨의 높이가 구 장여에 이르고 전신을 칠흑처럼 검은 피풍으로 두른 거인.

천운기의 뒤에 있었기에 어느 정도 여유가 있던 태장천의 두 눈이 더 이상 커질 수 없을 만큼 커졌다.

"절대역천마혼? 설마… 네가 암흑마종의 후인이란 말이냐?"

얼마나 놀랐는지 그의 음성은 사시나무처럼 떨리고 있었다.

대답은 없었다.

대신 검엽의 장심에서 튀어나온 묵청광이 가공할 기세로 천운기의 백색 강환과 부딪쳤다.

쿠쿠쿵!

둔중한 굉음.

천운기의 안색이 사색으로 변했다.

항거할 수 없는 힘이 그의 천궁장세를 단숨에 무너뜨리며 쳐 올라왔기 때문이다. 충돌의 여파로 인해 그의 오장육부는 자리를 벗어났고, 경락은 무기력하게 뒤틀렸다.

입가에 흐른 선홍빛의 핏물은 그가 입은 내상이 가볍지 않음을 웅변했다. 그러나 그 또한 무림사에 드문 초절기를 삼십수 년간 수련한 초강자다.

전신에 호신강기를 두른 그의 신형이 공기 중에 흐르는 한 가닥 바람을 타고 위로 사오 장을 상승했다. 제자리에서 견디기에 검엽의 장세에 담긴 힘은 너무 강했다.

검엽의 눈에 기이한 빛이 어림과 동시에 그의 신형이 화살처럼 천운기를 따라붙었다.

신체의 어느 부위도 움직이지 않은 채 이루어진 운신.

천운기의 눈에 진한 공포가 드리워졌다.

무심하게 번뜩이는 눈을 빛내며 그와의 거리를 단숨에 좁혀 오는 검엽의 모습은 꿈에서라도 보고 싶지 않을 정도였다.

자존심이 상하는 건 상대와의 격차가 얼마 되지 않을 때의 얘기다. 단 이 초의 공방만으로 그는 검엽이 그가 상대할 수 없는 절대초강자라는 것을 뼛속 깊이 느꼈다.

검엽이 움직인 다음 순간 천운기와 검엽의 거리는 일 장으로 좁혀졌다.

천운기는 진원지기까지 극한으로 끌어올렸다. 태장천의 검세가 거의 도달하고 있었다. 일초만 버틴다면 태장천이 합류할 것이고 그는 한숨 돌릴 여유를 얻을 터였다.

그의 장심에서 튀어나온 백색 강환에서 똑바로 쳐다보기 어려울 만큼 강렬한 빛이 폭발하듯 터져 나와 사방을 밝혔다.

그러나 검엽의 안색은 변화가 없었다, 마치 천운기의 공세가 눈에 보이지 않기라도 하는 사람처럼.

그의 장심이 한 번 뒤집히는 듯하더니 쏟아진 묵청광이 작은 손의 형상으로 변화했다.

찰나지간에 이루어진 변화.

천강혈옥수였다.

코앞에서 그것을 본 천운기도, 그의 뒤에서 검엽의 손에 시선을 집중하고 있던 태장천도 천강혈옥수에서 느껴지는 무시무시한 기세에 전율했다.

그들이 본 적도 없고, 상상한 적도 없는 기세였기에.

천궁장과 천강혈옥수가 천운기의 다섯 자 앞 전면에서 충돌했다.

콰릉!

재차 들리는 벽력성.

"으아아아악!"

구천에 사무치는 듯한 처절한 비명이 사위를 떨어 울렸다. 천운기의 상체가 허공중에 모래성처럼 부서지며 무너져 내리고 있었다.

분수처럼 치솟은 핏물과 으스러진 육편이 폭포수처럼 아래로 떨어졌다.

혈옥수는 천운기의 상체를 으스러뜨리고도 위력을 잃지 않았다.

그것은 천운기의 시신에서 쏟아지는 핏물의 중앙을 뚫고 천궁장의 뒤를 잇던 태장천의 검세와 거세게 충돌했다.

콰우우우우—

검강과 수법이 충돌했는데 들리는 소리는 마치 태풍이 휘몰아치는 듯한 기음이었다.

두 사람의 공세가 충돌한 곳을 중심으로 무시무시한 돌풍이 형성되더니 동심원을 그리며 사방으로 퍼져 나갔다.

삼십여 장 이내는 해변의 모래사장처럼 변했다.

그 안에 존재하는 모든 것이 고운 가루로 부서져 나간 때문이었다.

태장천은 천운기가 느꼈던 기분을 한 치의 차이도 없이 그대로 느꼈다.

항거불능.

창천은하검세가 속절없이 무너지고 그의 손에 들린 연검, 창천곡의 절세신병 창천비연검이 마치 아이들이 가지고 노는 장난감처럼 검병(손잡이)만을 남기고 부서졌다.

태장천은 허공중에서 세 번 몸을 비틀어 충돌의 여파를 해소하며 전력을 실은 주먹을 전방으로 내질렀다. 천운기의 시신이 있던 자리를 통과한 검엽의 신형이 코앞까지 그를 따라붙어 있었다.

태장천의 주먹에서 형성된 백색의 권강이 화탄처럼 검엽을 향해 쇄도했다.

창천일선강이 담긴 창천복마신권이었다.

검엽의 입가에 강렬한 분노와 더불어 흐릿한 비웃음이 떠올랐다.

절대역천마혼을 아는 자가 그의 앞에서 권장을 사용하다니. 창룡신화종은 수와 권장, 그리고 사법에 있어 고금제일이라는 평을 듣던 무맥이다.

황망 중에 몸에 익은 무공을 펼친 것이라 해도 목을 늘인 채 죽여달라 애원하는 것과 다를 바 없는 짓이 아닌가.

경험이 풍부한 자라면 하지 않았을 실수였다. 그리고 무공은 강해도 실전 경험은 강호초출보다 나을 바 없는 자들에게 운려가 죽은 것이다.

빙천혈의가 핏빛으로 물들고 천마암혼의 검은 피풍이 미친 듯이 펄럭였다.

검엽의 활짝 펼쳐졌던 두 손이 움켜쥔 주먹의 형상으로 변한 것도 그때였다.

검푸른 묵청광에 휩싸인 그의 두 주먹과 창천복마신권이 허공의 한 지점에서 무지막지한 기세로 충돌했다.

콰앙—!

수만 근의 화탄이 폭발하는 듯한 충격파가 그 지점을 중심으로 사방을 뒤집었다.

공간이 일그러지는 듯했고, 수십 장 넓이의 지면이 움푹 파이며 흙먼지가 구름처럼 치솟아 하늘을 덮었다.

"컥컥!"

태장천은 밭은기침을 토해냈다.

핏물 속에 조각난 내장이 섞인 침이 그의 입술 양쪽에서 주르륵 흘렀다. 그는 쓰러지지도 못하고 축 늘어진 채 지면에서 한 자 정도 떠 있었다. 그의 목은 검엽이 들어 올린 오른손에 꽉 쥐여 있었다.

태장천이 안간힘을 쓰며 입을 열었다.

"고… 검엽… 이라고 했었지. 암흑마… 종의 후… 예인가?"

"사마결이 말해주지 않았나?"

"흐으, 흐으… 막내… 사제는… 네가… 전대 고인의… 무공을 익혀… 초강고수가… 되었다고만 했었… 다……."

검엽의 무표정하던 얼굴에 비웃음이 떠올랐다.

"속였군. 당대무림에 내가 창룡신화종의 종주임을 모르는 자는 없다. 사마결도 물론 알고 있을 것이다."

"…이곳까지… 오며… 수하들이… 철저하게… 우리의 귀를 막았다. 정성들인 시중이라 생각했지만… 지금 생각해 보니… 사제의 지시였던… 듯하다. 네가 암흑마종의… 후예란 걸 알았다면… 이렇게 무모한 방식으로 싸우지는… 않았을 텐데……."

 태장천의 눈빛이 약해져 갔다.

 그가 살아 있는 건 성취한 무공이 놀라운 수준이어서가 아니었다. 목을 움켜쥔 검엽의 손에서 흘러들어 가는 천강지기가 그의 숨을 연장시키고 있었다.

 태장천도 그것을 알고 있었다. 그가 말했다.

 "나를 죽여라. 나로부터 들을 수… 있는… 것은 아무것도… 없다."

 검엽은 피식 웃었다.

 "절대역천마혼을 한눈에 알아본 것은 조금 의외다만 네게 무언가를 듣기 위해 너를 살려둔 것이 아니다. 네가 죽기 전에 해주고 싶은 말이 있기에 살려두었을 뿐이다."

 태장천의 눈이 커졌다.

 "무엇… 을?"

 검엽이 한자 한자 뱉듯이 말했다.

 "너희 사형제가 속한 곳이 창천곡이라고 했던가? 창천곡은 내 손에 무너진다. 그곳의 물을 먹은 것이라면 풀 한 포기, 개 한 마리도 살아남지 못할 것이다. 네게 꼭 이 말을 들려주고 싶었다."

 태장천이 눈을 부릅떴다. 그는 무언가를 말하고 싶은 듯 입술을 딸싹였지만 말이 되어 그의 입술을 벗어난 것은 비명밖에 없었다.

 "흐윽!"

우두둑!

털썩!

목이 부러진 태장천의 시신이 지면에 아무렇게나 널브러졌다.

검엽은 무심한 눈으로 시신을 내려다보았다. 그는 더 이상 시신에 손을 대지 않았다.

'이자는 절대역천마혼을 알아보았다. 봉황천에 속한 사람이 아니라면 마혼을 그렇게 부르지 않는다. 창천곡이라……이들은 분명 중원인들이거늘 어떻게 마혼을 알아볼 수 있었던 것일까?'

검엽은 시신에서 눈을 뗐다.

태장천이 살아 있을 때 궁금증을 풀 수도 있었다. 강제적인 방법을 사용하면 그리 어렵지도 않은 일이었다. 정신을 제어하는 사법이야 그의 가문에는 넘칠 정도로 많았으니까.

그러나 그는 그렇게 하지 않았다. 궁금증을 풀 필요를 느끼지 못한 것이다.

그는 알고 있었다.

자신의 길을 가다 보면 지금까지 느꼈던 의문들이 모두 풀어질 것임을.

천하가 그를 중심으로 돌아가기 시작한 이상 그것은 필연이었다.

단지 시간이 필요할 뿐이었다.

'이들은 개개인이 단목천보다 더한 강자들이었다. 이들이

자신들의 무공을 대성했다면 족히 이십 초는 버텼을 것이다.'

검엽은 눈살을 찌푸렸다.

'그리고 이들의 무공에서 진완완이 익혔던 무공의 흔적이 느껴진다. 그녀는 고금팔대고수 중 일곱의 무공을 모은 자들이 있다고 했는데, 그들의 무공을 하나의 일관된 무공체계로 승화시킨 것일까? 그럴 수도 있지.'

신화마령과의 대면이 있었지만 그는 대암평의 기억을 되살리지 못했다. 부분적으로는 꿈처럼 떠오르는 장면들이 있기는 했다. 그러나 그것이 다였다. 구체적인 것은 떠오르지 않았다.

검엽은 잡념을 떨치고 잠시 눈을 감았다.

운려와 했던 마지막 날이 방금 전의 일처럼 선명하게 그의 마음속에 되살아났다.

그날 그 자리에 있었던 자들 중 둘이 죽었다.

검엽은 눈을 떴다.

'아직 셋이 남았다.'

그는 마음속으로 한 마리 새의 영상을 떠올렸다.

'귀조!'

그의 머리 위 상공이 일렁이는가 싶더니 그의 어깨 위에 손바닥만 한 작은 새가 내려앉았다.

그것은 사람들이 천마조라 부르는 그 새가 맞았다. 하지만 지금은 사람의 눈에 보이지도 않았고, 그 크기도 작았다.

천마조는 검엽의 마음과 절대역천마기에 속하는 귀기가 하나로 이어지며 만들어진 새였다. 그 형상과 능력을 결정하는 것도 검엽이었다.

'이 자리에 머물다가 시신을 거두는 자를 쫓아가라. 세상의 끝까지라도 가라.'

귀조가 고개를 끄덕이더니 검엽의 어깨에서 날아올랐다. 그리고 태장천의 시신 바로 위 허공에서 정지했다. 귀조가 공간의 틈새이로 스며들면 그것을 볼 수 있는 사람은 천하에 그밖에 없다.

검엽은 등을 돌렸다.

아무 말도 하지 않고 떠났으니 기다리는 여인들이 걱정할 터였다.

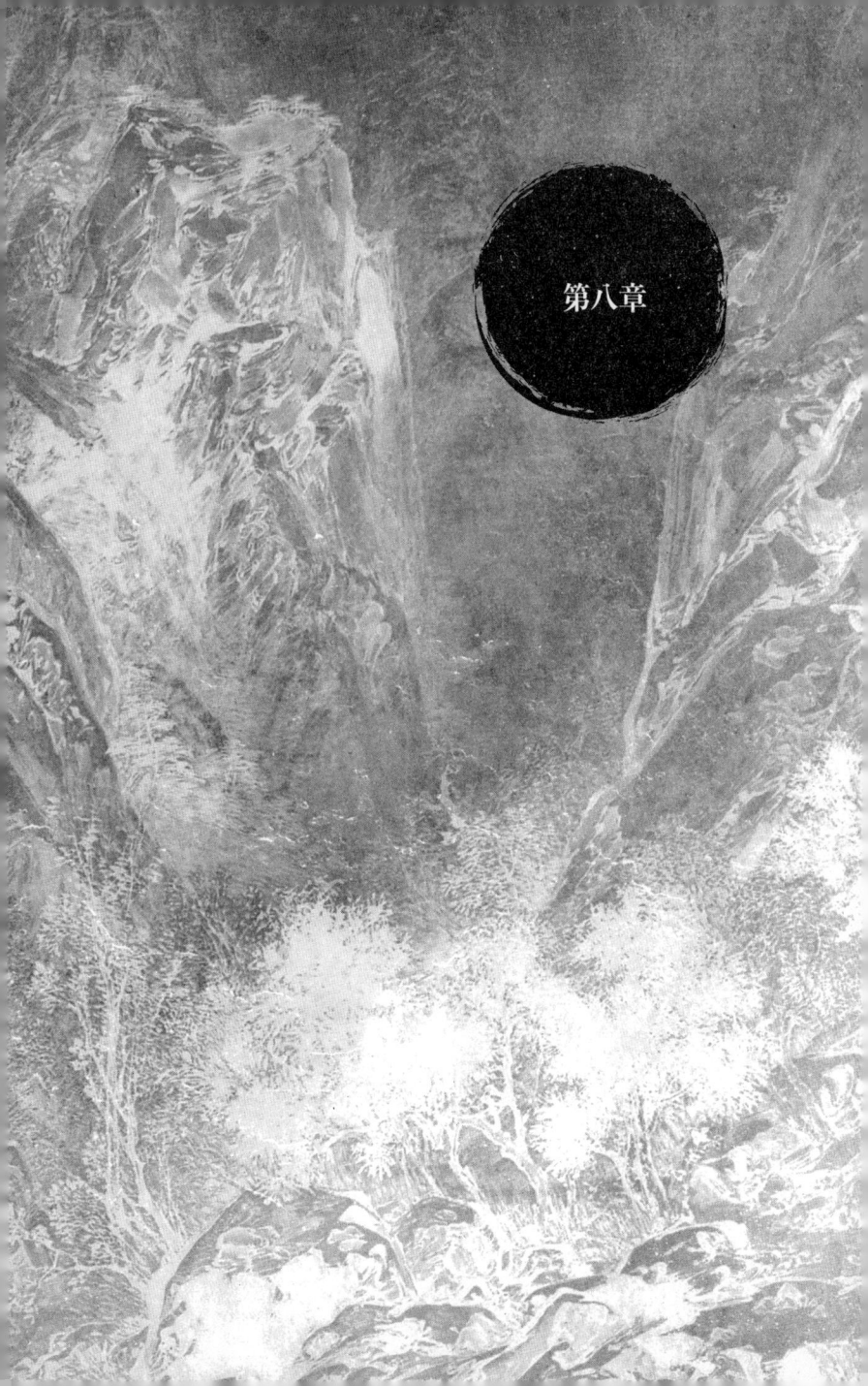
第八章

호북성 당양 외곽의 평원.
진영의 입구에 시립해 있던 삼만 칠천여 명의 무사가 일제히 허리를 굽히며 외쳤다.
"지존을 뵙습니다!"
수만 명이 일시에 합창하듯 외치는 소리에 평원이 지진이라도 난 것처럼 뒤흔들렸다.
무사들은 남녀노소가 뒤섞여 있었고, 기세도 각양각색이었다. 하지만 복장이 적색 무복으로 통일되어 있었고, 검엽을 보는 그들의 눈에는 한결같은 경외감이 어려 있었다.
맨 앞에서 허리를 굽히고 있는 곽호와 노군휘 등을 본 검엽의 얼굴빛이 부드러워졌다.

척천산장 와호당의 네 노인은 눈 아래를 복면으로 가리고 선두에서 약 삼 장가량 떨어진 뒤에 서 있었다. 정체를 드러내서는 안 되는 그들의 사정을 잘 아는 곽호에 의해 취해진 조치였다.

곽호 등의 바로 뒤에 서 있는 건 오치르와 남옥령을 비롯한 소년 소녀들, 그들을 본 사란의 얼굴에 반가운 기색이 떠올랐다. 하지만 분위기가 분위기인 터라 그녀는 반가움을 겉으로 드러내지 못했다.

남옥령의 품에 안겨 반쯤 졸고 있는 취령을 일별한 검엽이 말했다.

"검군, 그사이 내가 번거로운 것을 좋아하지 않는다는 걸 잊은 모양이로군."

내용은 질책에 가깝지만 음성에서는 온기가 느껴졌다.

허리를 편 곽호는 멋쩍은 미소를 지었다.

"노 단주의 제안이었습니다만 하좌도 마음에 들어 허락한 행사입니다."

검엽의 시선이 노군휘를 향했다.

"이번 한 번으로 족하다. 다음부터는 이런 식의 인사는 하지 마라."

곽호와 함께 허리를 폈던 노군휘의 허리가 다시 직각으로 꺾였다.

"존명."

곽호는 한 걸음 앞으로 나서서 검엽의 옆에 섰고, 노군휘가 길을 비키며 손을 전방으로 내려 뻗었다.
"안으로 드시지요."

중앙의 군막.
군막의 폭은 십여 장에 이르러 검엽 주변의 요인들이 모두 들어가고도 공간이 남았다.
군막의 상좌에 마련된 의자에 앉은 검엽은 정면에 시립한 곽호와 노군휘를 보고 있었다.
곽호가 검엽에게 정중한 어조로 물었다.
"보고를 드릴까요?"
"할 필요가 있나?"
관심이 없다는 게 여실히 드러나는 어조.
이 자리에 검엽의 성격을 모르는 사람은 이제 아무도 없다.
곽호는 뺨을 긁적이며 대답했다.
"그래도 적의 수가 칠만을 넘는데 알고 계셔야 하지 않겠습니까?"
검엽이 살짝 눈살을 찌푸렸다.
"칠만? 그것밖에 안 돼나?"
"조금 넘습니다."
"보고해 봐. 검군이 할 건가?"
"노 단주가 저보다 낫습니다. 그는 남천무적련 내에 많은 간세를 침투시켜 운용하고 있습니다."
검엽의 눈길이 노군휘에게 닿았다.

노군휘가 허리를 살짝 숙였다.

"적의 총인원은 대략 칠만 오천 정도로 추정됩니다. 군림성과 대륙무맹에서 각기 이만 정도가 출정했고, 해왕군도에서 이만, 만독강에서 일만 오천, 소뢰음사에서 일만의 마승이 합류했습니다."

"군림성과 무맹이 무리를 했군."

검엽의 중얼거림에 사람들은 고개를 끄덕였다.

군림성과 무맹 소속의 공식적인 무사 수는 일만이 채 되지 않는다.

이만이라면 그들의 영향력하에 있는 문파에서 가용 가능한 무사들을 모조리 차출했다고 보아야 했다.

노군휘가 싱긋 웃으며 말했다.

"무리한 것이 맞습니다. 하좌는 무맹과 군림성에서 각기 일만 정도가 올 것이라고 생각했는데 그 배나 되니까요. 하지만 그 덕분에 간세들을 많이 침투시킬 수 있었습니다. 그리고 그들이 진을 치고 있는 강서성을 제외한 다른 지역은 무사들이 빠져나가며 무주공산이나 다름없는 상황이 되었습니다. 간세들이 확인한 바에 의하면 군림성과 무맹의 총타에도 최소한의 인원만이 남아 있을 뿐이라고 합니다."

검엽은 흥미로워하는 기색으로 노군휘를 보았다.

사람들은 그가 노군휘의 보고에 흥미로워한다고 생각했다. 그러나 그것은 착각이었다.

검엽은 보고가 아니라 노군휘 자체에 흥미를 느끼고 있었다.

"한곳에 전력을 모으고자 하는 계책은 누가 냈다고 하던가?"

"무맹의 단목천이 강력하게 주장했다고 합니다."

"단목천이라……."

수긍하는 빛이 느껴지는 중얼거림.

단목천은 자신이 있었을 것이다. 검엽이 그를 찾아 직진할 것이라는 걸 확신하고 있을 테니까. 그리고 검엽은 그의 확신을 배신하고자 하는 뜻을 품고 있지 않았다.

검엽이 낮게 중얼거리는 말을 들으며 노군휘가 말했다.

"저들이 왜 저처럼 어리석은 짓을 하는지 하좌는 이해하기 어렵습니다."

"왜?"

"만약 지존께서 우회하여 저들의 총타를 친다면 연합은 쉽게 붕괴될 테니까요."

"노 단주는 빈집을 털고 싶은가?"

"솔직히 말씀드리자면 그렇습니다."

검엽은 풀썩 웃으며 말했다.

"자네는 적들보다도 나를 잘 모르는군."

"예?"

얼떨결에 반문한 노군휘의 얼굴에서 미소가 사라지며 딱딱하게 굳었다. 당황한 기색이 역력한 얼굴이었다.

"자네 생각은 됐고. 그들이 어디를 전장으로 삼고자 하는지 알아낸 것이 있나?"

노군휘는 고개를 숙였다.

"죄송합니다. 아직 그것까지 알아내지는 못했습니다."

"예상한다면?"

"해왕군도에서 가지고 온 전투함이 칠십여 척에 달합니다. 그 배들을 이용할 것이 자명한 이상 저들은 장강변에 진을 칠 것이라고 생각합니다. 그리고 장강변에 진을 친다면 저들이 전장으로 삼을 만한 곳은 홍호 근방입니다."

"왜 그렇게 예상하는가?"

"홍호의 근방을 지나는 장강은 폭이 넓고 수심이 깊어 전투함을 운용하기 수월하고, 물살이 빨라 도강하기는 어렵습니다. 그리고 강변에 너른 평지가 있어 대규모 인원을 동원한 병진을 펼치기 용이하기 때문입니다. 군림성의 요진당이나 무맹의 구양일기는 수십 년간 각 세력의 군사를 맡아온 인물들이라서 수만의 인원을 수족처럼 움직일 수 있는 역량을 갖추고 있습니다."

검엽의 입가에 희미한 미소가 떠올랐다.

그 미소의 의미를 이해할 수 없는 노군휘는 한 번 더 당황했다.

검엽이 말했다.

"그대는 적들이 해적들의 전투함으로 장강을 막고, 건너는 자들을 기다리다가 사냥할 것으로 예상하는가?"

"그렇습니다, 지존."

"그렇다면 그대는 저들의 전술에 어떤 식으로 대응할 것인가?"

노군휘는 심각한 얼굴이 되었다.

"해왕군도의 전투함들은 황조의 정규군조차 상대하기 버거워할 만큼 전투력이 뛰어납니다. 그런 전투함들이 버티고 있는 장강을 건너는 건 지존 휘하의 무사들이 아무리 뛰어난 역량을 갖고 있다 해도 어렵습니다. 성공할 수는 있겠지만 희생이 너무 크기에 하좌는 저들이 원하는 전장이 아니라 다른 곳을 통해 장강을 건널 것을 건의드리는 바입니다. 적이 유리한 곳을 굳이 우리의 전장으로 삼을 이유가 없으니까요."

노군휘를 바라보는 검엽의 눈매가 가늘어졌다.

상식에 입각한 전술적 건의였고, 남천무적련을 혼란에 빠뜨릴 수 있는 길이었다.

검엽이 상식이 통하는 사람이었다면 당연히 노군휘의 건의를 받아들였을 것이다.

가늘게 뜨였던 눈이 평소의 눈매로 돌아왔다.

검엽은 소리없이 웃었다.

"내가 다른 곳으로 가면 치명적인 패찰이 될 거라는 걸 단목천을 비롯한 적들의 수뇌부가 모를까?"

노군휘는 잠시 대답을 하지 못했다.

그는 뛰어난 모사였다. 그러나 당대의 천재들로 소문난 귀마성 요진당이나 천호 구양일기가 그보다 못할 리는 없었다.

"아마도… 알고 있을 것입니다."

"그런데도 단목천이 왜 무리를 한곳으로 모아 나와의 건곤일척을 준비한다고 생각하는가?"

노군휘는 입술을 깨물었다.

검엽의 질문은 남천무적련의 움직임이 파악된 이후 끊임없이 그를 고민하게 만들던 의문의 핵심을 지적하고 있었다.

그가 말했다.

"…지존께서 다른 길을 택하지 않고 반드시 자신들을 향해 올 것이라는 확신이 있기 때문이라고 생각합니다."

노군휘는 적들이 왜 그런 이치에 닿지 않는 확신을 하고 있는지를 알 수가 없었다. 그로 인한 그의 고민은 깊었다.

검엽은 무표정한 얼굴로 고개를 끄덕였다.

"그렇다. 나는 저들이 원하는 전장으로 간다."

노군휘는 입을 다물었다. 어이가 없었지만 검엽의 면전에서 감정을 드러낼 수는 없었다.

검엽의 어조는 단호했다.

곽호와 섭소홍, 진애명과 사란은 당연하다는 표정으로 검엽의 말을 받아들였다.

그들은 검엽이 적을 피해 우회한다는 건 상상조차 할 수 없는 사람들이었다.

검엽에게는 우회할 이유도 필요도 없었으니까.

그러나 노군휘와 낭후 등은 물론이고 이천릉을 비롯한 와호당의 네 노인은 우려를 금치 못했다.

병법의 정석과는 동떨어진 길을 택하는 검엽이 걱정될 수밖에 없었다.

그가 단신으로 정무총련을 무너뜨린 절대초강자라 할지라도 그들의 걱정은 가시지 않았다.

그것은 곽호 등과 노군휘 등이 검엽을 보는 시각이 크게 다르기 때문에 발생하는 견해 차였다.

곽호와 섭소홍 등은 검엽이 그를 따르는 근 사만에 이르는 수하들의 수장으로 보지 않았다. 그들은 검엽이 사람에 매이지 않는다는 것을 잘 아는 사람들이었다.

그와 달리 노군휘 등은 검엽을 삼만 칠천 명의 부하를 거느린 마도의 지배자로 보고 있었다.

비록 완전하게 체계를 갖춘 세력은 아니었지만 그들은 검엽의 부하였다. 당연히 검엽이 삼만 칠천의 부하와 함께 싸워 그들을 승리의 고지로 이끌어야 한다고 생각했다.

검엽은 앉은 채로 허리를 폈다.

"혁세기와 단목천은 홍호변을 염두에 두고 있더라도 내가 남하하는 방향을 예측하고 나서야 움직이려 할 것이다. 내가 그들을 찾아올 거라는 확신대로 움직이지 않고 다른 길을 택해 움직일 가능성도 완전히 배제하기는 어려울 테니까. 그런 의심을 없애주는 것이 그들을 돕는 일일 것이다. 내일, 홍호를 향해 출발한다. 노 단주는 개방과 하오문에 소식을 전하라. 저들의 간세들이 이곳에도 있겠지만 개방과 하오문을 통하는 것이 간세들보다 빠를 것이다."

병법에서 피하는 하책을 연거푸 쓰는 검엽은 당황스럽기 이를 데 없는 존재였다. 그러나 그는 강북의 지존이며, 무리의 지배자다.

명이 떨어진 이상 이행할 수밖에 없었다.

검엽의 정면에 있던 사람들이 일제히 검엽을 향해 허리를 숙였다.

"존명."

밤하늘엔 곧이라도 비를 퍼부을 것처럼 보이는 짙은 먹구름이 검은 융단처럼 깔려 있었다.

활짝 열린 문을 통해 군막 밖을 바라보던 검엽은 자신의 옆에 한 폭의 그림처럼 앉아 있는 사란에게 고개를 돌렸다. 그리고는 한숨과 함께 눈살을 찌푸렸다.

사란의 품 안에는 투명한 날개가 달린 아기 곰 형상의 기이한 동물이 안겨 있었다.

사란의 품속에 얼굴을 묻고 있다가 가끔 검엽을 돌아보며 혀를 날름 내밀고는 하는 모양새가 귀엽기 그지없는 동물, 술고래 영물 취령이다.

검엽의 시선이 닿은 것을 느낀 건지 취령은 나른한 표정으로 사란의 가슴골에 얼굴을 묻고는 발가락이 세 개뿐인 발을 사란의 가슴에 얹었다.

검엽의 눈에서 불똥이 튀었다.

"란아, 그놈 밖에 내다 버려라."

"사… 사숙… 왜요?"

취령의 머리를 쓰다듬던 사란은 놀란 토끼눈이 되어 검엽을 보았다.

검엽이 취령을 싫어하는 건 어제오늘 일이 아니었다. 하지만 내다 버리라고 한 적은 없었다.

그녀의 커다란 눈에 그렁그렁 눈물이 맺혔다. 검엽이 버리라고 하면 그녀는 버린다. 그것이 무엇이 되었든. 설령 취령이라도.

검엽은 내심 고개를 저었다. 사란의 표정을 보고도 취령을 버리라고 하기는 쉽지 않은 일이었다.

"그냥 한번 해본 말이다. 신경 쓰지 마라."

안도의 한숨을 내쉰 사란의 표정이 대번에 밝아졌다.

검엽이 불쑥 손을 내밀어 취령의 뒷덜미를 잡았다. 그는 취령을 들어 코앞에서 그 눈을 쳐다보며 말했다.

"사대겁혼이 가진 금수목화의 오행기와 너의 토기(土氣)가 연관되어 있다는 것을 안다. 신화마령, 겁혼과 함께 란아를 지켜라."

취령은 검엽의 말을 알아들은 것처럼 방긋 웃으며 고개를 빠르게 끄덕였다.

"그리고 이건 경고인데… 만약 사란의 품 안에서 방금 전과 같은 짓을 한다면……."

검엽의 다음 말은 전음으로 이어졌다.

[네놈 껍질을 벗겨 버리겠다.]

섬뜩한 협박.

그러나 취령의 입가에 맴도는 미소는 없어지지 않았다. 전혀 귀담아듣는 기색이 아니었다.

검엽은 속으로 이를 갈며 취령의 목덜미에서 손을 놓았다.

날개를 두어 번 휘저어 공간을 가로지른 취령은 다시 사란의 품 안에 안겼다. 집을 찾아간 고양이의 형상이다.

순양에서 취령을 다시 보았을 때 검엽은 예전과는 달리 많은 것을 볼 수 있었다.

취령의 비밀은 천지가 간직한 최고의 비밀 중 하나에 속했다. 그리고 그 비밀은 사대겁혼과도 연관이 있었으며, 심마지해와도 무관하지 않았다.

그렇지만 검엽은 취령에 대한 생각을 깊게 하지 않았다. 취령은 그와 같은 공간에 있어도 속한 세계가 다른 존재였기 때문이다.

취령이 그를 어찌할 수 없는 것처럼 그도 취령을 어찌할 수 없었다. 외형에 대한 영향력 행사는 가능해도 본질에 영향을 미치는 건 불가능했다.

검엽은 찻잔을 들어 천천히 한 모금을 마셨다.

사란은 잔이 빌 때마다 차호를 기울여 찻잔을 채웠다.

언제나처럼 두 사람은 별다른 대화를 하지 않았다.

진애명과 섭소홍이 늘 안타까워하는 그 모습이었다.

하지만 만약 대암평 이후 사란과 이어진 자신의 운명을 검엽이 인정하고 받아들였다는 걸 그들이 알았다면 안타까워하지 않았을 것이다.

사란도 여산을 떠나 남하하면서 본능적으로 검엽이 자신을 받아들였다는 걸 깨달았다.

말이 오간 적은 없었지만 그녀에게는 확인이 필요하지 않았다.

평범하지 못한 두 사람의 관계는 역시 평범한 행동으로 나타나지 않았다.

빈 찻잔을 내려놓은 검엽이 입을 열었다.

"장강에서의 싸움이 끝나면 할 일은 하나밖에 남지 않을 것이다. 그 일까지 마무리 지으면 세상에서 내가 할 일은 더 이상 없다. 그때가 되면 너를 치료할 수 있는 방법을 찾아보자."

"사숙의 마음이 가시는 대로 하세요. 저는 사숙이 무엇을 하든 상관없어요."

사란은 환하게 웃었다. 말은 그리했어도 검엽이 마음을 써주는 게 기쁘지 않을 리 없었다.

"그것이 내 마음이 하라고 하는 일이다."

"…예."

사란은 뺨을 살짝 붉히며 빈 찻잔에 차를 따랐다.

검엽은 말없이 잔을 잡았다.

후두두두둑!

무게를 이기지 못한 먹구름이 뿌리는 빗물이 군막의 지붕을 두드리는 소리가 들려왔다.

천하의 운명이 결정될 대전쟁을 앞둔 사람들이라고 믿어지지 않는 평화롭고 안온한 분위기가 두 사람 사이에 흐르고 있었다.
그렇게 그 밤이 지나갔다.

* * *

오월 하순.
호북성 남부 홍호변.
장강을 사이에 두고 십만에 육박하는 무인들이 모여들었다.
가히 무림에 몸담은 사람의 칠 할 이상이 한곳에 모였다고 할 수 있는 수였다.
무림사에 유래가 없는 대성회.
분위기 또한 무림사에 유래가 없을 만큼 삼엄했다.
상대를 멸하기 위해 모인 사람들이었으니 그럴 수밖에 없었다.
장강의 북부에는 천마 고검엽을 중심으로 한 삼만 칠천의 무사가, 장강의 남부에는 군림마제 혁세기와 대륙무제 단목천을 쌍두마차로 하는 남천무적련의 무사 칠만이 진영을 꾸렸다.
일촉즉발의 삼엄한 분위기는 폭발의 여력을 누적하며 여러 날 계속되었다.
그것은 장강에 떠 있는 칠십여 척의 거대한 전함으로 인한 대치였다. 전함들은 해왕군도의 무리들이 승선해 있는 해적선이었다.

남천무적련은 질적으로나 수적으로나 다양한 무사들이 모여 제대로 체계를 갖추지 못한 검엽의 진영보다 명백한 우세를 점하고 있었음에도 불구하고 먼저 공격하려 하지 않았다.

그것은 그들이 검엽이 가진 능력이나 잠재력을 확실하게 파악하지 못했기 때문이었다. 그들은 검엽에게 드러나지 않은 세력이 더 있을지 모른다는 세간의 소문을 의식하고 있었고, 실제로 의심을 버리지 못했다.

그들의 망설이는 배경과 검엽을 따르는 자들이 움직이지 않는 배경은 조금 달랐다.

검엽은 나서지 않았고, 노군휘가 지휘하는 지존단은 해왕군도의 전함들을 공략할 효과적인 방법을 찾지 못했던 것이다.

노군휘는 여산을 떠나 죽산으로 향할 때부터 손을 쓸 수 있는 수하들을 부려 크기의 대소는 상관없이 장강을 건널 수 있는 배를 구할 만큼 구했다.

그 수가 백여 척이나 되었다.

대략 사십여 회 정도의 왕복이면 삼만 칠천을 전부 강 건너편으로 보낼 수 있는 수였다. 그러나 지금 그 배들은 강변을 떠나지 못했다.

해왕군도에서 장강에 투입한 배들은 해상 전투에 특화된 것들이었다.

다양한 종류의 무기들이 실려 있었고, 운용 경험이 풍부한 해적들이 한 척당 일백수십여 명씩 타고 있었다.

칠십여 척의 전함은 삼십 장 간격을 두고 일렬로 강상에 늘어섰다. 그 길이는 십오 리에 달했다. 함선으로 이루어진 철벽의 일차 방어진이었다.

게다가 남척무적련이 펼친 장강의 일차 방어선은 함선만으로 이루어지지 않았다.

언제든지 물속에 잠수해서 강을 건너는 사람이나 배를 요격할 수 있는 자들이 강가에 대기 중이었다. 그들 또한 해왕군도 소속의 무인들이어서 물속의 운신이 뭍이나 다름없는 자들이었다.

해왕군도 소속 무인들의 총 인원은 이만이다.

그저 사람이나 실어 나르는 용도의 배들은 장강에 띄웠다가는 물고기 밥이 되기 딱 좋았다.

검엽은 섭소홍이 지존단이라 이름 붙인 무사들이 어떻게 하는지 지켜볼 뿐 개입하지 않았다. 무려 팔 일 동안이나.

그가 한 일이라고는 아침에 일어나 반 시진가량 사란과 함께 강변을 산책하고, 오후에 영호운의 수련을 지켜본 게 다였다.

팔 일 동안 날씨는 맑았고, 바람은 따스했다.

적을 마주 보면서 보낸 시간이 팔 일이다.

검엽을 마신이라 숭배하며 모여든 무사들의 사기도 은연중에 조금씩 떨어져 갔다.

검엽 혼자 장강의 수면을 밟고 건너편으로 가는 건 어려운 일이 아니었다.

일위도강이나 등평도수가 평생 한 번 보기도 어려운 절기지만 천마 고검엽이라면 장난처럼 펼칠 수 있을 터였다.

지존단 무사들도 그 정도는 알고 있었다.

그러나 그렇게 장강을 건너간 뒤가 문제였다. 건너편에는 칠만을 상회하는 적이 기다리고 있지 않은가.

검엽이 대암평에서 전멸시킨 정무총련 무사들의 다섯 배가 넘는 수였다.

검엽이 그들을 혼자서 상대하는 건 불가능했다. 그래서 홀로 장강을 넘지 않는 것이라고, 무사들은 그렇게 생각했다.

그들은 검엽이 직접 싸우는 걸 본 적이 없는 사람들이었다. 그래서 적의 세력을 보게 되자 마음이 불안해졌다. 도저히 상대할 수 없을 거라는 패배감을 느끼게 할 만큼 적의 세력은 강성했다.

가뜩이나 사기가 저하되어 가고 있던 지존단 무사들의 마음을 뒤흔드는 일이 일어났다.

팔 일이 경과되는 동안 지존단 무사들 사이에는 검엽이 남천무적련을 상대할 방법을 찾지 못하고 있다는 소문이 파다하게 퍼졌던 것이다.

소문의 출처가 어딘지는 알 수 없었다.

지존단에 파고든 적의 간세들에 의해 퍼진 것이라는 의심이 들었지만 간세를 잡아낼 수는 없었다.

지존단은 급조한 무리이고, 검엽이 직접 지휘하지 않기 때문에 그들의 체계는 제대로 세워지지 않았다.
 단주를 맡은 노군휘가 다른 생각을 품고 있지 않았다면 체계를 세울 수 있었을지도 몰랐지만.
 지존단의 사기는 떨어질 대로 떨어졌다.
 그렇게 유월이 되었다.

第九章

유월 초.
진시 말(오전 9시경).

금방이라도 비가 쏟아질 듯한 날씨였다.
해가 뜬 지 한 시진이 넘게 지났는데도 먹구름이 하늘을 덮고 있었고, 사방은 어둑어둑했다.
"그는 아직 나오지 않았습니다."
남천무적련의 중앙 군막에서 긴장과 곤혹스러움이 혼재된 음성이 흘러나왔다.
보고하는 사람은 구양일기였고, 그것을 받는 사람은 혁세기와 단목천이었다.

군막 안에는 그들 외에 혁련화와 요진당, 유마원주가 자리하고 있었다.

그들을 제외한 남천무적련의 요인이라 할 수 있는 사람들은 모두 강가에 나간 상태였다. 지난 팔 일 동안 주기적으로 반복된 검엽의 동정을 보기 위해서였다.

혁세기와 단목천의 미간에 깊은 골이 파였다.

오늘은 천마 고검엽이 수하들과 함께 장강 건너에 진영을 차린 지 구 일째 되는 날이었다.

혁세기가 단목천을 보며 말했다.

"맹주의 말씀대로 고검엽은 이곳으로 왔소. 하지만 그는 장강을 넘으려 하지 않는구려."

단목천은 혀를 찰 뿐 혁세기의 말을 받지 못했다. 검엽이 이곳으로 직진한 이유는 그와 구양일기만이 안다. 하지만 도착한 이후 보여준 검엽의 침묵에 담긴 의미까지 알 수는 없는 일이었다.

그때였다.

급한 옷자락 소리가 들리며 군막 안으로 오십대 중늙은이 하나가 뛰어들어 왔다.

눈매가 조금 매서울 뿐 흔하게 볼 수 있는 외모의 사내, 그러나 그의 신분은 낮지 않았다. 대륙무맹의 정보를 총괄하는 산운전의 전주 곽주명이 그였기 때문이다.

그는 단목천의 앞에 도착할 때까지 경공을 멈추지 않았다. 이는 명백한 비례(非禮)다.

단목천이 꾸짖는 듯한 눈길로 곽주명을 보며 물었다.

"곽 전주, 예를 갖추게. 이곳에는 마제도 계시지 않는가?"

곽주명은 혁세기에게 급하게 포권하며 말했다.

"죄송합니다, 성주님."

그 말뿐, 곽주명은 단목천을 향해 바쁘게 입을 열었다.

"고검엽이 강가에 나타났습니다."

단목천은 처음엔 어리둥절한 기색이었다. 하지만 곧 얼굴을 굳혔다.

검엽은 지난 팔 일 동안 매일 아침 강가를 산책했다. 오늘 강가에 모습을 드러냈다고 특별하게 여길 일이 아니었다. 그러나 검엽이 이전과 같은 행동을 취했다면 곽주명이 이렇게 급하게 보고하러 올 리 없었다.

단목천이 어리둥절해하다가 얼굴이 굳어진 것에는 그런 사정이 있었다.

그가 물었다.

"특별한 점이 있는가?"

"언제나 보이던 그자의 여인이 보이지 않습니다. 대신 그자의 좌우를 파산검군과 지옥혈후가 지키고 있습니다. 그리고 수만의 무사가 그들의 뒤에서 대열을 정비하고 있는 중입니다."

단목천과 혁세기의 눈이 부딪쳤다.

두 사람은 같은 생각을 하고 있다는 것을 깨달았다.

단목천이 혁세기에게 말했다.

"성주, 오늘은 낮이 상당히 길 듯합니다."
"동감이외다."
혁세기는 말을 받으며 자리에서 일어섰다.
단목천도 일어섰다.
구양일기와 요진당 등은 앞서 걸어나가는 두 사람의 뒤를 따랐다.
남천무적련의 진영 위로 하늘을 덮고 있는 먹구름만큼이나 짙은 살기와 전운이 드리워지기 시작했다.

*   *   *

섭소홍은 걱정스러운 듯이 슬쩍 뒤를 돌아보았다.
"지존, 선자 혼자서 아가씨와 작은 주인을 모실 수 있을까요?"
"아홉 아이가 란아를 시중들 것이다. 선자는 란아와 운아의 시중을 드는 사람이 아니야."
검엽의 대답은 아무 상관 없는 남 얘기를 하듯 무덤덤했다. 그것이 서운했던 걸까. 섭소홍은 들리지 않게 한숨을 내쉬었다.
검엽이 말했다.
"혈후, 한숨 쉬지 마라. 귀가 울린다."
"걱정이 돼서요."
"나 정도의 인물이 아니라면 그들의 머리카락 하나 건드리지 못한다. 걱정하지 마라."

검엽의 말을 받은 사람은 섭소홍이 아니라 곽호였다.

"그 기이한 존재들에게 아가씨의 호위를 맡긴 것입니까?"

쌍마존은 사대겁혼의 정확한 정체를 알지 못했다. 단지 검엽이 부리는 불가사의한 존재가 주변에 머물고 있다는 것만을 짐작하고 있을 뿐이었다.

검엽은 대답없이 고개를 끄덕였다.

새벽녘 그는 진애명에게 사란과 영호운, 그리고 오치르와 남옥령을 비롯한 아홉 시종을 맡겨 삼십 리 후방으로 보냈다. 그리고 사대겁혼에게 그들의 호위를 당부했다.

그가 한 조치는 그것이 다였다.

그러나 진애명과 사대겁혼의 호위를 뚫고 사란에게 도달할 만한 고수는 십방무맥의 종주들 중에도 있을까 말까 했다. 당연히 중원에서 그들을 위협할 고수는 존재하지 않았다.

검엽의 응답을 본 곽호와 섭소홍은 마음을 비웠다. 검엽이 걱정을 하는 기색이 없지 않은가. 그럼 사란은 안전한 것이다.

검엽은 고개를 들어 하늘을 보았다.

툭. 툭.

마침 떨어진 빗방울이 그의 희고 투명한 뺨을 적셨다.

"노군휘."

"예, 지존."

일 장 뒤에 떨어져 있던 노군휘가 앞으로 나섰다.

"등평도수나 일위도강이 가능한 고수 일백을 추려라. 얼마나 걸리는지 보겠다."

노군휘의 얼굴이 멍해졌다.

사전에 아무런 언질이 없었던 검엽이다. 갑작스런 명령에 그는 당황했지만 누구의 지시라고 꾸물거리겠는가. 노군휘의 움직임이 분주해졌다.

"낭후."

"예, 지존."

노군휘와 비슷한 당황스러움을 느끼고 있던 낭후가 황망하게 대답했다.

"보유한 배에 사람을 태워라. 가라앉지만 않으면 된다. 가능한 한 많이 태우도록."

"…예, 지존."

대답은 어정쩡했다.

이해할 수 없는 지시였기 때문이다.

검엽의 지시처럼 보유하고 있는 배에 사람을 가득 태우는 건 어려운 일이 아니다. 하지만 그런 식으로 사람을 태우면 싸울 수가 없다. 운신도 하기 어려울 텐데 어떻게 싸우겠는가. 적이 공격이라도 하면 꼼짝없이 죽음을 기다려야 한다.

검엽의 지시는 두 가지가 전부였다.

노군휘가 일백의 절정고수를 모으는 데는 이각 반이 걸렸다. 그리고 낭후가 일백 척의 배 앞에 무사들을 줄지어 세우는 데는 이각밖에 걸리지 않았다.

모인 자들 모두가 경공을 아는 무림인.

줄 서는 거야 시간 걸릴 일이 아닌 것이다.

준비가 끝났다는 노군휘와 낭후의 보고를 들은 검엽이 몸을 돌려 무사들을 보았다.

그의 무심한 시선이 삼만 칠천 무사를 천천히 훑었다. 그와 시선이 마주치고 그 눈을 계속해서 바라볼 수 있는 사람은 아무도 없었다.

흑백이 뚜렷한 그의 두 눈에 어린 기세는 가공스러웠다.

무사들의 고개가 바람처럼 아래로 떨어졌다.

검엽의 입술이 느릿하게 벌어졌다.

"그대들도 짐작하고 있으리라. 중원에서의 싸움은 이것으로 끝이 난다. 그리고 중원은 난세에 돌입하게 될 것이며, 오늘 이전과는 다른 세상이 펼쳐질 것이다. 그 세상에서 어떤 모습으로 살아갈지는 그대들의 선택에 달렸다. 나는 그대들의 앞에 힘과 권위가 존재하지 않는 세상을 열어주려 한다. 그 안에서 삼패세의 그것과 같은 힘과 권위를 손에 넣을 것인지, 아니면 새로운 힘과 권위와 싸우며 지금까지와는 전혀 다른 힘과 권위를 세울 것인지는 그대들이 선택해야 한다."

검엽의 말을 듣는 무사들의 얼굴에 혼란스러운 기색이 떠올랐다.

천하에 알려지기로 검엽은 무림을 일통하려 한다고 했고, 그들은 그것을 믿고 왔다. 그런데 검엽의 말은 그들이 알고 있는 것과는 달랐다. 그것도 아주 많이.

"혼란스러우리라. 그러나 한 가지는 분명하다. 오늘 이후 천하에 천추군림성과 대륙무맹, 그리고 변황오패천이라는 이름은 존재하지 않을 것이다. 승리를 믿고 그대들의 앞날을 상상하라. 난세의 혼돈 속에서 그대들의 앞에 놓일 삶의 기회는 오늘 이전과 달리 무한하다. 그것을 반드시 움켜쥐겠다는 각오를 버리지 마라. 그대들이 혼란스러울 정도로 자유로워질 무림에서 자신의 삶을 전진시키겠다는 투지를 잃지 않는다면 그것은 반드시 이루어진다. 내가 그것이 가능한 무림을 열어주겠다!"

검엽의 음성은 크지 않았고, 열기가 섞여 있지도 않았다. 어찌 들으면 무심하게까지 느껴지는 음성이었다.

그러나 그 작고 무심한 목소리를 듣지 못한 사람은 아무도 없었다. 심지어 강 건너에 있는 남천무적련의 무사들도 그의 음성을 들었다.

환호도 열광도 없었다.

삼만 칠천의 지존단 무사는 검엽의 말에 혼란과 더불어 가슴 저 밑바닥에서 치밀어 오르는 알 수 없는 열기를 느꼈다. 그러나 그것은 겉으로 표출되는 성질의 열기가 아니었다.

검엽은 무림 전역에 퍼진 소문 속에 항상 등장하는 군림, 지배, 영광이라는 말은 언급도 하지 않았고, 약속도 하지 않았다.

그는 단지 수십 년간 굳어진 기존의 무림 질서가 앞으로는 존재하지 않게 되리라 약속했을 뿐이었다.

그러니 사람들이 혼란을 느낀 건 당연했다. 그러나 혼란은 짧았다.

혼란이 지난 후 사람들은 서서히 느낄 수 있었다.

검엽이 말하는 것이 가능성이라는 걸.

무엇을 하든 치열하게 노력하고, 중도에 포기하지 않는다면 원하는 것을 얻을 수 있는 무림을 검엽은 무사들에게 약속하고 있었다.

삼패세 정립 후의 무림은 그렇지 않았다.

아무리 노력해도 삼패세와 연이 닿지 않은 무인들은 뜻을 펼 수 없었다.

더해서 삼패세의 권위적인 군림에 항거하던 무인들은 어느 날 갑자기 실종되거나 뒷골목에서 시신으로 발견되는 일이 다반사로 벌어지던 게 현실이었다.

능력있는 사람이라도 삼패세의 수뇌부와 연이 없거나 그들의 눈 밖에 나면 삼패세 변경 지역에서 쉬지 않고 벌어지던 크고 작은 전장에서 한 줌 재로 사라져 가지 않았던가.

그렇게 살아온 세월이 사십 년이 넘었다.

무사들 중의 절반은 사십 세도 되지 않았다. 삼패세가 없는 세상에서 살아본 적도 없는 사람들인 것이다.

그래서 그들은 검엽이 약속한 무림이 어떤 무림일지 일시지간 감이 잡히지 않았기에 환호도 열광도 하지 못한 것이다.

그러나 검엽이 약속한, 앞으로 그들의 앞에 열리게 될 무한한 가능성의 무림은 무사들에게 말로 표현하기 어려운 희망과 기대를 품게 했다.

삼 척 장검 한 자루에 목숨을 건 무사들에게 타인의 뜻에 좌우되는 삶이 아니라 자신의 의지와 노력에 따라 얼마든지 변할 수 있는 삶의 의미는 남달랐다.

그것은 지난 수십 년간 무림에서 종적을 찾을 수 없었던 것이었기에.

시간이 지나며 무사들의 눈에 뜨거운 열기와 무서운 투지가 이글거렸다.

강 건너 편에는 검엽이 약속한 무림이 형성되는 것을 막기 위한 무림 세력의 연합이 버티고 있었다.

검엽은 뒷짐을 졌다.

그는 오늘 자신이 입 밖으로 내뱉은 약속을 지킬 각오가 되어 있었다.

오늘 이후의 무림은 그가 아닌 다른 사람들의 몫이었다.

그는 떠날 사람이었으니까.

투둑, 투둑.

한 방울씩 떨어지던 빗방울이 조금씩 굵어지며 속도를 더해 가고 있었다.

검엽은 자신의 뒤에 바짝 붙어 있는 일백 명의 무인을 향해 말했다.

"그대들은 때가 되면 강을 건너 해왕군도의 배를 장악한다. 그리고 지존단의 무사들이 무사히 도강할 수 있도록 배를 파괴하라."

조금 전 무사들을 대상으로 검엽이 한 말의 충격에서 아직 깨어나지 못하고 있던 노군휘는 정신이 번쩍 들었다.

"지존, 때라 하심은?"

"기다리고 있으면 알게 된다. 일백이 해왕군도의 남은 배를 무력화시키는 것과 동시에 배를 출발시켜라."

검엽의 지시는 그야말로 거두절미(去頭截尾)였다.

이제는 어느 정도 익숙해졌다 생각하고 있던 노군휘였지만 그것은 자만이었다.

검엽은 등을 돌렸다.

쏴아아아아—!

이제는 폭포수처럼 쏟아지는 굵은 빗방울들이 그의 몸 다섯 치 떨어진 곳에 물 벽을 만들며 미끄러지고 있었다.

이곳에 있는 사람들 중 이십여 명은 호신강기를 운용할 수 있는 초절정의 고수들이어서 그들의 몸도 빗물이 침범하지 못했다.

검엽이 유일한 사람은 아닌 것이다. 그러나 빙천혈의를 입은 데다 백옥처럼 흰 피부의 그에게는 다른 사람이 도저히 흉내 낼 수 없는 독보적인 분위기가 있었다.

마치 이 세상 사람이 아닌 듯 신비롭고도 기이한 두려움을 느끼게 만드는 초월적인 분위기.

하늘이 오직 그 한 사람에게만 허락한 분위기였다.

*   *   *

남천무적련 진영의 움직임이 급박해졌다.

지금까지와 다른 검엽 진영의 움직임이 포착된 것이다.

남천무적련이 결성된 이후 장강에서 이루어질 대전투는 요진당과 구양일기 등의 군사들에 의해 수십 번 분석되었고, 시간이 날 때마다 모의 실전이 계속해서 수행되었으며, 수뇌부들은 뇌리에 각인될 만큼 내용을 숙지했다.

긴장된 분위기가 흐름과 동시에 강변을 뒤덮었던 군막은 순식간에 사라졌다.

기다리는 기간은 모두가 생각한 것보다 한참이나 길었지만 싸움은 짧을 거라는 걸 모르는 사람은 없었다. 검엽이 지금까지 보여왔던 행보가 그러했기에.

쏴아아아아아—!

건너편과 마찬가지로 남천무적련 진영도 폭우에 젖어 들어갔다.

싸움을 하기에는 좋지 않은 날씨였다. 그러나 남천무적련에는 이런 날씨를 좋아하는 세력도 있었다. 물에서 살다가 물에서 죽는다는 해왕군도가 그곳이었다.

해왕군도주 천해무왕 홍인명의 지휘하에 전함에 타고 있는 자들은 전투태세에 돌입했고, 강변에 대기하던 무사들은 아미자와 작살과 같은 수중에서 사용할 수 있는 무기를 움켜쥐고 물에 뛰어들었다.

해왕군도 무사 이만의 뒤를 이어 싸움을 준비한 자들은 파미륵 법왕이 이끄는 소뢰음사의 일만 마승이었다.

그들의 손에는 황금빛을 띤 사람의 해골과 갈비뼈인 듯한 인골이 들려 있었다.

검엽이 사술에 능하다는 건 공인된 사실.

천축에서 가장 뛰어난 사술을 사용하는 문파는 소뢰음사다.

남천무적련은 만약에 펼쳐질지 모르는 검엽의 사술을 소뢰음사 비전의 사술로 막을 생각인 것이다.

소뢰음사의 뒤는 독령존 나후천이 지휘하는 만독강에서 맡았다.

그들은 소뢰음사의 마승들을 반월형으로 감싸며 넓게 포진했는데, 녹색장갑을 손에 끼고 녹광이 번뜩이는 창과 비슷한 형태의 무기를 들고 있었다.

나후천은 내심 날씨를 원망했는데 그럴 만도 했다. 폭우 때문에 만독강이 자랑하는 독술의 구 할을 펼칠 수가 없게 되었던 것이다. 이런 날씨에 독을 잘못 하독하면 아군까지 치명적인 피해를 입을 수 있었다.

그래서 그들이 선택한 무기는 빗물에도 씻겨 나가지 않는 접착독이 발려져 있는 창이었다.

만독강이 독을 사용하는 문파라고 다른 무공이 약하다고 생각하면 오산이다. 그들의 무공 중 가장 뛰어난 것이 독공일 뿐 만독강은 다른 계열의 상승무공도 여럿 보유한 문파였다.

이들 새외오마세의 세 문파 뒤를 군림성과 대륙무맹이 받쳤다.

군림성과 무맹은 은형참마진이라는 병진을 구축했는데, 이는 삼패세가 쟁패하던 시절 다수가 소수를 상대할 때 비교할 진법이 드물다는 평가를 받았던 최상의 병진들 가운데 하나였다.

혁세기와 단목천이라는 당대의 거목이 포함된 칠만을 상회하는 무사들이 강 건너를 보며 숨을 가다듬었다.

후세의 사가들에 의해 장강혈사 혹은 장강대회전(長江大會戰)이라 명명된 싸움이 시작되려 하고 있었다.

*   *   *

검엽의 좌우 한 걸음 뒤에 서서 검엽의 등을 바라보는 쌍마존의 눈에는 우려의 빛이 감돌았다.

강폭은 삼백여 장.

일반인이라면 강 건너의 사물이 가물가물하게 보일 거리지만 쌍마존의 뛰어난 안력은 그 거리를 뛰어넘어 적의 움직임을 보는 데 아무런 걸림이 없었다.

그들은 전함에 타고 있는 자들이 활과 석궁 등을 비롯한 장거리 무기를 준비하는 것과 함께 수를 헤아리기 어려운 무사들이 물속으로 뛰어드는 것을 보았다.

십오 리에 걸쳐 늘어진 함대와 수중으로 잠수한 일만이 넘는 무사들.

객관적으로 볼 때 황조의 해군이라면 몰라도 개인이 어쩔 수 있으리라고는 생각도 할 수 없는 해상 전력이었다.

쌍마존은 검엽이 저들을 어떻게 상대할 것인지 예측할 수 없었다.
 검엽을 절대적으로 신뢰하는 그들조차 난감해할 정도였으니 다른 사람들의 생각은 들여다볼 필요도 없었다.
 그러나 검엽은 쌍마존이 아니었다.
 그는 쏟아지는 폭우를 맞으며 해왕군도 무사들의 움직임을 무심한 눈으로 지켜볼 뿐이었다. 그리고 건너편에서 더 이상 물속으로 뛰어드는 무사들이 보이지 않는 것을 확인한 순간 느릿하게 앞으로 걸어나갔다.
 저벅, 저벅.
 듣는 이의 가슴을 내려앉게 하는 육중한 발걸음 소리가 환상처럼 장강 일대를 휘감았다.
 피아를 막론한 무사들의 입술 사이에서 절로 한마디가 흘러나왔다.
 "천마… 군림보……."
 천마의 일보가 천지를 침묵시킨다는 소문은 실제보다 못했다.
 명불허전.
 그의 발걸음 소리는 적에게는 공포를, 아군에게는 믿을 수 없을 정도로 강렬한 투지를 불러일으켰다.
 일보에 천지를 침묵시킨다는 고금제일고수가 그들의 수장인 것이다.
 삼만 칠천 무사의 가슴속이 투지로 채워져 갈 때, 피아 십만의 무사는 헛소문이라 치부했던 것이 눈앞에서 실현되는 것을 보아야 했다.

 지면이 밀어 올린 듯 검엽의 신형이 허공 삼 장 위로 둥실 떠올랐다.

 그의 전신에서 지옥의 겁화와도 같은 검푸른 불길이 거대한 기둥을 이루며 폭발하듯 하늘로 치솟았다.

 동시에 그가 입고 있던 빙천혈의가 온통 시뻘건 핏빛으로 물들었고, 그의 등 뒤로 검은 피풍을 두른 흑암의 거인이 공간을 찢으며 거체를 일으켰다.

"으으으으……"

 그것은 형용할 수 없는 공포였다.

 강상의 전함 위에 있던 해왕군도의 무사들 입술 사이로 통제할 수 없는 신음이 흘러나왔다.

"악… 마……"

 그들과 검엽과의 거리는 이백오십여 장.

 공격이 가능한 거리였다.

 그들은 꿈에서라도 상상해 본 적이 없는 두려움이 엄습하는 것을 느끼며 그저 검엽을 쳐다보는 것 외에는 아무것도 할 수 없었다.

 마공과 사술이라면 천하에 적을 인정치 않는다는 소뢰음사의 파미륵 법왕과 수라십팔혈승들의 안색조차 납빛으로 변해 있었다.

 사술의 힘으로 세월을 건너뛰어 이십대 초반으로 보이는 파미륵 법왕은 넋을 잃은 얼굴로 중얼거렸다.

"절대역천마혼……. 전설과 신화 속의 암흑마종… 이 봉황천의 창룡신화종이었단… 말인가!"

천하에 전해지는 봉황천 십방무맥의 전설은 온전한 것이 없었다. 그들이 강호상에 등장하지 않은 채 흐른 세월이 너무 길었기 때문이다.

그가 소리쳤다.

"저자는 사법의 조종이라 전해지는 암흑마종의 후인이다. 소뢰음사의 제자들이여, 적을 경시하지 마라!"

일만 마승의 얼굴에 결연한 기색이 떠올랐다.

검엽의 입가에 비웃음이 떠올랐다.

그는 파미륵 법왕이 소리치는 소리를 들었다.

그러나 그는 사법을 펼칠 생각을 갖고 있지 않았다.

그는 이 순간을 팔 일이나 기다렸다.

비가 오는 순간을.

그가 지존신마기의 공능을 극대화시키기 위하여 발전시킨 가문의 지존천강력에는 이런 날씨에 파멸적인 위력을 발휘할 수 있는 수법이 포함되어 있었다.

그가 발전시킨 지존천강력을 비롯한 창안절기 대다수는 심마지해의 마물들을 대량학살하기 위해 기본적으로 광역화된 수법이 특화되었다.

남천무적련 무사들은 자신들이 가진 수와 질적 우위를 확신했지만 실상 이러한 대전장은 그를 위한 자리라 할 수 있었다. 그래서 그가 의도적으로 만든 자리이기도 했고.

 검엽의 신형은 지면에서 십여 장 떨어진 곳까지 수직으로 치솟았다.

 그를 중심으로 아래위로 뻗어나간 검푸른 기둥이 하늘과 땅을 하나로 이었다.

 그 순간 검엽이 두 팔을 좌우로 뻗었다. 장심은 하늘을 향한 채로였다.

 절대역천마혼도 검엽의 움직임을 따라 팔을 좌우로 뻗었다.
"허억!"
"어, 어… 어……!"
 검엽을 따라 움직이던 사람들의 입술이 절로 벌어지며 공포와 경악이 뒤섞인 기괴하기 이를 데 없는 탄성이 장강변을 뒤덮었다.

 검엽과 마혼이 팔을 뻗어 서서히 위로 들어 올림과 함께 동이로 퍼붓 듯하던 폭우의 방향이 바뀌었던 것이다.

 폭우가 지상이 아닌 하늘을 향해 거꾸로 분수처럼 솟아오르고 있었다.

 쏟아지는 폭우와 거슬러 올라가는 폭우가 뒤섞인 공간 속에 검엽과 마혼은 오연하게 서 있었다.

 거슬러 올라간 폭우와 먹구름이 만난 자리에 수십 개의 거대한 소용돌이가 생겨났다.

 그리고 사람들은 볼 수 있었다.

쏟아지는 폭우를 밀어 올리며 상승한 거대한 소용돌이가 닿은 하늘이 변하고 있었다.

먹구름들이 수백 마리의 흑룡처럼 꿈틀거리며 전신을 뒤틀었다.

기괴무쌍한 광경.

뒤틀린 구름들은 거대한 조각으로 나뉘어졌고, 무서운 기세로 다른 구름조각들을 향해 부딪쳐 갔다.

지켜보는 사람들은 피아를 막론하고 넋을 잃었다.

사람의 힘으로 할 수 있는 일이 아니었기에 막을 수 있는 방법이 있을 리도 없었다.

사람들이 먹구름이라 생각한 것은 실상 먹구름이 아니었다.

그 빛은 단순히 검기만 하지 않았다. 은은한 푸른빛이 섞여 있었던 것이다.

지존천강력은 칠류경까지는 내부의 절대역천마가를 연쇄적으로 폭발시키며 힘을 얻는다. 하지만 팔류경이 넘어서면 지존신마기에 유인되는 역천마기를 외부에서 응축 폭발시켜 얻을 수 있었다.

검엽이 지금 펼친 것처럼.

지존신마기를 구성하는 신기와 마기는 혼돈에서 일어난 기운들이고, 근본적으로 신기는 양기의 성향을 띠고 있고, 마기는 음기의 성향을 띠고 있었다.

음양이 충돌하면 무서운 파괴력이 생성된다는 건 무공의 상식이다. 하지만 몸 안에서 그런 짓을 했다가는 즉사다. 몸이 견딜 리가 없는 것이다.

검엽도 신기와 마기를 몸 안에서 충돌시키지는 못한다. 지존천강력이 구류경에 도달하면 가능할지도 모르지만 그것도 미지수일 정도로 위험한 일이었다. 하지만 음기와 양기를 몸 밖에서 충돌시킬 수 있다면 상황은 달라진다.

그러나 음양의 이종 공력을 한 몸에 지니는 것도 어려운 일이라 그것을 몸 밖에서 충돌시킬 정도의 성취를 이루는 건 상상에 불과했다.

기존의 무림 상식으로는 상상에 불과한 일이 검엽에게는 가능했다.

그는 지존신마기를 혼 속에 타고 태어난 사람이고, 신마기는 양기와 음기를 포괄하는 기운들이었으니까.

활짝 펼쳐졌던 검엽의 두 손이 장심을 안으로 향한 모습으로 가슴 앞에 천천히 모였다.

구름의 충돌이 소름 끼칠 정도로 빨라졌다.

넋을 잃은 채 그것을 지켜보던 사람들의 안색이 백지장처럼 창백해졌다.

구름 사이로 무언가가 나타나고 있었다.

검은 하늘을 갈기갈기 찢으며 미친 듯이 내달리는 빛줄기들.

검엽의 머리 위에 나타난 시퍼런 빛의 가닥들은 단숨에 영역을 확장하며 장강의 상공 십여 리를 가득 채웠다.

시퍼런 뇌전을 배경으로 하늘에 떠 있는 붉은 그림자.

"번… 개……!"

남천무적련의 인물 중에서 하늘의 움직임이 무엇을 의미하는지 가장 먼저 깨달은 사람들은 요진당과 구양일기였다.

그들은 사색이 되어 앞으로 뛰쳐나가며 혼신의 공력을 다해 소리쳤다.

"물에서 나와!"

"배에서 뛰어내려!"

그들의 고함 소리는 비명처럼 들릴 정도로 처절했다. 그러나 그들의 고함보다 검엽의 두 손이 가슴 앞에서 부딪치는 속도가 더 빨랐다.

쩡!

손바닥이 부딪쳤는데 쇠와 쇠가 부딪치는 듯한 굉음이 났다.

그리고,

하늘을 치달리던 빛줄기들이 구름 속에서 충돌하며 거대한 창처럼 변해 장강을 향해 쏟아져 내렸다.

꽈르르르릉—!

뇌성벽력성과 함께 시작된 벼락의 강하.

은하수가 거꾸로 쏟아지는 듯한 대장관.

검엽이 창안했으나 지존천강력의 미약한(?) 성취 때문에 심마지해에서는 펼쳐 보지 못한 천강뇌정만균(天罡雷霆萬鈞)의 초현이었다.

초현된 천강뇌정만균의 위력은 검엽의 예상을 뛰어넘었다.

실상 팔성의 천강력이 담긴 천강뇌정만균은 지금 펼쳐진 것과 같은 위력이 없었다. 정상적인 상황이라면 검엽이 최선을 다해도 범위가 이백 장을 넘기 어려웠다.
 그것을 검엽도 알고 있었기에 날씨의 변화를 기다렸던 것이다.
 뇌성벽력이 치는 날씨는 천강뇌정만균이 지닌 본래의 위력을 몇 배로 증폭시켰다.
 장강에 거대한 침묵이 흘렀다.
 사람들은 적아를 불문하고 말을 잃었다.
 그저 침이 흐르도록 입을 쩌억 벌린 채 자신들의 눈앞에서 펼쳐진 경이로운 광경을 지켜보는 것 외에 그들이 할 수 있는 일은 아무것도 없었다.
 천 년을 버틴 아름드리 고목처럼 두텁고 굵어 푸른 대리석 기둥을 연상시키는 뇌정의 강하(降下)는 드넓은 장강의 강상을 포괄하며 십여 리에 걸쳐 이루어졌다.
 콰쾅! 콰쾅! 콰쾅!
 "으아아악!"
 "살려줘!"
 폭음이 어지럽게 들릴 때마다 뇌정에 직격당한 함선들의 돛이 수수깡처럼 부러지고, 갑판이 산산조각으로 터져 나갔다. 중간 부분이 무너지며 둘로 쪼개져 물속으로 가라앉는 함선들도 부지기수였다.
 비명도 지르지 못한 채 숯덩이로 변한 시신들이 갑판 위에 널브러졌고, 벼락의 기운에 충격을 받은 무사들의 처참한 비명 소리가 구천에 사무쳤다.

그래도 배 위에 있던 무사들은 상황이 나은 편이라 할 수 있었다.

비명이라도 지를 수 있었으니까.

물속에 잠수해 있던 무사들은 비명조차 지르지 못하고 죽어갔다.

강하한 뇌정의 칠 할 이상은 배가 아니라 강물 위에 떨어졌던 것이다.

지금 장강을 두드리는 뇌정은 자연적인 것이 아니다. 그 속에는 검엽이 불어넣은 파멸천강의 힘이 깃들어 있었다.

수면을 직격한 벼락은 물을 뚫고 바닥까지 닿았다, 그 사이에 존재하는 모든 것을 파괴하면서.

쫘르르르릉! 쫘릉!

귀가 터져 나갈 듯 굉량한 뇌성벽력은 반 각 동안이나 계속되었다.

그리고,

그 반 각의 시간이 지났을 때 뇌성벽력과 뇌정은 언제 그랬냐는 듯 씻은 듯이 사라지고, 흑룡처럼 꿈틀거리며 뇌정을 토해내던 검푸른 구름들은 비를 쏟아내는 평범한 먹구름으로 돌아갔다.

반 각, 단 반 각이었다.

새외오마세의 하나로 불리며 일백여 년간 동남해를 지배해

온 해왕군도는 궤멸되었다.

칠십여 척의 함선 중 어느 정도나마 형상을 유지하고 있는 것은 육칠 척에 불과했고, 생존자는 도주 천해무왕 홍인명과 해왕칠검을 비롯한 수백여 명에 불과했다.

붉은 물감을 뿌려놓은 듯 시뻘겋게 변한 장강의 수면은 신체 내부의 오장육부가 붕괴되어 개구리처럼 상체가 부풀어 오른 시신들이 무더기로 둥둥 떠다니는 공동묘지가 되었다.

불과 반 각밖에 되지 않는 시간이 흘렀을 뿐인데 근 이만에 이르는 무사들이 죽어간 것이다.

무림사에 드문 대학살이었다.

남천무적련 무사들의 시선은 한곳에 고정되었다.

손을 뻗으면 닿을 듯 낮아진 어두운 하늘과 하염없이 쏟아지는 굵은 빗줄기를 배경으로 그나마 온전한 함선의 돛 꼭대기에 뒷짐을 진 채 무표정한 얼굴로 서 있는 절세의 혈의미장부.

암천신마행의 신법으로 장강을 가로지른 검엽이었다.

한때 신화마령이 천마암혼이라 이름 붙였던 절대역천마혼이 그의 등 뒤에 팔짱을 끼고 서 있는 모습도 그들의 눈에는 선명하게 들어왔다.

남천무적련의 무사들은 검엽을 보며 현실 감각이 흐려지는 것을 느꼈다.

그들이 보았고, 또 보고 있는 광경은 도저히 인세에서 벌어질 수 있는 일이 아니었기 때문이다.

그런 느낌은 강북의 지존단도 마찬가지였다.

노군휘와 낭후는 검엽을 보며 전율하고 있었고, 와호당의 네 노인은 넋을 잃었으며, 삼만칠천여 무사 중 반 이상이 무릎을 꿇고 검엽을 향해 절을 했다.

"천마시여!"

절을 하는 무사들은 공포와 경외가 어린 눈으로 검엽을 바라보며 경전을 읊듯이 천마를 읊어댔다.

그들 중 먼저 정신을 차린 건 역시 검엽과 가장 오랜 시간을 같이했고, 이와 비슷한 경험을 한 적이 있는 곽호와 섭소홍이었다.

"노군휘, 지존단을 배에 태워라. 그리고 일백 무인은 나를 따르라!"

사방을 뒤흔드는 일갈과 함께 곽호와 섭소홍의 신형이 바람처럼 장강의 수면 위를 질주했다.

그 뒤를 아직도 충격이 가시지 않아 낯빛이 창백한 일백 무인이 정신없이 따라 달렸다.

검엽이 발을 딛고 있는 배와 소뢰음사의 마승들이 진을 치고 있는 강가와의 거리는 오십여 장가량 되었다.

검엽은 살아남은 천해무왕과 해왕칠검, 그리고 소뢰음사의 마승들 선두에서 자신을 올려다보는 수려한 외모의 미승과 눈이 마주쳤다.

얼굴과는 달리 사기가 가득 찬 눈을 가진 마승.

소뢰음사의 당대 주지 파미륵 법왕이었다.
　그와 눈이 마주친 파미륵 법왕의 상체가 거센 바람을 맞은 갈대처럼 앞뒤로 흔들렸다.
　두 사람과 같은 절대고수들에게 오십 장의 거리는 다섯 자나 다름없다.
　검엽은 이를 드러내며 소리없이 웃었다.
　그가 말했다.
　"아마도 그대가 소뢰음사의 주지라는 법왕 파미륵이겠지?"
　"그렇… 습… 니다."
　얼굴만큼이나 맑은 미성.
　파미륵은 자신이 검엽에게 존대를 했다는 걸 깨닫고 전율하며 이를 악물었다.
　"옆의 그대는 천해무왕일 테고?"
　천해무왕 홍인명은 육십을 넘어 보이는 거구의 노인이었는데, 검엽의 질문에 대답하지 않았을 뿐만 아니라 고개도 들지 않았다.
　파미륵이 이상하게 생각할 정도의 태도였다.
　천해무왕을 돌아본 파미륵은 천해무왕이 두려움에 질린 낯빛으로 땅을 보고 있는 것을 발견할 수 있었다.
　그의 가슴이 싸늘하게 식었다.
　그때 검엽이 있는 배의 갑판 위로 곽호와 섭소홍이 날아내렸다.
　"아아아악—!"

멀리서 처절한 비명이 연쇄적으로 터져 나오기 시작한 시점도 그때였다.

 쌍마존과 함께 장강을 등평도수로 건넌 일백 무인이 해왕군도의 살아남은 자들을 공격하고 있었다.

 쌍마존은 검엽과 파미륵의 대화에 끼어들지 않았다. 대신 검엽의 지시가 있으면 언제라도 출수할 수 있는 준비를 하고 파미륵과 그 옆의 천해무왕을 주시했다.

 검엽의 얼굴에서 미소가 사라졌다.

 "파미륵, 너와 수라십팔혈승이 자결한다면 다른 자들은 살려주겠다. 하지만 저항한다면 소뢰음사는 오늘 이 자리에서 멸망할 것이다."

 검엽은 천해무왕과 해왕칠검은 언급조차 하지 않았다. 이미 멸망에 가까운 타격을 입은 그들이었기 때문이다.

 파미륵과 그를 호위하듯 서 있던 열여덟 마승의 눈에 공포가 짙게 드리워졌다.

 방금 전 보았던 참혹한 광경의 영향 탓이었을까.

 그들은 검엽의 모습을 보고 말을 듣는 것만으로도 견디기 힘든 두려움을 느끼고 있었다.

 그들이 어떻게 알 수 있겠는가.

 마공과 사공을 익힌 자들에게는 재앙과 같은 지존신마기의 절대적인 힘을.

 파미륵의 얼굴에 갈등의 빛이 뚜렷하게 떠올랐다.

 검엽의 말대로 자결해야 한다는 생각이 강하게 그의 마음을 파고들고 있었다.

 아마도 독령존 나후천이 나서지 않았다면 파미륵과 수라십팔혈승은 자결했을지도 몰랐다. 그랬다면 전황은 조금 달라졌을 수도 있었다.

 "법왕, 정신차리시오! 저자는 사술을 쓰고 있는 것이오!"

 격한 일갈과 함께 파미륵의 옆에 나타난 자는 나후천이었다.

 삼백여 장 뒤편에서 소뢰음사의 후미를 받치고 있던 그는 검엽의 말을 들었고, 상황이 이상하게 돌아간다는 느낌을 받자 전력을 다해 강가로 달려온 것이다.

 거리가 멀었던 덕분에 나후천은 지존신마기의 영향을 덜 받을 수 있었다. 그렇지 않았다면 이렇게 달려올 생각도 하지 못했을 것이다.

 검엽의 무색투명한 눈동자가 나후천을 향했다.

 나후천은 사십대 중반으로 보이는 비쩍 마른 팔 척 장신이었는데, 흑색의 장포를 입고 있은 데다 피부색까지 검어서 한 덩이의 먹물처럼 보이는 사내였다.

 검엽의 입매가 비틀렸다.

 그가 파미륵에게 자결을 말한 것은 살육을 피하고 싶어서가 아니었다. 단지 좀 더 빨리 군림성과 무맹을 상대하고 싶기 때문이었다.

 공력이 가득 실린 나후천의 일갈을 들은 파미륵은 지존신마기의 영향에서 어느 정도 벗어날 수 있었다.

그는 두려움이 가득한 눈으로 검엽을 올려다보며 지체없이 소리쳤다.

"제자들은 저자를 죽여라!"

그는 소뢰음사의 사술로 검엽을 상대할 생각을 버렸다. 전설 속의 암흑마종의 후인에게 사술을 펼친다는 건 계란으로 바위를 치는 격이라는 걸 모르지 않았던 것이다.

적색 승포를 입은 일만의 마승이 붉은 기러기 떼처럼 날아올랐고, 삼백여 장 뒤에 있던 만독강의 무사들도 바람처럼 뛰어왔다.

검엽과 파미륵 사이에 인의 장벽이 만들어졌다.

그 순간 나후천은 천해무왕과 파미륵, 그리고 수라십팔혈승, 해왕칠검과 함께 뒤쪽으로 전력을 다해 신형을 날렸다.

도주였다.

단 일인이 두려워 중원의 동서남을 지배해 온 초거대 세력, 새외오마세의 지존 세 명이 등을 보이며 사색이 되어 도망친 것이다.

직접 보지 않은 자라면 누구도 믿지 못할 현실이었다.

나후천 등은 해왕군도의 이만 무사가 전멸당하는 것을 보며 전의를 잃었다. 자신들의 힘만으로 검엽을 상대할 수 있다는 생각이 들지 않을 정도로.

요진당과 구양일기는 장강의 싸움을 상상하며 최악의 경우를 상정한 계획도 마련했다.

그것은 검엽이 연합의 오대세력 중 하나의 힘으로는 어찌할 수 없는, 소문처럼 그가 마신과 같은 능력을 가졌을 경우를 대비한 계획이었다.

그 계획을 성공적으로 실행하기 위해서는 남천무적련의 수뇌부는 모두 살아 있어야 했다, 설사 수하들 전부가 죽는다 하더라도.

검엽은 나후천 등이 도주하는 것을 막지 않았다. 어차피 막지 않아도 곧 다시 보게 될 자들이었기 때문이다.

돛대 위에 서 있던 그의 신형이 일직선의 사선을 그리며 지면으로 내리꽂혔다. 갑판에 있던 곽호와 섭소홍이 그의 뒤를 따랐다.

검엽의 움직임은 그리 빠르지 않았다.

하지만 그를 보는 마승들의 얼굴에는 뭐라 표현할 수 없는 공포가 짙게 드리워졌다.

그는 한 명에 불과했음에도 허공에 떠 있는 그를 선제공격하는 사람은 존재하지 않았다. 그들의 눈에 곽호와 섭소홍은 보이지도 않았다.

검엽의 존재감은 상상할 수 없을 정도로 컸다.

소뢰음사와 만독강의 무사들의 뇌리에 검엽은 이미 인간이라고 말할 수 없는 능력의 소유자로 각인되었다.

숫자는 그들이 수만 배가 많았지만 반 각 만에 궤멸당한 해왕군도의 예에서 볼 수 있듯이 검엽에게 머릿수는 아무런 의미도 없었다

그럼에도 그들은 혹시나 하는 희망을 가졌다.

만독강과 소뢰음사에 속한 무사들의 수는 도합 이만 오천에 육박했으니까.

검엽의 얼굴에서 표정이라고 할 만한 것을 찾는 건 불가능했다.

지면에 발을 디딘 그는 무심한 얼굴로 자신의 앞에 두터운 인의 장벽을 이룬 적을 향해 걸음을 떼었다.

저벅.

한 걸음에 하늘이 내려앉았다.

저벅.

또 한 걸음에 대지가 뒤틀렸다.

저벅.

세 번째 걸음에 이만 오천 무사의 어깨와 심장이 터질 듯 고동쳤다.

소뢰음사와 만독강의 무사들이 이룩한 대형이 사정없이 흐트러졌다.

그리고 그 틈을 검푸른 겁화를 피워 올리는 검엽의 두 손이 가공할 힘을 담고 파고들었다.

우르르르-!

해왕군도의 무사들이 겪었던 것과는 달리 수평으로 허공을 가로지르는 검푸른 번개의 해일이 선두를 이루고 있던 소뢰음사의 마승들을 덮쳤다.

해일의 수는 아홉.

천강구겁수였다.

마숭들은 사력을 다해 소뢰음사의 비전절기를 펼쳐 천강구겁수에 대항하고자 했다. 그러나 그들의 대항은 당랑거철(螳螂拒轍)만큼이나 부질없는 짓이었다.

지존천강력이 육륜경이었을 때 단신으로 빙궁과 청랑파를 무너뜨렸던 검엽이다.

천강력이 팔륜경에 이른 지금의 그를 소뢰음사와 만독강 정도가 막는 것은 가능하지 않았다.

단 일 수에 검푸른 겁화의 해일에 직격당한 전방 이십여 장이 초토화되며 혈해로 변했다.

듣는 것만으로도 모골이 송연해지는 처참한 비명이 쉴 새 없이 강변을 뒤흔들었고, 폭죽처럼 치솟는 피 보라와 육편들로 인해 지면은 제 색을 잃어갔다.

검엽은 직진하고, 쌍마존이 그의 좌우를 받쳤다.

소뢰음사의 마숭들과 만독강의 무사들은 피 모래로 으스러지는 동료들의 죽음과 그들이 흘린 피에 취했다.

검엽의 잔혹한 손속과 그의 전신에서 흘러나오는 지존신마기로 촉발된 공포는 마숭과 무사들의 정신을 무너뜨렸다.

살육의 광기가 강변을 장악했다.

마숭들은 자신의 동료와 만독강의 무사들을 한 치의 주저없이 죽였다.

만독강의 무사들도 다르지 않았다.

그리고 살아남은 자들은 검엽의 지존천강수 아래 피 모래로 으스러졌다.

지옥이 따로 있을까.

이곳이 인세의 지옥이었다.

쏟아지는 폭우는 대학살을 애처로워하는 하늘의 눈물인 듯했고, 먹구름으로 뒤덮인 어두운 하늘은 지상의 참경을 더 이상 볼 수 없어 눈을 가린 것만 같았다.

해왕군도의 잔존 세력을 제거하고 강변에 발을 디딘 일백무인과 노군휘와 낭후, 그리고 이천릉 등을 선두로 속속 강을 건넌 수천의 무사는 폭우에도 사라지지 않는, 전장의 짙은 혈무를 보며 전율했다.

비와 핏물이 섞인 피의 강이 시신으로 이루어진 산들 사이를 흘러 장강으로 흘러들어 가고 있었다.

죽은 자의 수가 몇인지 셀 수도 없었고, 죽은 자들 중 온전하게 시신을 보존한 자를 찾는 것도 불가능했다.

말 그대로 시산혈해가 그들의 눈앞에 있었다.

아무도 입을 열지 못했다.

멀리서 들려오는 처절을 극한 비명 소리는 아직도 그칠 기미를 보이지 않고 있었다.

검엽과 쌍마존은 멈춤없이 전진하고 있는 것이다.

그것을 알고 있음에도 일행을 지휘해야 할 입장인 노군휘는 무사들에게 전진 명령을 내리지 못했다. 입술이 떨어지지 않았기 때문이었다.

그의 얼굴엔 한 점의 핏기도 보이지 않았다.

그는 이제야 처음 본 것이다.

검엽의 싸움을.

그는 자신이 얼마나 공포스러운 존재를 상대로 머리를 굴리고 있는지를 온몸으로 깨닫고 있었다.

노군휘가 파랗게 질린 얼굴이 되어 있을 때, 삼만 칠천의 무사는 검엽의 싸움을 보았던 사람들이 왜 그를 천마라 불렀는지 그 이유를 명확하게 깨달았다.

그는 인간의 형상을 한 마(魔) 그 자체였다.

그는 하늘, 아니, 지옥에서 강림한 마의 신인 것이다.

노군휘는 피가 배어 나오도록 입술을 악물었다.

손발을 움직이기 힘들 정도로 무서운 공포가 그를 전율케 했지만 그는 공포에 굴복하지 않았다.

그의 눈앞에서 천하를 지배해 온 초강세와 강자들이 무너지고 있었다.

곧 천하는 주인없는 무인지경으로 변할 것이 분명했다.

난세가 오는 것이다.

만약 그가 검엽을 쓰러뜨릴 수만 있다면 그의 앞을 가로막을 자는 아무도 없었다.

검엽은 군림과 지배에 관심이 없다는 것을 명백히 했고, 노군휘도 그 말을 믿었다. 그럼에도 검엽은 제거되어야 했다. 그는 살아 있다는 그 사실 자체만으로도 천하를 침묵시킬 수 있는 사람이었기 때문이다.

검엽이 살아 있는 한, 설령 천하를 제패한 사람일지라도 그는 자신의 천하군림이 언제든지 일장춘몽으로 변할 수 있다는 불안을 안고 살아야 했다.

검엽이 원하지 않는다면 그가 누구라도 권력을 유지할 수 없을 테니까. 권력 유지는커녕 목숨을 걱정해야 할 것이다.

노군휘는 그런 천하를 바라지 않았다.

그의 눈에 거대한 야망의 불꽃이 타올랐다.

천하무림을 지배할 수 있다는, 한때는 망상이라 치부했던 야망이 현실화될 가능성이 점점 커지고 있었다.

절대로 포기할 수 없는 야망이었다.

그는 슬쩍 자신의 좌우에 늘어서 있는 일백의 고수를 돌아보았다.

그들 중 몇의 눈이 그와 마주쳤다.

야망과 두려움이 혼재하며 가늘게 떨리고 있는 눈빛들.

그 떨림은 노군휘의 단호한 눈빛을 만나며 조금씩 안정을 되찾았다.

두려움의 빛은 약해졌고, 반대로 야망의 빛은 강해졌다.

노군휘의 입술이 벌어지며 공력이 가득 실린 음성이 흘러나왔다.

"지존단 무사들은 지존의 뒤를 따른다. 그리고 저항하지 않는 자는 죽이지 말라. 그들 모두가 지존을 섬기게 될 자들이니까."

사만여 명의 무사가 한꺼번에 질주하는 광경은 일대 장관이었다.

그들의 앞을 막는 자는 없었다.

일만의 소뢰음사 마승과 일만 오천의 만독강 무사 중 검엽의 손에서 살아남은 자는 대략 칠천.

적지 않은 수였지만 그들은 아무런 장애가 되지 않았다. 오체복지 하듯 이마를 땅에 대고 전신을 부들부들 떨고 있는 자들이 무슨 장애가 될 것인가.

검엽의 앞을 막아선 소뢰음사의 마승들이 이룩한 저지선은 상당히 강고했다.

공포에 대항하여 정신을 제어할 수 있는 사법을 보유한 덕분이었다. 그러나 그것은 도움이 되기는커녕 최악의 결과를 낳게 했다.

소뢰음사는 생존자가 일천 명도 되지 않을 정도로 처절하게 무너졌다.

검엽에게 자신을 공격하는 자를 살려둘 자비심을 기대할 수는 없었으니까.

소뢰음사의 마승들이 전멸에 가까운 피해를 입은 반면 만독강의 생존자가 육천 정도 되는 것은 그들 중 상당수가 저항을 포기한 결과였다. 그들의 저지선은 허무할 정도로 무력하게 붕괴되었다.

가뜩이나 해왕군도 이만 무사가 전멸하는 것을 보며 공포에 질려 있던 그들이다. 거기에 수뇌부가 등을 보이고 도주했고, 끝까지 저항한 소뢰음사도 궤멸에 가까운 피해를 입었다. 그것을 본 만독강 무사들의 사기는 급전직하할 수밖에 없었던 것이다.

 소뢰음사와 만독강의 저지선이 시산혈해로 변하는 것을 지켜보는 남천무적련 수뇌부의 안색은 파리하게 질렸다.
 혁세기도 단목천도 예외는 아니었다.
 수만의 무사가 태풍에 휘말린 갈대처럼 쓰러져 가고 있었다.
 가히 만부부당(萬夫不當)의 기세.
 혁세기가 신음처럼 중얼거렸다.
 "천마… 천마… 실로 그 이름에 걸맞은 능력을 가진 자로다."
 그는 자신의 뒤에 시립해 있는 유마원주를 슬쩍 돌아보았다.
 [유마.]
 전음이었다.
 [예, 성주님.]
 [연화를 데리고 전장을 벗어나라.]
 유마원주의 눈매가 가늘게 떨렸다. 그는 이를 악물었다. 하지만 혁세기의 지시가 어떤 의미인지 짐작 못할 그가 아니었기에 지시를 거부하지는 못했다.
 [유마, 그 아이에게 전하게. 얼마의 시간이 걸리든, 설령 몇 세대가 걸린다 할지라도 봉황천 십방무맥을 넘어설 힘을 얻지

못한다면 결코 강호에 나서지 말라고. 그리고 이날을 잊지 말라고…… 전하게.]

[존명.]

유마원주의 눈에 흐릿한 습막이 어렸다.

그에게 혁세기는 부친과 다름없는 존재였다. 부모를 잃고 버려진 자신을 키워주고, 무공을 가르쳐 주었으며, 현재의 지위를 만들어준 사람이 혁세기였다.

유마원주는 뒤편에 서 있던 혁련화의 곁으로 은밀하게 움직였다.

대부분의 사람들이 검엽에게 집중하고 있던 상황이라 그를 크게 신경 쓰지 않았다. 처음에는 단목천도 다른 사람들처럼 유마원주를 주목하지 않았다.

그러나 유마원주가 혁련화의 곁으로 다가선 직후 혁련화의 아름다운 얼굴이 일그러지며 눈물이 흘러내리는 것을 본 그는 혁세기의 속내를 알 수 있었다.

[곽 전주.]

산운전주 곽주명이 즉시 복명했다.

[예, 맹주님.]

[린아에게 가게.]

이어지는 단목천의 지시를 듣는 곽주명의 안색이 참혹하게 변했다.

그는 눈짓으로 단목천에게 인사를 한 후 조용히 뒤편으로 물러났다. 그리고 사라졌다.

유마원주를 보낸 혁세기는 요진당을 보았다.
"아우."
"예, 대형."
"그들을 준비해 주게. 사만 무사와 그들이라면 고검엽이 마신이라 해도 무사하지는 못할 걸세."
"알겠습니다."
수뇌부를 이탈한 요진당의 신형이 사만 무사 속으로 스며들었다.

쏴아아아아—!
폭우는 시간이 갈수록 강해졌다.
내공으로 단련된 무인들도 일 장 앞을 제대로 보기 어려울 정도로 시야가 좁아졌다.
전장에 발을 딛고 있는 사람들의 마음에 스며든 공포는 시야가 흐려질수록 크기를 더해갔다.
군림성과 대륙무맹 소속의 무사 사만 명은 무기를 고쳐 쥐었다.
대열은 역(易)의 이치에 따라 이루어졌다.
참마은형진이다.
저벅.
저벅.
일백여 장 앞.
느릿하지만 끊이지 않고 들려오는 장중한 발걸음 소리.

심장이 내려앉을 듯한 느낌에 무사들은 미칠 것만 같아졌다.

그리고,

미쳤다.

"으아아아!"

"악마… 악마……!"

기괴한 비명 소리가 남천무적련 무사들이 이룬 참마은형진 곳곳에서 났다.

눈이 돌아가 흰자위만 보이는 자, 입에 허연 거품을 문 자들이 등을 보이며 도주하거나 엉덩방아를 찧고 손만으로 뒤로 물러났다.

땅을 파고 머리를 그곳에 집어넣은 채 팔로 감싸안은 자들도 많았다.

검엽이 손을 쓰지 않았음에도 참마은형진은 무너지고 있었다.

이곳에서의 싸움은 정무총련과의 싸움과는 다른 양상으로 흘러갔다.

그것은 남천무적련 무사들이 익힌 무공의 대다수가 마공이나 사공인 때문이었다.

정무총련의 무사들은 정통의 정종무공을 익혔기에 검엽의 지존신마기에 정신이 무너지는 자들은 거의 없었다.

그러나 마공과 사공을 익힌 남천무적련의 무사들은 막대한 영향을 피하지 못했고, 그들 중 심지가 약한 자들은 미쳐 버린 것이다.
 진을 구성하는 자들 중에서 광인이 속출하는 마당이다. 참마은형진을 유지하는 건 불가능했다.
 남천무적련 수뇌부는 떨리는 손을 주체하지 못했다.
 기세만으로 사람을 미치게 만드는 자가 있을 수 있다는 것을 그들은 눈으로 보면서도 믿기 어려웠다. 그것도 한둘이 아니라 수백, 수천 명을 미치게 만들 정도의 기세라니.
 무너지는 참마은형진을 바라보며 갈등하던 남천무적련 수뇌부의 마음을 정하게 만드는 일이 벌어졌다.
 쏟아지는 폭우를 뚫고 무서운 힘이 담긴 휘파람 소리, 지존신마소가 울려 퍼졌던 것이다.
 휘이이이이이익—!
 수백여 장 반경 안에 쏟아지던 폭우가 그 기세를 이기지 못하고 화탄을 맞은 것처럼 터져 나갔다. 그리고 참마은형진을 구성하고 있던 무사들 중 사문(死門)의 위치에 서 있던 자들에게 치명적인 타격을 가했다.
 "우아아아아악—!"
 듣는 것만으로도 무릎을 후들거리게 만드는 소름 끼치는 비명 소리가 진영을 뒤흔들었다.
 툭.
 쿵.
 털썩.
 수천 명의 무사가 칠공에서 피를 흘리며 나무토막처럼 뒤로 넘어가고 있었다. 그들은 땅에 닿기도 전에 숨이 끊어졌다.
 혁세기가 단목천에게 말했다.
 "맹주, 참마은형진을 유지한 건 더 이상 의미가 없을 듯하오. 그리고 더 이상 시간을 끌면 싸워보지도 못한 채 패할지 모르겠구려."
 단목천은 고개를 끄덕여 혁세기의 의견에 동의를 표했다.
 두 사람은 동시에 외쳤다.
 "공격하라!"
 혼신공력이 담긴 일갈.
 조금이라도 제정신을 유지하고 있던 무사들은 반사적으로 무기를 잡으며 미친 듯이 정면을 향해 내달렸다.
 극에 이른 공포는 그들의 사고를 마비시켰다. 진짜 미친 사람들도 부지기수였지만 그렇지 않은 자들도 제정신은 아니었다.
 전장은 광기로 가득 찼다.

 뒷짐을 진 채 무너지는 참마은형진을 무심한 눈으로 바라보는 검엽에게 곽호가 말했다.
 "지존, 부탁드리고 싶은 일이 있습니다."
 "말해보게."
 검엽은 담담하게 곽호의 말을 받았다.
 참혹한 전장이 아닌 어디 객잔에서 대화를 나누기라도 하는 듯한 여유가 그의 음성에서 느껴졌다.

당연했다.
시간은 얼마든지 있었다.
전장을 지배하고 있는 사람은 그였으므로.
곽호가 말했다.
"혁세기는 하좌가 처리하고 싶습니다."
검엽은 곽호를 돌아보았다.
곽호의 눈은 살기와 열망으로 타는 듯 뜨거웠다.
쌍마존은 혁세기가 지휘하는 군림칠마성에 의해 강호에서 축출된 사람들.
곽호의 마음이 그대로 검엽에게 전해졌다.
그는 고개를 끄덕였다.
"허한다."
곽호와 섭소홍은 감격에 겨워 몸을 떨었다.
사십수 년간 고대하던 순간이었다.
"감사합니다, 지존."
두 사람은 힘차게 말하며 주먹을 움켜쥐었다.
공격하라는 거대한 음성이 세 사람의 귀에 들려왔다.
음성의 주인은 둘이었다.
그들이 누구인지야 생각할 필요도 없는 일.
검엽은 뒷짐 지고 있던 손을 풀었다.
"오는군. 우리도 가볼까?"
곽호와 섭소홍은 냉혹함이 묻어나는 미소를 베어 물었다.
"그러시지요."

저벅.

한 걸음.

검엽의 전신에서 흘러나온 검푸른 파멸천강지기가 거대한 기둥을 이루며 폭발하듯 허공을 뚫고 치솟았다.

어두운 하늘.

천지사방을 적시는 폭우.

저벅.

두 걸음.

한 시대를 마감시키려 공포와 전율이 전진하고 있었다.

〈제10권 끝〉

마도협객전

백무진
新무협 판타지 소설

魔道俠客傳

마도(魔道). 난폭하지만 자유로운 하늘.
협객(俠客). 약자를 지키고, 정의를 위해 싸우는 자.

마인(魔人)이면서 마인을 사냥하는 자.
마인으로서 마인을 지키는 자.
그리고… 마인이면서 협(俠)을 지키는 자.

마군지병(魔君之兵) 육마겸(六魔鎌)을 소유.
구룡성(九龍城) 오마(五魔) 중 살마(殺魔)의 후예.
진마(眞魔) 육영마군(六影魔君) 무진!

독보적인 마도협객의 대서사시!

유행이 아닌 자유추구 -
WWW.chungeoram.com
Book Publishing CHUNGEORAM

Book Publishing CHUNGEORAM

김대산
퓨전 무협 소설
몽상가
夢想家

"살아남아라!"

구르릉!
옥방의 문은 닫히고, 그는 꿈속에서 생명을 건 싸움을 계속한다!

끝나지 않는 꿈속의 투쟁, 꿈에서 깨면 언제나처럼 이어지는 현실.
꿈속의 내가 나인가? 현실의 내가 나인가?

이윽고, 두 개의 삶이 점차 하나가 되고……
그 끝에 기다리는 운명은?

김대산의 여덟 번째 독특한 세상 〈몽상가〉!
전율로 감싼 꿈과 현실의 김대산류 이야기가 찾아온다!

유행이 아닌 자유추구 -
WWW.chungeoram.com
Book Publishing CHUNGEORAM

백일 新무협 판타지 소설

문피아 연재 시 화제를 불러일으켰던 바로 그 작품!
비장미로 감싼 전율적인 마도의 영웅 서사!

화산을 불태우고 무당을 짓밟았노라.
소림을 멸문시키고 대정(大正)의 뿌리를 멸종시켰노라.
강호는 이런 나를 잔인하다고 말하지 말라.
참된 용사는 마인으로 배척되고
위정자가 영웅이 되는 세상이라면,
나는 아귀의 심정으로 칼을 들어 이 세상을 열 번도 더 파멸시키겠노라.

**아비의 혼을 가슴에 품고 무너진 마도의 뜻을 바로 세우기 위해
훗날 위대한 마도의 종사가 될 무인이 일어선다!**

마도종사 능비, 그의 전설에 주목하라!

- 유행이 아닌 자유추구 -
WWW.chungeoram.com
Book Publishing CHUNGEORAM

화마경

火魔經

허담 新무협 판타지 소설

대호산의 다섯 산적이 자칭 천하제일인을 만난다.

괴노 마효(魔梟)!
그는 정말 천하제일인이었을까?
그의 화마경은 정말 천하제일무경일까?

인간의 마음속에 억압된 자아를 끌어내는 자(者)의 무공!
그 화마경의 세계로 다섯 산적이 뛰어든다.

"본래 사람 사는 세상이 화마의 세계인 거다."

유행이 아닌 자유추구 -
WWW.chungeoram.com
Book Publishing CHUNGEORAM

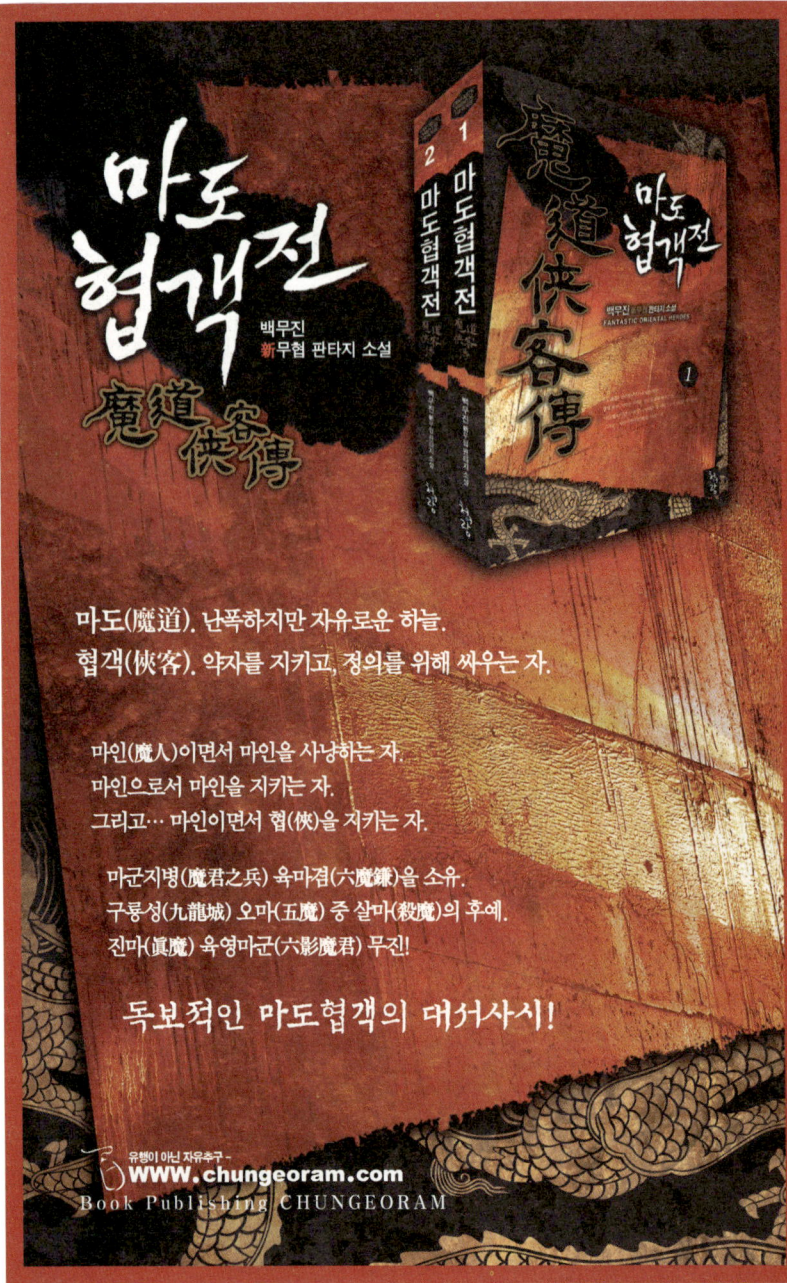